李淼罪案故事

VOL.2

第二卷

长路无归

李淼 著

中国友谊出版公司

图书在版编目（CIP）数据

李淼罪案故事. 第二卷，长路无归 / 李淼著. -- 北京：中国友谊出版公司，2024.2
ISBN 978-7-5057-5736-3

Ⅰ. ①李… Ⅱ. ①李… Ⅲ. ①纪实文学—中国—当代 Ⅳ. ① I25

中国国家版本馆 CIP 数据核字（2023）第 204635 号

书名 李淼罪案故事. 第二卷，长路无归
作者 李淼
出版 中国友谊出版公司
发行 中国友谊出版公司
经销 新华书店
印刷 河北鹏润印刷有限公司
规格 880 毫米 ×1230 毫米 32 开
12.75 印张 221 千字
版次 2024 年 2 月第 1 版
印次 2024 年 2 月第 1 次印刷
书号 ISBN 978-7-5057-5736-3
定价 59.80 元
地址 北京市朝阳区西坝河南里 17 号楼
邮编 100028
电话 （010）64678009

目录

序

我们应当如何分析罪案

先感谢大家支持我的第一本书，正因为你们的支持，第二本书才得以这么快和你们见面。

如各位所知，我的罪案写作基本是通过描写罪案发生的背景和经过，还原罪犯的成长环境和社会关系，讨论那些令人发指的杀人罪行究竟是怎样出现的。

可是，我也慢慢地发现，这种写法令许多读者产生了不少错误想法。

所以，我需要先把“我们应当如何分析罪案”这个问题讲明白。

第一，我反对“罪犯也是被逼无奈”的说法。

一些媒体在描写罪案时，往往会集中报道罪犯“创业失败”“投资失败”“欠债过多”等经历，向公众展示：这个杀人犯也有自己的难处，他是被逼到这条路上来的。

我想说，这完全是误判。

从客观来看，许多杀人犯都有严重的瘾症，沉迷赌博、毒品、性和暴力。这些明显的性格与人格缺陷，导致他们“在社会中被排挤”或者“欠下一大笔钱”。对这些缺陷视而不见，反而突出那些生活中的“难处”，是明显的本末倒置，没有理清基本的因果关系。这样的文章和报道，根本不是客观的。

第二，我反对“这都是社会的错”“这都是家庭的问题”的说法。

同一个故事讲给不同的人听，每个人的接受程度、思考深度、讨论方向都会不同。在同一种社会境遇和家庭环境下成长的人，也并不意味着只有一条路可走。许多亲兄弟长大后会从事完全不同的职业，获得完全不同的社会地位，便是很好的例证。

所以，将一切结果归罪于社会、家庭等外因，忽视犯罪者的主观动机，这是严重错误的想法。所有的犯罪都存在着主观的犯罪动机和犯罪意图，这正是法庭的量刑依据之一。

第三，我反对“我们要体谅犯罪者”的说法。

每个人在生活中都会遭遇或大或小、程度不同的挫折与失意。大多数人之所以能够不断变得更好，是因为从失败、挫折中得到了教训，从失意、怅然中获得了冷静思考的机会，从羞愧、愤怒中学会了克制和自省。

可是，犯罪者没能学会这些。

他们自身的弱点，让悲剧成为必然。

一个个对未来充满期待的生命，被他们无情地夺去了。

所以，我们不能也不该体谅犯罪者。

真正值得惋惜、需要关注的，是那些受害者以及他们的家属。

我相信凡事皆有成因，相信每一个犯罪者的背后都有一段故事。然而，在看故事时，我们不应该只着眼于他们的不幸，更应该重视他们面对不幸时的选择，观察他们是怎样不断选择一条条邪恶的道路，最终越陷越深导致万劫不复的。

这才是看待恶性罪案、看待犯罪者的态度。

九戸案

主犯：白石隆浩
事件の発生時間：2017年
事件現場：神奈川県座間市
死亡者名：三浦瑞季、石原もみし
更科ひなこ、藤間仁美、須田あ
丸山一美、田村愛子
犯行の手段：レイプ、首絞めの

「上吊师」

西中匠吾、

、久保夏海、

体損壊

主　　犯：白石隆浩

案发时间：2017 年

案发现场：神奈川县座间市

死　　者：三浦瑞季、石原红叶、西中匠吾、更科日菜子、藤间仁美、须田亚加里、久保夏海、丸山一美、田村爱子

作案方法：强奸、勒死、分尸

二〇一七年十月底，神奈川县座间市发生了一起连环杀人案，引起日本、韩国、中国、美国及欧洲各国媒体第一时间报道，那就是著名的“一屋九尸案”。

本案的特殊之处在于凶手白石隆浩与受害人的所有联络与接触，都是通过手机社交软件进行的。多年以来，警方和媒体都不停地强调社交网络的危险性，但直到本案曝光，大众才真正意识到：恶魔其实就可能潜伏在社交网络中。

一、想要自杀

座间市位于神奈川县中北部，距东京市中心五十公里，距横滨市中心二十公里。这座小城面积只有十七平方公里，人口约十二万，区域内有三条铁路经过。尤其是直通新宿的小田急线，让座间成为名副其实的bed town（城郊住宅区)。

白石隆浩，一九九〇年十月九日生于座间市的一个普通家庭，有一个小他四岁的妹妹，父亲是汽车改装设计师并有一家小工厂，母亲是家庭主妇。他自幼就不是个引人注目的孩子，连小学和中学同学都记不清他在校时的表现。

十六岁那年，母亲带着刚上初中的妹妹搬到东京市内生活，不久后跟父亲协议离婚。白石十八岁高中毕业后，无心学业，在附近厚木市的一家大型超市找了一份工作。

二〇一一年十月，白石辞去了厌烦的工作，整天宅在家里。凭借父亲改装工厂的收入，他的生活没有负担。父亲最初想让他来工厂上班，继承家业。但他对汽车没有丝毫兴趣，只干了一年，便提出要独立生活。之后，他辗转于神奈川县各处，在各种店面打零工。

二〇一五年年初，白石在一家小钢珠店打工时，被一名常客叫住。这人在新宿歌舞伎町经营着两家酒廊，得知了白石的打工收入后，表示可以提供一份收入高得多的工作，条件是要经常跟人打交道，有时甚至需要死缠烂打，地点在歌舞伎町，每晚上班。白石当即表现出相当浓厚的兴趣，在此人的安排下，很快来上班。这份工作是给各种色情服务场所当“星探”。如果你看过绫野刚主演的《新宿天鹅》，就明白这种工作的大概内容了。

简而言之，星探的工作就是在街上跟女孩搭讪，给她们介绍“可以挣快钱”的地方，再从中抽成。大部分星探都从属于几家艺能介绍公司，有划分好的地盘。每晚这些星探便会走上街头，鼓动过路的女孩子去店里挣钱。由于东京的大多数地区（包括歌舞伎町）都禁止直接卖淫活动，这些店面所提供的服务大多是陪酒、按摩，并不算“卖身”，所以对很多年轻女孩来说，这其实是一种“相对安全”的挣钱机会。此外，来东京打拼的年轻女孩往往面临钱不够花的问题，所以也会有一些女孩主动来找星探，按照个人意愿选择店面工作。

当然，这一行并不像它表面看起来那样“安全”，一些星探为了牟利，会故意隐瞒工作内容，将女孩们推向未知的火坑。部分恶毒的星探甚至会有意让女孩染上毒瘾，操纵她们去更危险的店面，逼迫她们卖身，或是与“仙人跳”团伙勾结，敲诈客人。

白石隆浩就是这样丧失良心的星探。

二〇一七年一月，他与茨城县土浦市的几家妓院勾结，将几名急需用钱的女孩介绍给这些妓院。他对女孩们说那只是普通的按摩店，没有其他业务，然而她们来到这里后，却被通知需要自己准备安全套，当即明白上了当。

土浦市聚集着大量妓院，而且大多都有合法营业执照。

在日本，强制卖淫是重罪，因此这些女孩准备报案。妓院怕被牵连，也并未阻拦。茨城县警方介入调查之后，将白石隆浩抓获。念其是初犯，法院在二〇一七年五月判处他六个月的拘役，缓刑六个月。

这样一来，白石就在星探界没有立足之地了。此时距惨案发生只剩下四个月。

无所事事的白石回到家中，尝试申请去陆上自卫队应聘，报名了二〇一七年六月的自卫官录取考试——对日本青年来说，进入自卫队与其说是参军，不如说更像是找一份工作。然而，因为身上背负着有罪判决，他并未被录用。

种种不如意，让白石父子的关系逐渐恶化。七月初，在和父亲的一次谈心中，白石说自己“找不到生存的意义，不想活了”。父亲觉得儿子受到了一些打击，开导他要积极面对生活。二〇一七年七月中旬，白石以“家里狗屎味太难闻”为由，与父亲发生争执，之后离家出走。为了尽快找到落脚地，他又想起当星探时的一些朋友，于是通过推特（Twitter）和他们联系，暂住在朋友家里。

闲来无事，他开始每天频繁刷推特。也许是之前真的有过自杀的想法，不知不觉，他开始翻阅与自杀相关的内容，并且关注了几名在网上留下“想要自杀”信息的网友。

八月八日，白石通过私信直接联系了一名多次提出“想要自杀”的女孩。两人私聊了几天，便约好见面——这一次，他的疯狂本性终于暴露。

女孩名叫三浦瑞季，二十一岁，住在与座间两站之隔的厚木市。三浦生活在单亲家庭，同母亲、哥哥住在一间公寓。据中学老师和同学回忆，她是个非常文静的女孩，平日少言寡语，朋友不多。高中毕业之后，她进入一所短期大学读护理专业，二〇一七年三月毕业，之后进入一家人才派遣公司，在厚木市一所老人院做护工。

二〇一七年五月开始，三浦经常在推特上发布“生活没有希望”“想要自杀”等信息。她通过社交网络结识了几名同样抱有厌世、自杀想法的网友，建立了LINE[1]群，讨论“如何自杀”。八月八日，她突然收到一则推特私信，内容是：“你还想死吗？我也想自杀，能跟你交个朋友吗？”

发送这则私信的，正是白石隆浩。

八月十一日，三浦和白石约好，在海老名站附近见了面。两人在站前咖啡馆聊了很久，吃过晚饭，各自回了家。当晚，三浦在“自杀群”里和几个朋友聊起同白石见面的事。也许是因为在星探工作中积攒下不少社交技巧，白石给三浦留下的印象相当不错。在她的介绍下，同样想自杀的好友西中匠吾也想认识白石。

西中是三浦在老人院的同事，二十岁，横须贺市人。

1. 一种即时通信软件。

工作之余，他还和几名朋友组织了一个叫作“Bye Bye Nagetives”的乐队。几个月前，从学生时代开始交往的女朋友跟他分手，让他受了不小的刺激，引发了抑郁症。二〇一七年六月至八月，他与其他“自杀群友”尝试了两次自杀，但都在最后阶段一起放弃。

八月十三日晚，西中和三浦一起在厚木约见了白石。三人约好去看当晚的花火大会，之后在公园席地而坐，买来啤酒和小菜。在白石频频劝酒之下，西中和三浦很快喝多了。三人彻夜痛饮，聊了很多生活中的苦恼，以及想要自杀的原因。西中自认为跟白石“情投意合”，白石也“坦诚”地说：“我以前的一个朋友，曾经帮女朋友自杀，我知道怎么做，你们可以相信我。”

八月十九日，白石约三浦见面，对她说，自己想租一间公寓，但房屋中介要求他账户上必须有五十万日元余额作为担保，所以想向她借钱。一番游说之下，三浦跟着白石去了房屋中介，并将自己账户上的三十六万日元转给他，凑足了存款余额。白石看上的这间公寓，位于座间市相武台前站附近，与父亲家相隔仅二点五公里。这里交通方便，公寓户内宽敞，带有一个阁楼，可是出租条件却相当低，不仅不需要押金和礼金，租金也低至每月一万九千日元。这是因为这里发生过一起房主上吊自杀事件，是名副其实的“凶宅”。当然，在三个月后，这里还会成为无比诡异的连环杀人案现场。

八月二十一日晚，三浦下班后并未回家。她给西中留言："我要消失一段时间。我一定会回来的，不用担心。如果出事了，我会联络你。"

由于她彻夜未归，电话关机，八月二十二日上午，三浦的母亲联系了老人院，得知女儿没来上班，也没有告假，随即报案。万分焦急的母亲印制了大量寻人启事，张贴在厚木市各地。西中出于"她可能需要静一静"的考虑，并没有对警方和三浦的家人说明实情。

那么，三浦这段时间在做什么？

二十一日晚，白石约三浦出来吃饭，再次聊起自杀。在他的引导下，三浦的情绪相当低落。当晚，白石将她带到酒店，尝试与她发生性关系，遭到强烈拒绝只好作罢，转而提议第二天带她一起去看新房。

八月二十二日，两人来到新公寓，同中介交接后直接住了进去。当日十九点，三浦打开手机，给一名同事打了电话。这名同事立刻讲了三浦母亲四处找她的事，三浦却很无精打采，说了句"我没事，别担心"就挂断了电话。

当晚，白石再次想与三浦发生性关系，被三浦以身体不适为由拒绝。

二十三日晚，三浦给同事打了一通电话，探听老人院那边的情况。之后她对白石说，次日要去上班，并询问他准备何时还钱。听到还钱，白石突然有些生气，半带嘲笑地说：“你整天说想自杀，那么想死，还要钱干什么？”三浦毫不退让：“就算我要自杀也跟你无关，你欠我的钱就应该归还。”

白石更加愤怒，大喊：“真想死的话，别说什么金钱是身外之物，就算是身体也毫无价值，不是吗？”说罢，他冲上前去，将三浦压倒，用绳子勒住她的手臂和脖子，强奸了她。见三浦昏死过去，他便从阁楼上将准备好的粗绳垂下，做成一个绳结，将她吊死在屋中。事后，他从行李中翻出早已准备好的手锯，在浴室分尸，将尸块放入几个塑料收纳箱，洗净血痕，带着她的衣物、鞋子、手包、手机等物品，出门拦下一辆出租车，向江之岛的方向驶去。

江之岛附近的海滩风景优美，是日本著名的“自杀胜地”。

八月二十四日清晨，三浦的手机在江之岛海边一处公共女厕中被人发现，交给了附近的派出所。警察从手机中找到三浦母亲的电话号码，拨了过去。在女儿的来电中竟然听到了警察的声音，母亲几近崩溃。

二、忙碌的一天

二〇一七年八月二十八日，是群马县邑乐町中学的返校日。这天早上，十五岁（高一）的石原红叶出门之前突然对妈妈说，自行车钥匙找不到了，不想去学校了。妈妈说可以开车送她上学，她又改口说找到了，一个人出了门。

石原是独生女，父亲在清洁车辆厂上班，母亲在附近的佐野奥特莱斯工作。在学校，石原是个红人。身高一米六的她，短发，纤瘦，擅长绘画、辩论、话剧表演，爱好动画、芭蕾。无论是学业还是才艺，她都是班里的佼佼者。

这天中午，她在推特上留了条信息："返校日也还是假期啊，怎么就开始讲课了？还是这么难懂的课……"

当晚，她没有回家。

很快，父母报警。邑乐町是个小镇，搜索起来并不费工夫。警方去到石原的同学家，向他们了解石原放学后的行踪。一名同学说，看到石原骑车进了镇上的车站。警方赶到车站，果然找到了自行车。由于从车站到家还有一段距离，如果她回到镇上，肯定会前来取车。所以，警方推断石原并未返回邑乐町。

第二天清晨，父母和警方来到车站办公室，调取了前一天的站台监控录像。很快，录像中出现了石原的身影。警方顺着她乘坐的列车查看每一站的录像，终于在东京的天空树站看到她下了车，换乘地铁浅草线，又在品川站换乘东海道本线，最后换乘小田急电铁。八月二十八日十九点二十分，经过五个多小时的列车之旅，石原红叶出现在江之岛站的监控画面里，独自走出车站。

从确认上车到确定下车地点和时间，总共花了四十八小时。这两天父母无数次期盼着女儿能够突然打来电话，报一声平安。可惜事与愿违，他们再也没能听到女儿的声音。

据同学们反映，石原为人很稳重，但热衷于在网上聊天交友。上初中时，她曾认识一些住在埼玉、东京的朋友，周末时会去和他们见面。但是每次见面，她都会带上同伴，从不独自行动。因此，这一次她独自前往江之岛，实在令人费解。

我们唯一可知的是，那天晚上，白石隆浩乘坐出租车将石原红叶带回家，强奸了她，之后将她勒死、分尸。

八月二十八日，注定是白石隆浩残忍而疯狂的计划中最为忙碌的一天。这天上午，西中匠吾突然发来消息："三浦小姐好几天没有消息了，是不是已经死了？"白石吓得浑身一抖。他仔细回想前后经过，无论是三浦还是自己，都不会散播消息，于是忐忑地回复："不知道啊，我也很多天没跟她联系了。"之后他不安地盯着屏幕上那一行"对方正在输入"，心想：如果西中真知道自己和三浦在一起，肯定会想到自己与三浦的失踪有关；如果他不知道，又怎会这么巧，直接来问三浦的生死……"这样啊，我想她可能是下了决心，成功自杀了吧！"西中终于发来消息。白石心里的石头落了地，调整一下呼吸，回复道：“也许是吧。她和网上许多人都有联系，可能是什么人帮了她。”

当晚，西中又发来一条信息：“我还是想要再试一次自杀，明天能跟你见面吗？”

“想要自杀，我也需要做一些物料上的准备，你准备十万日元，我来安排。”

“不行啊，现在钱不够……”西中如实相告。

“还没发工资吗？那你现在有多少钱？”

“基本没钱了。”发完这条，见白石许久没有回复，西中又追发了一条，“实在不行，我只能去借钱了。”

白石仍然没有回复。

事实上，他并不是因西中搞不到钱而生气，而是石原红叶已经上了车，两人正在返回住处的路上。

二十九日傍晚，白石回复了西中：“你手里有一万日元吗？”

“一万还是有的。”西中马上回复。

“那么一小时后相武台前站见吧。”

“好的。”

白石连忙收拾屋子。三浦瑞季的尸体这几天一直放在装满冰块的收纳箱里。可是连日高温，冰块根本保存不了多久，尸体已渐渐发臭，必须赶紧处理掉。而石原红叶的尸体刚刚肢解完毕，还要装入新买来的收纳箱中。

约定的时间快到了，白石洗了把脸，准备出门。就在这时，手机响了起来，原来是西中打来的语音通话："白石先生，不好意思，我是西中。刚才走到半路，突然觉得这样好像有些太冲动，还是再想想为好，今天我就不过去了。"声音中带着一丝犹豫。

"没关系，你愿意仔细想想最好了，毕竟这是件大事，应该慎重选择。"白石带着几分"过来人"的口气劝慰着。

"我也明白，只是因分手这样的事自杀，恐怕会让大家耻笑。"

"没关系，你想想，你连死都不怕，还怕别人笑话吗？不过既然犹豫了，就证明你还有活下去的想法，不如就这样好好活着吧！"

"是啊，而且三浦小姐的母亲最近经常去老人院，我在想是不是应该找个机会跟她说明真相。"

"真相，什么真相？"

"三浦小姐可能已经选择自杀这件事，作为朋友，我应该告诉她妈妈。"

"这样啊，那你打算怎么说呢？"

"我其实也在苦恼。说实话，作为一个同样想要自杀的人，我可能说不明白，要不白石先生你帮帮我，咱们一起去找她的母亲谈谈？"

"喂喂，你不要把我卷进来啊，我可不想跟她妈妈扯上什么关系。况且我跟三浦小姐也不熟，只是见过一两次面而已。就这样去见她妈妈，还要说些她女儿已经自杀了的话，太失礼了。”

“你说得对，那我再想想吧。”西中挂断了电话。也许是觉得还有不妥，西中又发了条信息：“白石先生，多谢你给我的支持，我会好好活着的！”

“嗯，好好加油吧！”白石低头想了一会儿，补了一条，“既然这样，不如到我家里吃个饭吧。”

“好呀，那你在车站前等我，马上到。”

二十点，西中匠吾对父母说“去看现场演出”，离开了家。二十一点，他将随身带的背包寄存在海老名站的储物柜里，换乘了前往相武台前站的列车。

车站前，白石满脸微笑，拍了拍西中的肩膀，说家里已经准备好火锅。两人有说有笑，一起回到公寓。刚一开门，一股奇特的气味迎面而来，西中不由得皱了皱鼻子。白石也跟着皱起眉头：“天气热，下水道好像堵了，一直在反味，气死我了。”说完，他拿出冰箱里的乌龙茶，倒在玻璃杯里递给西中。西中接过杯子，一饮而尽。他席地而坐，见屋里陈设相当简单，只有一张矮桌、两个斗柜、一个电视柜。奇怪的是，屋子的角落里却堆放着三个深绿色的大收纳箱。虽说要吃火锅，矮桌上却什么也没有。他以为东西还在冰箱，便想起身帮白石准备，却发现自己竟然全身无力，站不起来。灶台旁的白石拿出一捆麻绳，面带奇怪的笑容向他走来。西中恐惧地挣扎着，想要喊出声来，却抑制不住强烈的睡意，渐渐闭上了眼睛，瘫倒在地板上……

早在当年五月和七月，白石隆浩便以“精神衰弱”“无法入睡”为由，从诊所搞来强效安眠药的处方，在药局弄到二十粒安眠药。事后警方搜查他家，只找到四粒。白石交代，除了一粒自用，其余十五粒都用在了被害者身上。

家中的收纳箱再也放不下这么多“人肉”了。白石上网发问：“如何处理超过五十公斤肉类？”

他很快得到大量网友回复：

“吃掉不就行了？”

“楼主炫富？肉多到吃不完？”

“不是我抬杠，你怎么知道超过五十公斤，你称过吗？”

其中有一条回复启发了白石：“天气太热的话，肉很可能会烂掉。我们屠宰场的大量废料，来不及填埋或者回收处理，就会先用沙土覆盖，再喷上空气清新剂，这样可以遮盖臭肉味。”

于是，八月三十一日一早，白石便借来父亲的车子，跑到最近的家居建材商店买了几个收纳箱，以及两个可以隔热的保温箱。邻居透过窗户看到了这一切。“我当时还以为，这是新搬来的那户人家用箱子运零碎东西呢。”邻居之后对媒体说。

当晚，白石将三浦瑞季、石原红叶、西中匠吾的尸块分批装进收纳箱，再开车将大部分尸块抛入相模川和临近的山里，家中只保留着头部和手脚。之后他将买来的大量猫砂填满两个大箱子，把肢体埋入其中，再在屋里放置许多空气清新剂，遮掩屋中的味道。

西中匠吾所属的乐队将在十月受邀前往中国台北参加一场摇滚音乐会。八月底，乐队主唱兼队长寺田敏也在网上四处发帖，拜托各位歌迷寻找西中。直到九月底，乐队仍不知西中早已遇害，无奈之下只好取消演出。

三、“上吊师”

白石隆浩再次刷起手机，物色下一个目标。很快，一名十九岁的大二女生引起了他的注意。

更科日菜子，十九岁，埼玉县所泽市人，家境较为富裕，在实践女子大学日本文学系就读，和双亲住在市内的高档公寓。她平日参加学校的艺术社团，对樋口一叶、泉镜花、谷崎润一郎有着浓厚兴趣。据高中好友表示，更科原本非常活泼，但在进入大学后，人际交往上似乎出现了一些问题，所以时不时会在网上表露失望的情绪。大一时，她还会找以前的同学聊天谈心。自从进入大二，她越发内敛，社交活动也越来越少。出于对更科的关心，这名好友还跟她约好十二月一起旅行。可是，九月十五日开学典礼之后，更科日菜子便消失了。

其实，更科日菜子在网上表现出的精神状态，与父母、朋友们了解到的完全不同。她内心脆弱、敏感，又过于年轻，缺乏生活历练和挫折教育。她用了很多时间在网上搜索“自杀”相关的话题，渐渐发现，原来很多同龄人都对“活下去”充满绝望。

这是为什么？

在如今的世界，年轻人更倾向于在网络中寻找有共同爱好、背景乃至共同问题的人相处、交流。很多年轻人聚集在“自杀群组”，并不是要坚决地结束生命，而是想要了解别人与自己究竟有多少相像之处，他们又为何要自杀。不过在这样的相处过程中，自杀的念头也会很快传播给有同样苦恼的人，任何“自杀尝试”都可能在围观和鼓励之下成为现实。许多原本对自杀没有什么概念的年轻人，开始在尝试自杀的路上越走越远。

白石隆浩用来与更科日菜子联系的账号，名为“上吊师”。

想要了解如何上吊，

觉得活着真的很痛苦的人，

请来联系我。

更科最初与白石接触，其实仅仅是出于对上吊好奇。然而，白石隆浩却真的装出一副“上吊专业人员”的样子，向她描述上吊时的感受，同时引导她说出心里话。

“没关系，如果觉得很累、很痛苦，这不是你的问题，是他们的问题。”

“这个世界对你这样又敏感又善良的人是不公平的，这个世界不配拥有你。”

“你很累了，没关系，就把这当成一种休息。”

在这样的话语引导下，更科竟真的萌生了自杀的想法。接下来的两周，她每天都跟白石用 LINE 聊上许久，不断诉说生活中与他人接触时的痛苦。白石一边“耐心倾听”，一边将她引入死亡的陷阱。

九月十五日，更科谎称外出打工，出门去见白石。

十六日凌晨，白石在公寓里强奸了更科，之后将她活活吊死，照旧分尸。

藤间仁美，二十六岁，是一名普通的家庭主妇，与丈夫和两个孩子一起住在埼玉县春日部市。据邻居回忆，她刚刚搬来此地不到一年，平日里少言寡语，性格内向，走路时也经常低着头，看上去心事重重。

警方在事后走访受害者家属时了解到，藤间仁美的丈夫在二〇一七年九月初提出离婚，从家中搬走。为了赚取生活费，藤间仁美开始在一家按摩店打工。

九月十一日前后，还在筹划杀害更科日菜子的白石隆浩开始在推特上联系藤间仁美。

九月十三日，藤间仁美在上班时突然告假早退。

据白石隆浩供述，九月十三日深夜，藤间突然与他联系，声称“现在很想去死”。他则以“你只是一时冲动，并未做好自杀准备”为由拒绝。之后几天，藤间都躲在家里，给白石发去大量信息，倾诉离婚后的困境。

九月二十四日，白石同意和藤间见面，并把她带回公寓。在公寓里，藤间的情绪似乎缓和了许多，也没再提过自杀，可她很快也因喝了白石递来的水而昏睡过去，被白石强奸、吊死、分尸。

几乎是以完全一样的方式，白石隆浩在九月底又将须田亚加里（十七岁，高二，福岛县福岛市）和久保夏海（十七岁，高二，埼玉县埼玉市）杀害。

须田亚加里喜欢漫画，梦想是成为漫画家。

二〇一六年下半年，她的父母突然分居，她与父亲和祖母住在一起。因为祖母患重病，父亲大部分时间都用来照顾祖母。须田曾向朋友吐露，觉得家中气氛太凝重，没有意思。九月二十七日晚，她突然不辞而别，父亲随后报警。九月二十八日上午，她从多个LINE群组退群。据推测，她的死亡时间为九月二十八日夜间。

久保夏海是学校合唱队成员。她升入高二后，因为遭受同学排挤，渐渐产生厌学情绪，并跟朋友说“可能要去医院精神科看看”。九月三十日中午，她对家人说“出去买东西”，随后下落不明，家人报案。事后调查发现，久保外出时，将自己存有五万日元的存折和印章一并带走了。

十月上旬，警方从手机运营商处了解到，久保的手机信号最后出现在神奈川县的座间市。但其实她在九月底便已遭遇不测。

前后短短几天，白石隆浩竟然杀害三人，这一方面反映出他的疯狂本性，另一方面暴露出他一直在做犯案的计划和准备。事后警方调取他在社交软件上的聊天记录，发现他几乎都是提前两周左右开始物色人选。他会在网上搜索“失恋”“绝望”“自杀”等关键字，确定合适的人选，发送“愿意协助你自杀”的私信。他每天会广撒网，发出一二十条信息，回复率接近百分之十，之后将目标排进日程表。

住在横滨市的丸山一美是一名相当悲剧的受害者。

相貌不佳、身材矮胖、性格懦弱的丸山从高二起便休学在家，闭门不出。因为是单亲家庭，她和母亲、外祖母三代人一起生活。学生时代也没什么朋友，丸山的“家里蹲”生活基本是一个人在屋里玩电脑、看漫画。这种生活持续了九年，直到二〇一七年才结束。

二〇一七年年初，丸山的外祖母去世，母亲考虑到自己也临近退休，希望丸山能尝试着走出去接触社会。在她的劝导下，丸山参加了一个“家里蹲互助小组”，每周有两天时间，在志愿者的组织下外出参加社会活动。丸山最初极端抗拒与他人接触，慢慢地也变得可以与别人简单交谈。从四月份起，母亲陪着她在家附近找零工，最终她被新横滨站便利店录用，每天十三点到十七点上班。

“那段时间，每天按时等待这孩子回家，听她说肚子饿了，就觉得生活还是有希望的。”案发之后，母亲还是会常常回忆起许多生活片段。

十月十八日，丸山按照排班表在十七点完成工作，十八点离开了便利店。然而直到二十二点，她还没有回家。焦急的母亲赶往新横滨站了解情况，随即报案。警方通过监控录像发现，丸山在十八点十分走出新横滨站，可出站口却是与家相反的方向。与她一同消失的，还有丸山平时用来攒零花钱的银行卡。

丸山推特页面上的最后一则信息发布于十月十八日凌晨一点，内容很简单：“想死。我太累了。”凌晨一点五十分，“上吊师”回复她：“初次见面，我也住在神奈川县，要不要一起死？”

尽管从八月底到十月中旬已有多达八名失踪者，警方却并未重视。究其原因，乃是这些失踪者居住的地区极为分散：福岛县、群马县、埼玉县、神奈川县……而且失踪者也没有任何共同点和联结点，警方很难将这些情况汇总起来分析调查。可以说到目前为止，警方对白石隆浩这个活跃在网上的恶魔还一无所知。

十月十九日，杀死丸山一美的第二天，白石隆浩又一次开始策划罪行。也正是这一次，这个杀人狂魔终于暴露了。

田村爱子，二十三岁，和母亲、哥哥住在东京都八王子市。在她还没上小学时，母亲便因遭遇家暴，带着她和哥哥从横滨市搬到山梨县甲州市。母亲常年在外忙于养家糊口，爱子的童年时代几乎跟哥哥形影不离。

她擅长田径，又喜欢小动物，因为家里条件不好，没有养宠物的机会，所以积极参与学校照顾小动物的活动，从四年级起开始担任学校的饲养委员。日本很多小学都设有“小动物角”，由学生负责饲养兔子之类的小动物。她曾在小学作文里写道：“我未来的梦想就是去宠物店工作，天天和小动物打交道。”事后，记者也在爱子家里看到了她抱着小兔子的照片。

因为中学在临近的八王子市，田村一家也从甲州市搬到了八王子市。虽然只有一山之隔，却是从田园到城市，这种突然的巨变让爱子不知所措，就连学校里同学们聊的话题对她而言都十分陌生。很快，她被同学们孤立。还不到半年，爱子就遭遇了校园霸凌，她向母亲哭诉，很快申请了转学，但境遇没有明显改善。初二前夕，爱子对上学产生了极端的恐惧，彻底休学在家，成了“家里蹲”。

在保健所医生的建议下，爱子起初还曾定期前往附近的精神科医院接受谈话治疗。医生判断她患有应激障碍，是短期内的大量压力加上青春期情绪问题导致的厌学。可是母亲还要挣钱养家，哥哥也得专注于学业，他们对爱子的照料心有余而力不足，治疗也逐渐停滞。她每天只能靠在家上网、看书来打发日子，并且越来越抵触陌生人。

到十五岁，爱子被确诊为适应障碍，并有社交焦虑障碍。她几乎整年闭门不出，也没有联系原来的同学，像是人间蒸发一般。母亲和哥哥每天晚饭时会与她聊上两句，但青春期的叛逆心理让爱子不愿向他们袒露心扉，她在自己的小世界里越陷越深。

二〇一一年，哥哥高中毕业，进入山梨县一家工厂，从家里搬到工厂宿舍居住。

二〇一七年年初，母亲被诊断为癌症晚期。六月，母亲去世。

性格内向的爱子认为，母亲的死完全是因为自己让母亲过于操劳，所以深感自责。她在推特上写道：“为什么对我越好的人越会遭到不幸？”

哥哥为爱子安排了集体宿舍，希望她能借此机会逐渐适应与他人的接触，并且每天都会跟她保持一小时以上的通话。爱子经常会跟哥哥说“非常寂寞”，可是尽管哥哥十分体谅这种心情，忙于工作的他也只能在每个周末来找妹妹说说话。

而在集体宿舍，爱子的社交焦虑障碍也并未好转。她每天都在担惊受怕，疑惑“室友是不是讨厌我”，在屋里不敢发出任何声音。她把拖鞋都用毛巾包好，电视插上耳机，给所有的杯子、碗都准备了桌垫，椅子脚也用厚厚的海绵裹住，她觉得如果自己发出噪声，就会被隔壁的人骂。夜里她不敢上厕所，怕冲水声吵到别人；睡觉时，也会轻手轻脚地慢慢翻身；手机永远静音，打电话也要跑到宿舍楼外面……

九月二十日凌晨，她在推特上发了第一条“自杀宣言”：“征求自杀伙伴，我想自杀，可是一个人去死太可怕，有同样想法的人请私信联系我。我二十三岁，住在东京。”中午，“上吊师”给爱子发来私信：“想找一起自杀的伙伴吗？”两天后的夜里，她回复：“想快速去死，不拖泥带水。”

爱子之所以会在这几天萌生自杀念头，是因为日本九月末有连休，每次哥哥都会带她出去玩。可是每当假期结束，哥哥离开，爱子便会陷入抑郁。简而言之，这是一种节后综合征。

十月六日，白石隆浩以“上吊师”的名义发了一条推文：

> 在自杀之前，通过社交网络给朋友、亲人发送“我要去死了”“感谢你为我做的一切”这种话是不对的。因为一旦你发了这样的内容，就会招致别人的怀疑。他们会开始寻找你，找到你自杀的地点。如果在死前还想要联系什么人，那就说明你对这个世界还有依恋，不应该选择去死。

这段话看似在劝人不要寻死，实则是在说服潜在自杀者不要跟任何人联系，让他们听任自己的摆布。

十月十九日，田村爱子与一名宿舍住户发生争吵，对方喋喋不休地责问，吓得爱子跑回房间，紧闭房门。那名住户又追了上来，一边捶门，一边责骂。

二十日凌晨，爱子发推文说：“不想在这个世界上活下去了，还是想自杀。”之后她与“上吊师”聊了一夜。

二十一日，爱子一反常态，没有给哥哥打电话。当晚十八点三十分左右，爱子从打工的工厂离开，来到八王子站前的一家网吧过夜。按照白石的指示，她已经购买了绳索等物品，关掉手机，甚至没有跟哥哥告别。

二十二日零点二十二分，“上吊师”在推特写道：

> 无论是在学校还是在职场，霸凌总是连续不断出现。你在每天都要出现的地方，如果和别人相处不好的话，精神上就会逐渐被逼入绝境。在这个世界上，虽然没有报道，但还是有很多人因为自杀未遂而感到痛苦——我想帮助你们。

看到这些，爱子再次联系白石：“对不起，我之前一直在犹豫是不是要注销账号，现在自杀的话，你还可以帮我安排吗？”

二十三日早九点半，白石回复：“八王子站见。”

十三点半，爱子如约来到车站，见到了白石。两人在街上吃过午饭，一起回到白石在座间市的公寓。白石让她坐在屋里的箱子上聊天。爱子讲述了自己的身世，谈到妈妈、哥哥，也聊到自己被人欺负、遭遇霸凌的不幸。聊到哥哥时，她开始哭泣，说道：“可不可以让我再想想？”没想到却被白石一拳打翻在地。接着，白石将她勒死并强奸，再把尸体吊在屋中。

二十四日上午，爱子的哥哥向高尾警署报案，请警方出面寻找妹妹。中午哥哥在爱子的笔记本电脑中找到了她的推特账号。哥哥很快猜出了密码，从私信中找到了几个妹妹失踪前联系过的账户。很快，他就发现了“上吊师”。出于推特的个人信息保护政策，在未提出正式逮捕前，警方无法通过推特官方获取账户个人信息，因此无法从这个方向下手。

四、引蛇出洞

为了尽快查到“上吊师”的信息，哥哥开始用爱子的账号讲述妹妹失踪的经过。最后，他几乎绝望地写道：“如果我妹妹已经死了，那之前跟她约好的一起做她想吃的炸虾、下个月一起去居酒屋喝酒，还有圣诞节约好一起奢侈地吃大餐的愿望……就都不能实现了……”

这天下午，爱子在推特上的一名女性朋友通过私信与哥哥取得联系：“你说的这个‘上吊师’我见过，我可以帮你找妹妹。”

哥哥当即和警方取得联系。警方指示这名女孩，用“想要自杀”的方式引蛇出洞。当晚，她便在推特上发送“好痛苦，想赶快自杀”之类的内容。果不其然，第二天凌晨，“上吊师”发来了信息。

在之后的五天，女孩在警方指导下，逐渐打破了白石隆浩的心理戒备。二十九日深夜，白石终于同意与她见面，地点选在与相武台前站只有两站之隔的相模大野站，时间是十月三十日十三点。女孩如约来到相模大野站前，一身黑衣的白石已经在这里等候。警方派出的两名便衣警员也已经在角落里埋伏好，并通过监听器监听二人的交谈。

“今天就拜托你了。”女孩说道。

“那咱们就出发吧。”白石笑着点了点头。

白石带着女孩在相武台前站下车，向公寓走去。即便爱子哥哥已在推特上发送了大量寻人启事，他仍然没有丝毫警备。白石带着女孩走上楼梯，打开房门，让女孩先进屋子，随手将门关上。两名警员迅速赶上，敲响了房门。通过监听器，警员听到白石对女孩说：“不知道是什么人，如果问起你的话，什么也别说。”之后，他才迟迟来到门前，打开房门。

“我们是高尾警署的，想询问一些事。”

白石毫不慌张，点了点头。

“田村爱子，这个人你认识吗？”警察拿出爱子的照片。

“不认识。”

“她在二十三日失踪了，我们从她的推特账户推测，这很可能与你有关，你有什么想说的吗？”

“我不认识，没什么好说的。”

“她跟你是什么关系？”另外一名警官将门推开一些，

指着屋中的女孩问道。

“朋友，来我家玩的。”

越过白石的肩头，警官又看到屋里的地板上有一个白色女性手提包，正是爱子失踪时所拿的那一个，于是问屋里的女孩：“地板上的包是你的吗？”

女孩连忙摇头。

警察再次问白石：“那个包是谁的？”

白石没有说话。

“我再问你一次，你知道田村爱子的下落吗？”

“就在那个箱子里。”白石侧过身体，指了指女孩所坐的位置。

一名警察立即将他反身按在墙上，另一人将屋里的女孩护送到屋外，再将那个隔热箱的盖子打开，一阵腐臭气立刻弥漫开来。警察戴上手套，将手伸进隔热箱满满的猫砂里。很快，他摸到了两个圆滚滚像西瓜一样的东西，刨开上面的猫砂，竟然是两颗人头。一颗已经腐烂变黑，另一颗还勉强看得出样子，从发型看，两人都是女性。

当日十五点，警方以遗弃尸体罪逮捕白石隆浩。

随后赶来的警员们彻底搜查这间公寓，从其他六个收纳箱中又发现了七颗人头，有几颗已腐烂到露出白骨。在洗手间，还有几处尚未清除干净的血痕。在地板上，警员找到了田村爱子的指甲和头发。从地板上的痕迹判断，爱子遇害时有过激烈挣扎。除前面提到的白色手提包，公寓内没有其他受害女性的个人物品。阁楼扶手上，有许多绳索摩擦的痕迹。阁楼上有几个旅行袋，里面放置着大量空气清新剂、绳索、捆扎带，以及两把菜刀、一把剪骨钳、一把手锯，上面都附有干涸的血迹。

从白石隆浩的手机中，警方找到了多名与他有密切联系的女性，再通过对照各地失踪报案时间和失踪人员特征，很快确认了九个死者的身份。

白石隆浩对犯罪事实供认不讳，并逐步交代了遇难者与他的联络方式以及作案细节。

> 勒住她们的脖子，看到她们垂死挣扎，我产生了强烈的快感。
>
> 对要死的人来说，钱财已经没有意义。我让她们带现金过来，为的是杀死她们后，还能赚一笔钱当作生活费。
>
> 既然都是想死的人，让我玩一玩她们的身体，不算什么吧？

他说，九名受害者在被绳索勒住脖子后，几乎都有明显的抵抗和求生意识，很明显这些“自杀者”都没有准备好接受死亡。尽管在网上表现得十分“善解人意”，倡导

“尊重想要自杀的想法”“自杀是每个人的权利”，可实际上，白石却从未将这些被害者当作人来看待。

二〇一八年三月二十二日上午十点，警视厅高尾警署搜查本部宣布，与白石隆浩有关的九起强奸、杀人、分尸、抛尸案立案完毕，交由东京地方检察厅。

二〇一八年八月三十一日零点，东京地方检察厅公布了白石隆浩的精神鉴定结果。通过为期五个月的观察，检察厅确认白石隆浩在作案时具备明确的行为判断能力，对实施致人死亡的行为有着充分认识，因此具备完全的刑事责任能力。

二〇一八年九月十日十二点，东京地方检察厅宣布正式提起公诉。

二〇二〇年十二月十五日，东京地方法院判处白石隆浩死刑。

最后我们来讨论一下“受害者是否真想自杀”这个问题。

从受害者最终表现出的挣扎和抵抗来看，大多数有过自杀念头的人，在死亡真正到来时都是拒绝的。除了所谓的“神经反射”，其实很多声称要自杀的人并未真正理解过什么是死亡。

在极端情绪或心理问题，例如抑郁症、躁狂症、边缘型人格障碍的影响下，人确实可能产生自杀冲动。这一方面表现了尝试自杀者对生活的不满和自身的痛苦，另一方面也体现出他们对自己的绝望和放弃。如果他们在发作期被他人阻止，往往会说“我为什么连选择死亡的权利都没有”“能不能让我去死”之类的激烈言辞。然而，当他们的情绪平复下来，能够用较为正常的心态去审视生活时，一些充满乐趣、温情的生活细节又能让他们暂时忘记自杀的念头。

人活在这个世界上，并不只是个体。我们有着各种各样的社交圈，有着那么多与自己相关联的人。当思考“是否要自杀”时，如果你选择了一群同样对生活充满悲观情绪，甚至刚好也处于情绪崩溃期的人来交流，得到的反馈很可能是赞成，甚至有人会站出来说“陪你一起死”。

但这是正确的吗？

我们不应替任何人做出影响一生的决定。当朋友万分痛苦，想一死了之时，我们可以选择帮助他平复情绪，建议他做一些心理治疗，也可以默不作声，给他一些空间。无论怎样，我们都不应该诱导、唆使甚至帮助他走向死亡。

因为死亡一旦发生，便是不可挽回的。

说出“想要自杀”并不难，但你也要知道，在世界的各个角落，还藏着形形色色像白石隆浩一样，想要从你的自杀中获得难以名状的恐怖乐趣的人。

好好活着，不要自杀。

后记一：故意杀人与嘱托杀人

本案最具争议的，便是白石隆浩究竟是不是“故意杀人”？

按照白石的供述，八名遇难女性被杀前都明显表示出“后悔”，且在被杀过程中激烈挣扎，唯一的男性受害者也是在喝下含有安眠药的饮料后被杀，这毫无疑问都说明白石是故意杀人。

然而，白石的辩护律师称，白石隆浩的行为实则属于“嘱托杀人”。嘱托杀人是指被告在死者的要求之下，依照死者的意愿实施的杀害行为。这样一来，就可以将被害者的抵抗行为说成是人在面临死亡时的自然反应。按照日本《刑法》的规定，嘱托杀人的法定量刑为十年上下，这显然与死刑判决相差甚远。而分尸和抛尸，在日本刑法中适用“尸体损坏及遗弃”罪名，法定量刑区间为三到五年。因此，如果白石当庭翻供，那么势必会严重阻碍法庭的审理进程。

后记二

在看守所中的白石隆浩，对所有前来采访的媒体表示：“给我钱，我才接受采访。我在看守所已经待了很长时间，想用钱来买点儿好吃的。”

后妻案

主犯：筧千佐子
事件の発生時間：2002—201
事件現場：大阪府、兵庫県、京都
死亡者名：阿部實夫、武藤悟、平
末廣利明、中田敏行、福原晃士、本
日置稔、早川隆平、筧勇夫
犯行の手段：毒殺

六十岁的
高龄杀人犯
一郎、
正德、

主　　犯：笕千佐子

案发时间：2002—2013 年

案发现场：大阪府、兵库县、京都府

死　　者：阿部宽夫、武藤悟、平冈喜一郎、末广利明、中田敏行、福原晃士、本田正德、日置稔、早川隆平、笕勇夫

作案方法：氰化物下毒

二〇二一年六月二十九日，在日本最高裁判所第三小法庭，一名白发苍苍的老太太坐在被告席上，神情恍惚，目光游离。她身后不远的辩护席上，几名辩护律师正襟危坐，等待着法官宣布最终的审判结果。在他们对面，检察官们也一脸凝重，紧紧盯着法官席上的五名法官。

本庭宣判，笕千佐子被控于二〇一二年三月谋杀本田正德，二〇一三年九月谋杀日置稔，二〇一三年十二月谋杀笕勇夫，三起谋杀罪名成立，维持一审判决死刑，本判决为最终判决。自二〇二一年六月三十日起，被告笕千佐子移交大阪看守所，等待执行死刑。关于与本案相关的民事诉讼赔偿，将在之后另行开庭。

审判长宫崎裕子面无表情地宣告退庭，公审庭内几名媒体记者已先人一步奔出法庭，急于向候在门外的同事们报告这一重磅消息。辩护席上，几名律师正焦急地交谈着，商讨是否还有赢回一线生机的可能。而被告笕千佐子依然板着脸，木然地跟随法警从小门离开。

“我知道难逃死刑，但我不服气。”抵达大阪看守所后，笕千佐子对媒体记者如是说。

笕千佐子究竟是什么人？她为何要杀害那些人，又如何在六旬高龄去犯案呢？

笕千佐子，原名山下千佐子，一九四六年十一月二十八日出生于北九州市（当时叫八幡市）。父亲是八幡制铁所中层，家境中等偏上。在父亲的严格家教下，笕千佐子自幼成绩出色，后来顺利考入福冈县的东筑高校。这是一所在九州岛名列前茅的重点高中，毕业生大多能考入重点公立或私立大学。在高中时期，千佐子的成绩一直相当优异。十八岁时，她为了前途与班主任深谈过几次，得到了班主任的认可。班主任认为她现在足以考入九州大学，如果能再加把油的话，考上东京大学、京都大学也不是没有可能。可是，千佐子把考大学的想法告诉了家里后，家人却强烈反对。

二十世纪六十年代的日本，思想上远远没有如今开放，尤其是对女性社会角色的看法。大部分企业仍旧保持着旧有观念，认为只有男性职员才能为企业拼搏奉献，女性职员只能担任文秘、打字员、事务员等，从事事务性工作。而在家庭中，除了少部分比较开明的家长，绝大部分家长对女性上大学、步入社会、像男性一样获得事业上的成功等，都抱有很强的怀疑态度。再加上六十年代初期，日本很多大学出现了左翼学生运动苗头，家长们更加担心女孩子上了大学会被那些学生吸引，荒废学业不说，甚至还会给家里带来麻烦。因此，千佐子的父母极力反对她考大学的念头，通过各种社会关系为她谋求了一份银行职员的工作。

在谈及自己的年轻时代时，笕千佐子也曾感叹，如果当时家人支持她考大学，自己也许就会走上一条截然不同的人生道路。

千佐子在八幡市住友银行担任存款柜员。因为银行招收的大部分都是年轻女性（日本人普遍认为女性更加细心，可靠，适合做账目工作，这是对性别的刻板印象），千佐子工作了几年，也没有机会结识适龄男性发展恋爱关系。一九六九年，千佐子二十三岁时，和同事一起前往九州南部的鹿儿岛县樱岛旅行，在此认识了第一任丈夫矢部真一。他当时在大阪市一家小印刷厂当印刷工人。二人在旅途中一见钟情，就此约定旅行结束后向家人说明情况，准备结婚。

得知女儿准备从九州远嫁大阪，并且还要跟一个只认识几天的男人结婚，父亲勃然大怒，坚决反对这桩婚事。男方矢部家也是一样的。可是深陷爱河中的两人却不顾双方家庭的阻挠，几乎是以私奔的形式成了婚。二人在贝冢市定居，用积蓄开了一家小印刷厂。第二年，千佐子生下一名男婴，又过一年，再添了一个女儿。靠着这个小厂子，四口之家虽然没有大富大贵，但日子很是平稳，如同那一时期千千万万的日本普通家庭一样。

如果故事就此结束，那么在二〇二二年，千佐子的两个孩子想必已经成家、生子，甚至可能已经四世同堂，七十六岁的千佐子也不会出现在大阪看守所的死囚牢中。

那么，千佐子的人生是从何时起出现了转折呢？

二十世纪九十年代，日本泡沫经济崩盘，首当其冲的是房地产、金融业，这引起了全社会的恐慌，居民消费意愿和企业投资意向急剧收紧。矢部家经营的印刷厂也遭到了冲击。此前，由于行业调整，传统平面印刷需求逐渐减少，矢部家的小工厂迫于经营压力，引进了服装印花设备，开始大量接单印制T恤。然而随着经济泡沫膨胀，用人成本和材料成本迅速攀升，矢部家不得不向银行申请贷款来维持运营。经济泡沫破裂，工厂大量订单取消，同时尚未收回的欠款也随着对方破产、停业成了一笔笔呆账、坏账。一九九四年八月，矢部真一心脏病突发，经抢救暂时脱离了生命危险；到了九月五日，终于可以出院。然而，矢部真一当晚就在家中一命呜呼，年仅五十四岁。

警方查询记录，发现矢部真一早在一九九二年便出现了较为严重的心脏病症状，多次住院治疗，接受心脏手术后依然没有达到良好的康复状态。因此警方判断，他的确是死于突发心脏病，没有尸检便开具了死亡证明书，安排尸体火化。

在二〇二一年的一次采访中，媒体记者曾向千佐子问起矢部真一的死。尽管千佐子已被确诊患有一定程度的认知障碍症，但她还是明确地给出了答案。

那个人不是我害死的，我没有害死任何人。我经历过太多的离别，已经记不起他们的样子。

从矢部真一过世后千佐子的生活变化上看，她似乎的确没有预谋杀害丈夫。

矢部真一去世后，四十八岁的千佐子要独自承担向银行借下的两千三百万日元贷款。她并没有急着关闭工厂、申请破产，而是接手了这个烂摊子。在接下来的几年里，千佐子先用丈夫的人寿保险偿还了部分贷款，又几乎将工厂每月的全部利润拿来偿付剩余贷款和利息，日子过得相当拮据，甚至不得不开始向娘家和朋友借钱度日。

尽管矢部家族在大阪还有几处产业，但千佐子和婆家相处得并不好，自然没能从婆家获得任何支援。她也想过再婚，并于一九九八年在一家婚姻介绍所登记。然而几轮相亲下来，对方往往在得知她的财务状况后便没了下文。

二〇〇一年，千佐子被迫关闭工厂，未来的生活没有着落。她准备出售亡夫留下的住宅和工厂土地，但很快矢部家的亲戚们便找上门来，提出出售这些资产必须获得矢部家成员的同意，而且作为家族财产，千佐子不应成为唯一的继承人。

土地资产出售最终并未让千佐子获得足以养老的资金，而此时她也只有五十五岁，身上还背负着多方借款。也许正是在这样的绝境之下，千佐子灵魂深处那黑暗的一面开始萌动，逐渐占据了这个极为普通的中年女性的内心。

从二〇〇二年开始，千佐子突然激进起来：她先后前往大阪、神户、京都、淡路、冈山等地的十九家婚介所登记，并注明希望相亲对象的条件为年龄六十岁以上，年收入一千万日元以上，名下有经营的公司或资产，无子女，有住房。而她在婚介所的自我介绍是这样的：

我来为您的人生圆第二次梦。我性格开朗，宽容温柔，爱积极思考，愿意为自己倾慕的另一半奉献全部。我擅长健康管理，希望在一个充满快乐的家庭里当好妻子的角色。

相信各位看到这里已经明白，千佐子的相亲目标就是那些有钱、有房同时没有家庭束缚的高龄男性。

千佐子并非靓丽美人，即便年轻时也只能算是相貌平平。加上多年劳累，如今五十多岁的她也恐怕很难算得上风韵犹存。因此能给她带来一些自信的，只有相对还算年轻的岁数：以五十六岁的年龄去找一位六十岁以上的伴侣，自己才勉强算是有挑选的余地，也不至于显得过于急迫想要成婚。

很快，她这张网中出现了第一个“猎物”——来自大阪市的阿部宽夫。

阿部宽夫丧偶多年，比千佐子大十一岁，二〇〇二年二月通过婚介所与千佐子相识。两人以每周一次的频率外出约会，有时在外过夜。阿部膝下无儿无女，只有一个同住在大阪的姐姐。千佐子对阿部的描述是极其模糊的，在记者面前她甚至都难以记起阿部的全名。而据阿部的姐姐回忆，弟弟似乎对千佐子充满了期待，甚至和自己商议过与千佐子再婚的想法。当时千佐子也并没有对阿部宽夫隐瞒自己丧偶的情况，共同的经历反而让两人更加融洽。

然而在相识大约两个月后，二〇〇二年四月，阿部宽夫在家中猝死。姐姐几天没收到弟弟的消息，报警后由警方前往弟弟独居的房屋，才确认他去世的消息。根据现场勘查，屋中没有搏斗、翻动物品的痕迹，尸体也没有明显外伤。据过往病史推测，阿部系突发心肌梗死导致的死亡。然而，阿部的姐姐怀疑千佐子与弟弟的死有关，因为弟弟提过和千佐子约会后有几次头晕、恶心的症状。姐姐也谈到，弟弟和千佐子除了恋爱关系，也存在金钱往来。千佐子向阿部借过几笔钱，但在阿部的遗物中，警方并未找到相关借据。此后，千佐子再未与阿部姐姐联系过。

据一家婚介所负责人介绍，千佐子算是比较抢手的类型。其一，她对资产的要求，很多经历过日本黄金发展期的老人都能满足；其二，她时常参加中老年大型联谊活动，开朗的性格往往让她成为人群中的焦点。

二〇〇三年二月，千佐子通过婚介所认识了新“猎物”——大她十岁的武藤悟。武藤悟在淡路岛有两处农园，以种植洋葱为主业，同时经营民宿，两个儿子都已搬到大阪。两人交往后不久，千佐子便从贝家市搬到南淡路市，与武藤悟同居。

据武藤家的邻居回忆，千佐子跟他们的关系还算融洽，并无可疑之处，只不过她经常穿着和年龄不符的艳丽衣服，与武藤悟驾车外出兜风。自二〇〇三年三月起，千佐子和武藤悟同居了两年，关系较为稳定。然而在二〇〇五年三月，邻居听到他们家多次传出吵架的声音。二〇〇五年三月二十三日，武藤悟中午独自驾车外出，到了晚上还未回来。当晚，千佐子向南淡路警署报案，警方随后在市外一处公路边的交通事故现场发现了武藤悟的尸体。据警方记录，那日天气晴好，市郊公路流量较小，武藤悟可能是因疏忽而睡着，这才使车辆失控，几乎笔直地撞在了拐弯处的大树上，他当场死亡。

由于两人并未登记结婚，千佐子得不到任何金钱补偿，事后只好搬回贝冢市。

二〇〇五年六月，武藤悟死后三个月，五十九岁的千佐子结识了住在兵库县西宫市的平冈喜一郎。平冈喜一郎比千佐子大十岁，在西宫市经营房地产，名下有多处公寓房产。千佐子和他的关系并没有像前几次那样迅速升温，因为在同一时期，她其实还有一名男友——比她大十七岁的末广利明。虽然已经七十六岁高龄，但曾经身为运动员的末广利明精力依然充沛，爱好赌赛艇和赌马。末广住在神户市元町的一处宅院，与前妻有一女二子，他们都已离家独立。神户市和西宫市间隔只有几十公里，千佐子每个周末都会往返两地，到后来干脆在神户找了家酒店长住，以方便安排。

无论是平冈还是末广，都比之前那几名男性更加有钱，所以千佐子也格外小心。她会刻意把外出约会的时间错开，活动地点也从不重复，甚至使用不同的手机。在特殊节日，比如圣诞夜和新年，她更加不会露出马脚，分别在下午和晚上同两人约会，并且特意把西宫的平冈约到大阪，而跟末广在神户见面。

经过一年交往，千佐子终于得到了回报：二〇〇六年五月，平冈向千佐子求婚，并提出在西宫阪神甲子园球场附近为她购置一间高层公寓。千佐子一面向末广撒谎，说自己准备前往韩国接受外科手术，一面答应了平冈的求婚。二〇〇六年五月底，两人正式成婚。

二〇〇六年八月，新婚生活刚满三个月，平冈在家中突然去世。千佐子向警方反映，平冈当天午饭后便说头疼、恶心，躺在沙发上休息，再也没醒过来。警方判断，死因系长期慢性高血压导致的脑出血，因而并未尸检。千佐子理所应当地继承了这间高层公寓，并转手将它送给了女儿。

二〇〇六年九月，千佐子与末广重新取得联系，开始定期见面约会。二〇〇六年十月，她向末广提出再婚建议。但末广的儿女们经过详细探听，认为他们两人的关系尚未到亲密的程度，一致反对再婚，并希望能直接与千佐子见面。不久之后，末广向千佐子说明了儿女的意思，千佐子十分恼火，也拒绝了末广儿女提出的见面要求。

不过，两人的交往并未停止，反而转入了地下。二〇〇七年十二月十八日下午，末广在街上昏迷，被送入医院抢救。女儿首先赶到医院，从父亲口中得知了实情。

十二月十八日中午，末广接到千佐子的电话，这让他有些意外。因为自九个月前起，千佐子便以投资证券为由，多次向他借钱，累计金额达到四千万日元。到二〇〇七年十月，末广在约会时表达希望千佐子还钱。最初，千佐子以资金尚未到位为由推托，还显得有些生气，后来干脆拒接电话，二人因此停止了约会，陷入冷战。没想到时隔一个多月，千佐子竟然来电，还说自己准备好了现金，下午见面时会归还欠款。

末广欣然赴约，两人在神户市元町附近的一家咖啡馆见面。千佐子带来一个大皮箱，谈到自己最近正在参与抗癌保健品的项目投资，而且拿出了已经开发好的“抗癌胶囊”，让末广服用。两人聊了两个小时，千佐子一直喋喋不休地聊着一些“抗癌科技”。末广突然感到心慌气短，而且有些恶心，提议出去走走，千佐子便拿起皮箱，挽着他的胳膊出了咖啡馆。在街上，千佐子暗示末广“想找家酒店休息”，几乎是连拉带拽地将末广带到了一条小路，随后用皮箱猛砸他的胸口和头部，七十八岁的末广当即晕倒在地。

听完这段叙述，女儿气愤得想去报案，但被父亲拦了下来。他一方面担心报警后借出去的钱恐怕也很难要回来，另一方面他对千佐子尚留有一丝幻想。医生为他治疗了挫伤和擦伤，便让他回家静养。但据子女说，事实上这起事件之后，末广就经常头痛、眩晕、耳鸣、胃部灼热、全身肌肉僵硬，屡次就医效果都不明显，短短一年半后便去世了。这些症状与氰化物小剂量慢性中毒后情况高度相似。遗憾的是，最初就诊时，医生并未想到他有氰化物中毒的可能，未做化验检查，也就没能留下任何直接证据。

而在袭击末广利明后第三天，二〇〇七年十二月二十日，千佐子与住在奈良的中田敏行开始了新的同居生活。

中田敏行比千佐子大十四岁，时年七十五，在奈良市经营古董生意，有两家古董店和一家当铺，一生未婚。同居不久，中田敏行就因中风住进医院。二〇〇七年十二月二十八日，在千佐子和律师安排下，尚在病床上的中田敏行留下了“身故后所有资产归平冈千佐子（此时千佐子尚保留着平冈这一夫姓）”的遗书，并当场进行公证。二〇〇八年三月三日，中田敏行与世长辞，千佐子顺利继承了中田家的房屋土地和三处店铺。一个月后，三处店铺先后被拍卖变现，所得全部被拿来偿还借款——千佐子在二〇〇七年年中开始学习期货交易，由于缺乏经验，半年就赔掉约三亿日元。

二〇〇八年四月十八日，平冈千佐子与刚刚交往约一个月的福原晃士登记结婚，这已经是她第三次结婚。婚后，千佐子改名为福原千佐子。

福原晃士时年七十五岁，住在大阪府松原市，在大阪丰能町有几处林地，同时经营着一家高尔夫球俱乐部。同之前的几名男性一样，他也无儿无女，社会关系简单，原本过着简单、闲适的退休生活。自从千佐子到来之后，福原晃士的身体突然出现异常：全身疼痛，视力下降，并且还伴随有间歇性失聪。二〇〇八年五月十七日，福原晃士被发现死于松原市家中，死因为疑似自杀。

据尸体第一发现者福原千佐子陈述，福原晃士这段时间一直因身体的异常情况而苦恼，屡次就医也不见好转，最近已经开始脱发、失眠、食欲衰退。尽管千佐子为他安排了多种康复理疗手段，福原晃士的身体还是每况愈下。在自杀前几天，福原晃士已多次提出想要一了百了，用自杀来摆脱痛苦。五月十七日下午，千佐子外出购物，再回家时便看到他已经在客厅上吊自杀。警方向福原晃士常去的诊所了解情况，得知千佐子所说属实，福原晃士的确因精神抑郁等问题有过轻生的念头，精神科医生那里也存有求助记录。同时，警方并未发现任何有关他杀的线索，因此认定福原晃士的确死于自杀。

相信各位看到这里不难发现，福原晃士死前的症状，与之前神秘死亡的末广利明有着相当程度的相似性。但可惜，无论是末广利明还是福原晃士，遗体都未经解剖。

福原晃士死后，千佐子拿出亡夫亲笔写下的遗书，上面明确写着“死后一切遗产由千佐子继承”。根据律师统计，福原晃士留下了价值五千八百万日元的现金、有价证券以及大片林地。这份遗书的落款日期为二〇〇八年五月十二日，是福原晃士死前五天。千佐子之后曾尝试出售那些林地和高尔夫球场，但很难脱手，只好暂且搁置。

此后，千佐子“相亲—恋爱—结婚—丧夫”的循环似乎戛然而止。二〇〇八年五月底至二〇一〇年七月，千佐子的恋爱对象并不像之前那样，与其相识一两个月便命丧黄泉。

这究竟是什么原因？

答案是“关联案件”。

一旦出现作案手法、作案对象或作案地区相类似的案件，警方必然会察觉，因而会加大力度排查和侦破。犯罪者自然也不希望出现“类似案件”或“关联案件”，对他们来说，最理性的选择就是暂时停手，观察警方和其他犯罪者的动向。

在千佐子这个故事中，我至今都未明确写出“千佐子就是杀人凶手”，因为在接下来的内容中，我会带着各位一起审视检方所提出的证据，是否能指认千佐子就是真凶。但假如，我是说假如千佐子确实策划并施行了上述数起神秘死亡事件，那么在这段时间里，她必然将在电视新闻和报纸媒体上注意到一个名字，一个跟她一样在日本女性恶性犯罪史上不相上下的人——木岛佳苗。

在本书第一卷中，我写过木岛佳苗的犯罪经历。她所犯罪案与千佐子故事中的神秘死亡事件高度相似：死者都是老年单身男性，死因大多不明，且死前较短时间内都与女嫌疑人有过恋爱交往或结婚登记，并且在这些人死后，女嫌疑人都获得了一定金额的遗产或保险赔偿。

二〇〇九年八月，木岛佳苗犯罪嫌疑人的身份浮出水面，并被媒体持续曝光，她以婚姻做伪装连续诈骗并杀人，在社会上引起了轩然大波。九月二十五日，木岛佳苗被埼玉县警方正式逮捕。而在这起案件事发之前，二〇〇八年四月八日，一名照顾单身老人的女护工也因试图杀死看护对象而被捕。坊间传闻，该女性意在骗取人寿保险金。此时日本已步入老龄化社会，媒体对这些热点案件的讨论也是沸沸扬扬。显然，对千佐子来说，这样一个焦点时期并不适合作案。

木岛佳苗于二〇一〇年二月二十二日被正式起诉，随后此案进入开庭准备阶段。此后，媒体对于这起连续杀人案件的追踪报道日趋减少。而二〇一〇年七月左右，千佐子终于结束了长达两年多的沉寂期，开始了新活动，很难说这两起案件之间没有什么联系。

二〇一〇年七月，千佐子重新激活了在多家婚介所的档案，随后开始跟一些男性对象约会，但始终未遇到合适目标。当年十月，千佐子与同住在贝冢市的本田正德相识，这是她在“复出”后选定的第一个“猎物”。

本田正德时年七十岁，独居，在大阪府贝冢市有一栋出租用的小公寓，生活较富裕。与千佐子相识后，两人感情稳定。二〇一一年五月，两人开始同居。尽管没有进行婚姻登记，但根据日本婚姻相关法律，以夫妻形式共同生活达到一定时间后，法律会认可两人的事实婚姻关系，双方在财产所有权和继承权上与登记结婚的夫妇享有相同的权利。

二〇一一年十二月底，临近新年，本田家发生了一场争吵。据邻居反映，本田与千佐子的争吵似乎与遗嘱有关，最终两人似乎不欢而散。千佐子在新年之前搬出了本田家，跑到女儿家住了下来。此后，本田曾多次提出与千佐子复合，并在律师的协助下，于二〇一二年一月制作了一份“死后全部遗产由千佐子继承”的遗嘱。据参与遗嘱制作的公证人员介绍，本田老人当时提过，希望用这份遗嘱挽回老伴的感情。即便如此，千佐子也没有搬回与本田同住，而是回到贝冢市老宅。两人每周外出约会一两次。警方推测，此时千佐子之所以不选择与本田同居，是因为她已经开始同新的男性见面，要准备后续的约会。

二〇一二年三月九日下午，千佐子约本田见面，地点是本田家附近的咖啡馆。两人闲聊了约两个小时，之后本田骑着自己的轻型摩托独自向南面的泉佐野市出发。但十分钟后，他便被路人发现倒在距咖啡馆不足五百米的路旁，停止了呼吸。警方在现场并未发现交通事故的痕迹，认定本田是猝死，停止了调查。

第二天，千佐子叫来开锁师傅，将本田家中的保险柜打开，找到了存折、死亡保险合同以及公寓地契，随后向保险公司申请赔付，出售了本田名下的房产，获得了一千九百四十三万日元遗产。

七个月后，二〇一二年十月，千佐子与伊丹市的日置稔通过婚介所结识。日置稔当时七十五岁，几年前曾患肺癌，手术治疗后病情逐渐平稳。他原本担心千佐子会因健康问题嫌弃他，不承想千佐子似乎毫不在意，反而充满热情地鼓励他拥抱生活，享受老年时光。日置稔很是感动，两人相处得十分融洽。

认识日置稔不久，千佐子再次通过婚介所与住在大阪府堺市的早川隆平开始交往。当然，她依旧小心维护着两段关系，让两位男性不知道彼此的存在。

此时的千佐子似乎也改变了过去很快便与对方同居的做法，而是有意与交往对象保持距离，每晚都会回到贝冢市的家。当然，这也许只是为了方便同时与多名男性约会。但无论如何，这种做法反而让她“更有魅力”。在与日置稔、早川隆平交往了大约三个月后，千佐子与住在京都的笕勇夫开始了恋爱关系。巧合的是，笕勇夫和日置稔都是七十五岁，妻子早逝，无儿无女，独自居住。早川隆平稍小，只比千佐子大两岁，但也患有多种慢性疾病，身体状况很是糟糕。而此时的千佐子也已是六十六岁的老人，从阿部宽夫的神秘死亡算起，这十年死在她身边的男性已有七名。

很快，这份名单上会再添三个名字。

婚介所记录显示，千佐子这段时间曾先后与多达十名男性相亲，之后的发展情况婚介所并不知晓。可想而知，她的日程安排肯定十分繁忙。同时，千佐子的行为习惯也在悄然变化：她不再与任何人同居，而是频繁往来于各个约会对象所在的城市。这样一来，她也避免了很多之前遇到过的麻烦。

其一，自己的时间相对自由，可以同时交往多名对象，便于物色合适的作案对象。

其二，感情发展的主动权掌握在自己手里，可以轻松控制每段关系的走向和进程。

其三，避免和交往对象的子女、亲属、朋友接触。如果同居，她不免会被介绍给对方的交际圈，但如今这种定期约会，甚至有些若即若离的关系，让她可以成为对方生活中的“隐形人”。

这些“便利”，不知是千佐子无意发现的，还是有意为之，但从结果来看，两者并无区别。

二〇一三年五月中旬，在与千佐子交往七个月后，早川隆平在家中孤独地死去。尸体过了两周才被发现，已经严重腐坏，警方认定这是独居老人猝死事件。

二〇一三年九月二十日，日置稔与千佐子在外就餐后，突然摔倒在餐厅外的停车场，呼吸停止，陷入昏迷。在急诊室里，医生向千佐子询问是否同意为日置稔切开气管，使用呼吸机，被千佐子拒绝。她坚持要求只通过胸外心脏按压和人工呼吸抢救。一小时后，日置稔死亡。由于日置稔曾患有肺癌，且死前出现了呼吸困难的症状，医院鉴定死因系肺癌所引起的器官功能衰竭。

九月二十四日，日置稔的葬礼尚未举行，千佐子带着开锁匠来到日置稔家中，强行打开了保险柜，取出一份遗嘱和存有一千五百三十八万日元的存折。遗嘱写明，日置稔死后遗产全部归千佐子所有，日期落款为二〇一三年九月二日，即日置稔死前十八天。

二〇一三年十一月一日，千佐子和笕勇夫在京都府向日市举办了简单的婚礼，千佐子户籍上的姓名也从“平冈千佐子”改为“笕千佐子”。婚后，两人在日本各地自驾旅行。十二月中旬，笕勇夫和千佐子回到向日市家中。十二月二十八日，笕勇夫在家中吃过千佐子准备的晚饭后陷入昏迷，当晚于医院去世。在笕勇夫死亡当天上午，长期负责为他诊疗的医生还给家中打过电话，询问其健康状况。千佐子对医生说，笕勇夫最近经常感到下颌、头部和颈椎疼痛，而且头晕得无法行走。

二〇一三年十二月三十日，笕勇夫去世仅仅两天，千佐子叫来开锁匠，将家中保险柜打开，拿到有四千余万日元存款的存折和印章。然而，因为临近新年，笕勇夫尚在人世的哥哥和妹妹正好来到家中，得知笕勇夫暴毙，而眼前这个女人正在准备转移遗产，哥哥和妹妹立马向银行申请冻结笕勇夫名下所有账号，并且报警。

警方立即将笕勇夫的遗体送往法医处进行司法解剖。很快，尸检结果初步确定，笕勇夫死于氰化物中毒，血液中氰化物含量超过致死剂量三倍。警方尚无法确定如此多的氰化物是如何进入笕勇夫体内的，因此只能先将第一现场笕勇夫家封锁，将笕千佐子作为重点怀疑对象秘密观察。

事发后，千佐子搬回贝冢市，同时也带回了大量笕勇夫家中的物品。警方尚无法确定千佐子与笕勇夫中毒死亡一事有关，为避免打草惊蛇，并未申请对千佐子家中物品进行突袭搜查，也没有即刻逮捕她。但是，他们每天都检查千佐子家的下水道和垃圾等，并且每当千佐子外出时，警察都以业务质询为由，上前检查她携带的物品，询问具体外出目的。千佐子当然并不愚蠢，自搬回家后，她完全没有露出任何马脚，反而不断抗议警方这种“骚扰行为”。

警方未能在筧勇夫家中找到任何含有氰化物的容器，在对其生前活动的追查中，也没能发现与事件相关的有价值的线索。他们从为筧勇夫长期看病的医生那里得知，筧勇夫生前患有神经功能失调，有失眠和食欲减退的症状，但并未有明显的器官病变，千佐子在他去世当天上午打电话时提到的下颌、头部和颈椎疼痛等，似乎显得有些不合常理。可是筧勇夫是如何服下大量氰化物的，这些氰化物的来源又是哪里，至今也没有任何结论。只能说警方凭直觉判断，解谜的关键一定在千佐子身上。

双方这种按兵不动的消耗战，一直持续到了二〇一四年八月二十四日。这天千佐子在垃圾站丢弃了几盆已经枯死的植物，此举引起了警方的注意。警方将花盆里的土全部倒出，细细筛查，发现土里埋有一些塑胶袋碎片，经过一周的化学分析，确定土里含有一定量的氰化物，而塑胶袋上沾有的氰化物浓度更高。

二〇一四年八月二十七日，警方终于宣布强制搜索，在千佐子家中发现了与先前的塑胶袋碎片完全相同的几个空塑胶袋，袋上同样检出高浓度氰化物。

二〇一四年九月一日，筧千佐子被京都府警方拘捕。最初，千佐子否认杀害了筧勇夫，但又不能自圆其说，无法解释家中为何有那么多含高浓度氰化物的塑胶袋，也不愿提供氰化物的来源。

二〇一四年十一月十八日，千佐子终于承认，由于结婚后手头缺钱，又听说丈夫以前和别的女人在一起时，经常拿出一两千万送给对方，自己心中不平，起了杀心。

十一月十九日，京都府警方以谋杀嫌疑正式逮捕笕千佐子。一系列老年男性神秘死亡事件的脉络，这才逐渐清晰。

二〇一五年一月二十二日，大阪府警方梳理案情，发现在其管辖区内三年前死亡的本田正德，也曾与笕千佐子交往。查询该事件相关物证后，警方偶然找到本田正德死亡时留下的尚未经司法鉴定分析的血液样本。经鉴定，血液样本中的氰化物含量为致死剂量的十倍以上。一月二十八日，大阪府警方以涉嫌谋杀本田正德的罪名，再次逮捕笕千佐子。

笕千佐子交代，自己确实杀害了本田正德和笕勇夫，并且还有其他警方尚未发现的受害者。二〇一五年三月，大阪、京都、兵库、奈良四地区警方设立专案组协同调查。

二〇一五年六月，专案组初步确定，二〇〇九年去世的末广利明与笕千佐子也存在关联，因此以杀人未遂罪名逮捕笕千佐子。

二〇一五年九月，经查明，日置稔确系死于氰化物中毒，大阪府警方以涉嫌杀害日置稔的罪名再次逮捕笕千佐子。

二〇一五年十月，奈良县警方以涉嫌杀害中田敏行、福原晃士的罪名，逮捕筧千佐子。因为中田敏行和福原晃士也呈现出氰化物中毒迹象，而筧千佐子也供述承认，曾让两人吃下装有氰化物的胶囊。然而，由于两名死者当时分别被认定为病死和自杀，并未进行司法解剖，除了筧千佐子的供词之外，警方也并没有任何物证。

二〇一五年十一月，专案组发现，武藤悟、早川隆平的死也与筧千佐子存在关联，因此对筧千佐子提出强盗杀人指控。然而同样由于两人死后并未进行司法解剖，警方缺乏必要的证据。

二〇一五年十一月二十日，大阪地方检察厅以证据不足为由，撤销对筧千佐子杀害中田敏行、福原晃士、武藤悟、早川隆平四名受害者的指控，而对于她杀害本田正德、日置稔、筧勇夫，以及强盗杀人未遂的指控，已经进入司法诉讼阶段。

二〇一七年六月二十六日，京都地方法院开庭，公开审理筧千佐子一案。

庭审中，检方出具了本田正德、日置稔、筧勇夫的尸检报告，指出三人体内的大量氰化物是导致他们死亡的直接原因。末广利明在遭遇筧千佐子袭击后，曾长期住院治疗，在他的住院记录中也呈现出与氰化物慢性中毒高度相符的症状。因此，检方以强盗抢劫、谋杀多名受害者为由，建议法庭判处被告人死刑。

笕千佐子的辩护团队则提出，笕千佐子从多年前起已经罹患阿尔茨海默病，存在严重的认知障碍，因此她很有可能在案发时不具备基础的认知能力，行为能力受限，因此主张被告人无罪，并要求法庭对其进行精神鉴定。可是他们没想到，笕千佐子竟然拒绝了。她在看守所中始终坚称自己“还没老糊涂”，思维清晰敏捷，这一点也被诸多前来采访的媒体记者证实。笕千佐子尽管已七十一岁，但无论是在反应上还是思考能力上，都没有任何患阿尔茨海默病的迹象。

第二次开庭，法官对笕千佐子进行了个人信息核实，她对答如流。但当法官问到笕勇夫的住址时，她却表示“记不清了，因为总共也没去过几次”。

随后，法官向笕千佐子询问：“关于检方对你谋杀笕勇夫的指控，你是否有异议？”笕千佐子回答：“没有异议，认罪。”而关于“氰化物是如何弄到的”这个问题，笕千佐子回答，是在第一任丈夫尚未故去时，从家中的印刷厂拿到的。

之后的庭审过程，笕千佐子按照律师团队指示，始终保持缄默，而把所有话语权交给了律师。辩护律师团队要求法庭公布笕千佐子在京都看守所羁押期间，于二〇一六年五月至九月进行的精神鉴定结果。结果显示，尽管二〇一五年前后笕千佐子确实出现过记忆障碍症状，患有初步的阿尔茨海默病，但她实施犯罪时，并未有任何影响认知判断的精神疾病病发的现象。

辩护团队提出，由于被告确实患有阿尔茨海默病，因此并不适合参加法庭审理，要求被告退庭。但法官在向笕千佐子询问是否希望回避庭审时，笕千佐子表示拒绝退庭。在接下来的几次庭审中，尽管辩护律师多次希望笕千佐子保持沉默，但她似乎不为所动，一直在直接回答法庭上法官和检方的问题，对杀害本田正德的指控供认不讳。可是，到二〇一七年九月二十六日第四次开庭时，笕千佐子却说自己记忆力已经明显衰退，完全记不清当时发生的事。

二〇一七年十一月七日，京都地方法院宣布一审判决。判决书中写道："在给予最大仁慈的前提下，即便考虑到被告人年事已高，且患有阿尔茨海默病等认知性精神疾病，对于被告人以获得金钱财物为目的，使用极其残忍的手段连续杀害多名无辜老人的事实，也唯有判处死刑，方能体现法律的公正。"

被告方当庭提出上诉，笕千佐子表示"完全不能接受"。

在等候上诉开庭期间，笕千佐子接受了很多媒体的采访，她提到自己在一审庭审中有前后矛盾的供述，并主张自己"被检方欺骗，承认了未曾犯下的罪行"。

二〇一九年三月一日，大阪高等法院开庭。辩护方提出，由于笕千佐子的认知能力继续降低，应当休庭后对笕千佐子进行新的精神鉴定，再继续审理本案。但法庭认为，根据日本《刑事诉讼法》，上诉庭审中如被告方无特殊要求，被告可以不出庭参加公审，因此笕千佐子本人是否到庭，对本案审理并无关系。

二〇一九年五月二十四日，大阪高等法院宣布二审结果，支持京都地方法院一审结果，维持死刑判决。笕千佐子的辩护团队再次提出上诉。同年十月二十九日，日置稔的家人对笕千佐子提出四千零三十七万日元的精神损害赔偿诉讼。

一方面，二〇二〇年九月十八日，大阪高等法院判处笕千佐子赔偿日置稔家人共计两千六百四十万元赔偿金。另一方面，笕千佐子已上诉至日本最高裁判所，其最终结果就正如开篇中写到的一样，维持了死刑判决。对于笕千佐子辩护方提出的“认知障碍导致的行为不受控制”一说，法庭始终没有给予认可。

故事讲到这里，也许就算是个结尾了。但在最后，我有个问题，想跟各位再讨论两句。

为何多名老人连续死亡，都没能引起警方的重视呢？

最浅显的一个原因，是老人群体的特殊性。由于日本已步入老龄化社会，人口死亡率逐年上升是无法回避的事实。而对于老人的死因，警方明显并没有像应对年轻人死亡事件那样足够细心，甚至可能连司法解剖都不会进行。

接着要谈到第二个原因，司法解剖不是固定程序。在日本人口老龄化导致自然死亡、暴病死亡的数据逐年上升，对警方而言，现场没有明显可疑情况、尸体呈自然状态死亡的事件，大部分都不会被视作刑事案件调查。根据京都府统计，笕千佐子作案的那几年，京都府司法解剖率仅占全部死亡事件的百分之六点五，在全日本范围内司法解剖率也仅占百分之十一。日本公安委员会曾在二〇一九年表示，将加强在司法解剖方面的投入，力争在五年之内将司法解剖率提升到百分之二十，并在长时间内最终达到百分之五十的水平。

可以说，正是基层法医和警力匮乏，加上对老龄人口死亡原因的调查不够深入，才导致了笕千佐子这样专门杀害老人，并且长期连续作案的罪犯出现。

人口结构老龄化的社会，必然是从一个主要人口为青壮年的社会逐渐老化而成。在青壮年社会中，老人和养老话题并非主要人口需要担心的，所以很难得到社会重视。就这样，当主要人口开始进入老年阶段，社会却根本没有准备好去应对大量新情况。无论是老人福利，还是老人的出行、就医、购物等问题，都会在短时期内呈现真空的状态。

即便有些机构、组织开始着眼于“老人经济”，优化、调整服务，但那些社会中的阴暗面，或者日常生活中我们很少关注的角落，依然存在着大量陷阱。或许筧千佐子正是在生活中偶然悟到了一个“致富窍门”，可对于那十名死去的老人来说，他们年轻时根本无法预计未来会有这样的悲剧发生。

如果筧千佐子没有因为谋害筧勇夫而被捕，如果她的作案手段从未被警方察觉，那么类似的悲剧很可能还会多次出现。因为从根本上说，一个曾经服务于年轻人的社会，是很难快速转为服务老年人的。犯罪就在我们眼皮底下滋生，那些年轻的眼睛却对其毫无察觉。

但愿类似的悲剧不要在任何社会重演。

主犯：不明

事件の発生時間：1997年

事件現場：東京都渋谷区のあるア

死亡者名：渡辺泰子

犯行の手段：首絞め

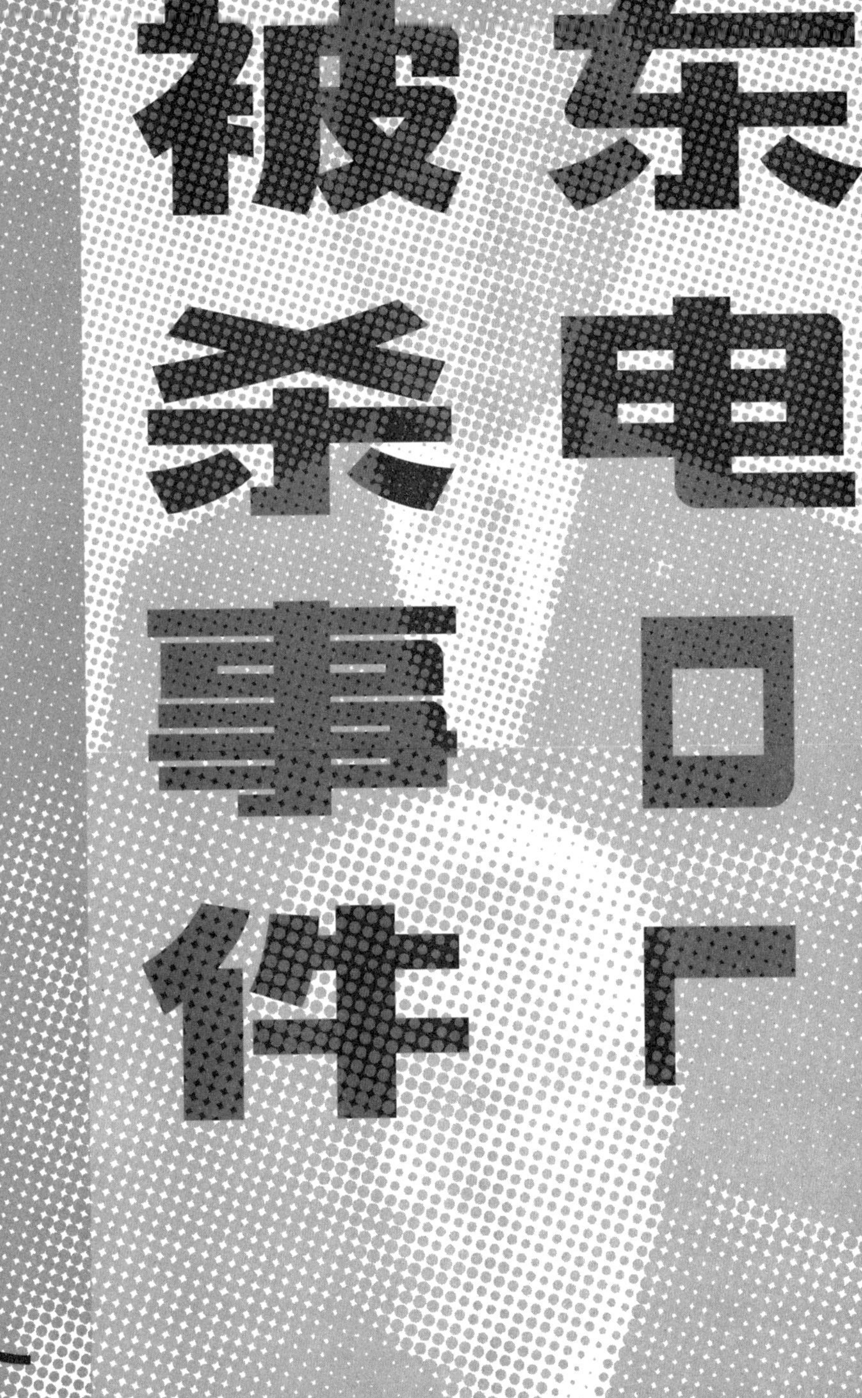
东电OL被杀事件

主　　犯：未知
案发时间：1997 年
案发现场：东京市涩谷区某公寓
死　　者：渡边泰子
作案方法：窒息

一、东电 OL

先解题。

第一个关键词：东电。

“东电”是东京电力有限公司的简称，前身是成立于一八八三年的东京电灯公司，半国有半民营。一九五〇年，按联合国军的命令，东电彻底民营化，负责包括东京在内的周边七个县的发电、输电业务。与我国发电公司和电网公司分离的制度不同，日本发电公司和电网公司往往是同一家。所以，尽管东电是民营企业，在首都圈却具有完全不可动摇的部分垄断地位。

第二个关键词：OL。

OL 是英文“office lady（职业女性）”的简称。这一群体出现于第二次世界大战之后——随着联合国军的进驻，以及女性平权运动的发展，日本传统的女性居家相夫教子的模式发生改变，越来越多的女性进入职场。到了二十世纪七八十年代，日本经济高速发展，社会劳动力紧缺，很多女孩选择在结婚、生子后继续工作，OL 群体逐渐壮大。近年，由于日本年轻人结婚年龄逐渐推迟，以及独立女性形象逐渐得到承认，OL 群体已渐渐脱离"公司花瓶"角色，开始在各种专业领域发挥不可替代的作用。然而，OL 在办公室的待遇和发展前景依然是日本社会不断争论的重要话题。

本案的主角渡边泰子，就是二十世纪八十年代从名牌大学毕业后进入大企业，一心扑在工作上的典型 OL。

在我写过的杀人事件中，悬案屈指可数。人对于未知的好奇心无可非议，但如果为了破解悬案而强行解读，做没有根据的推测，甚至诉诸超自然力量，那就完全偏离了纪实写作的初衷。随着警方调查的深入，渡边泰子的真实身份、内心世界，乃至当时日本社会的一些片段，逐渐得以揭示，这些才是本案中值得我们深思之处。

一九九七年三月十九日傍晚，东京市西南部涩谷区圆山町的一处公寓内出现了一具女尸。

第一个发现尸体的是尼泊尔人拉姆，他是附近印度料理店的老板。因为可以免签三个月，日本成了印度人、尼泊尔人、孟加拉国人、斯里兰卡人最喜欢外出打工的国家之一。在签证到期后，很多人会选择非法滞留。拉姆不是非法滞留者，他持有投资签证，在东京涩谷附近经营餐馆已有数年，还在附近一个叫喜寿庄的公寓买了几套房，作为自己和员工的住处，同时出租。圆山町地处涩谷站和神泉站之间，在很久前便已是繁华的商店街，街道背后则是大量的情人旅馆，鱼龙混杂。拉姆买下的公寓就在这附近。

一九九七年三月十八日晚，拉姆下班返回公寓，路过一〇一室，从稍微敞开的窗户看到一个女孩仰面朝天躺在地上。他隔着窗户叫了两声，见女孩没反应，以为是喝多睡着了，便没太在意。可第二天下午，他再次回到公寓，却发现那女孩仍然躺在地上……

很快，警方赶到现场。

女尸身形瘦小，外穿巴宝莉卡其色风衣，内着蓝色连衣裙，内衣没有撕扯痕迹，从面容判断其年龄为三四十岁，头戴假卷发，唇涂鲜艳口红，妆容完好，尸体已经开始散发出味道。女尸旁边有一只黑色手提包，被利器割开，里面仅有几百日元、一支口红、一串钥匙、一本黑色手册以及一摞名片，名片上写着“东京电力公司企划部调查课副长渡边泰子”。手提包上除泰子的指纹外，没有任何可疑人物的指纹。此外，警方还在卧室的榻榻米上找到了二十二根人类阴毛，在厕所马桶中找到一个尚未被冲走的避孕套，其中有类似精液的液体。

渡边泰子

尸检报告显示，泰子舌骨断裂，系被人扼住喉咙窒息而死，死亡时间大概在十天前，也就是三月八日到十日之间。泰子阴道中留存有精液，按照自然规律，精子的活力会随时间慢慢降低，这个过程在自然环境中大约需要二十天。泰子阴道中的精子大概来自十天前，而马桶中那个避孕套上的精子样本已完全丧失活力，至少是二十天前留下的。所以，警方初步判断，渡边泰子应该是十天前在房里与一名男性发生关系后被人掐死。

警方走访了泰子家，从她母亲口中了解到一些信息。

渡边泰子，生于一九五七年六月七日。父亲是东电中层干部渡边达雄，收入颇丰，为泰子提供了良好的教育环境。泰子中学毕业后，考入庆应义塾女子高校，后升入庆应义塾大学经济学系。她大二那年，父亲因癌症去世。一九八〇年，泰子毕业，跟父亲一样加入了东电——这年东电总共录取了二百零四名大学生，其中仅有八名女生。

泰子并未像其他女性职员那样从事一些事务性工作——很多女性职员婚后会选择辞职，所以在传统日本企业中，女性职员所做的工作大多不太重要——而是凭借高学历和强烈的上进心，直接进入企划部，研究国家财政政策对电力公司的影响。一九九三年，泰子升为企划部调查课副长，成为东电首位女性中层管理干部，年收入也随之提高到一千三百万日元（约六十七万元人民币）。

在与泰子母亲的交谈中，警方觉察到，这对母女的关系并不好。女儿十几天没有回家，母亲既没有报案，也没有慌张。不仅如此，泰子的妹妹乃至其他家人似乎也在刻意逃避、孤立着泰子。警方问母亲为何没报案，母亲只淡淡地回答："我以为她找了什么男人搬出去住了，毕竟也是四十岁的人了，她的事我不会过问的。"

警方又走访了东电。泰子最初的上司名叫大平明，是日本前首相大平正芳第三子。大平正芳突然去世后，大平明在东电继续干了两年，后因派系斗争离开东电，娶了大正制药千金，出任大正制药最高顾问。

现任上司胜俣恒久在二十世纪八十年代还只是东电内部电费课课长，后来趁着石油危机、能源价格飞涨之际，力排众议，大发国难财，将日本电价提高百分之五十,一举为公司带来大量利润，当然也饱受国民谩骂。在这之后，胜俣进入了公司决策层，历任企划部课长、副部长、部长，扶摇直上。他是典型的“合理主义者”，上任后立即取消各种给予建筑公司的奖金，同时提出随着电力需求增长，电力公司不应该再做慈善，而是趁机大捞一笔。他是日本大量建设核电站计划的推手之一，虽然身为东电企划部部长，在建设核电站时，他拍板的选址却都在东电业务区域之外，例如福岛核电站……关于他之后的故事，最后再讲。

胜俣只向警方交代了一些日常业务方面的信息，对于泰子的日常生活，则以“本公司不过问员工私生活”为由拒绝回答，但允许警方问询泰子的同事。

据同事回忆，渡边泰子的生活充满了谜团。

> “泰子是个质朴到令人怀疑的人，进入公司近二十年，几乎从不化妆，也不去食堂吃饭。”
>
> “泰子在一九八六年前后曾患有严重的厌食症，甚至到了要住院治疗的程度。康复后她的体重依然没有恢复，一米六七的个子却不足四十公斤。”
>
> “泰子喝咖啡的样子很奇怪：她会在杯子里放上速溶咖啡粉，只加一点点水，然后倒进半杯左

右的砂糖，弄成糊糊。她的私人抽屉里放满了维生素药片，一到吃饭时，她就会一大把一大把地把药片当饭吃。”

“嗯……如果说这是厌食症后遗症的话，也能够理解……但是，她也有强烈的洁癖，只要是别人碰过的东西几乎都会扔掉，甚至每半小时就要去洗一次手。”

“泰子刚进公司那段时间确实被委以重任，每周都要给公司董事会提交政策分析报告，经常得到上层肯定。”

“泰子工作非常认真，有时甚至在同事聚餐时也会坐在一边阅读大量报告。”

“十三四年前，泰子换了直属上司，之后就有点儿被上层疏远了。”

“应该是跟错了老板。她最开始的老板是个厉害人物，名叫大平明，但几年后大平明离开了东电。泰子又跟着胜俣，后来可能是得罪了胜俣，就被雪藏了。”

雪藏？这个词引起了警方的注意。

按照东电的规矩，研究员到了三十岁必须进入上升通道，以后才有升迁的机会。上升通道分两个，一个叫技术开发研究所，一个叫总合研发机构（NIRA）。进入这两个机构的研究员才算是公司未来的核心人员。泰子在一九八九年申请了 NIRA 的研究职位，落选后被安置在企划部调查课任副长，之后再未变动，这就是她职业的终点。所谓副长也只是安慰而已，根本没有实权。也就是说，渡边泰子在东电的地位很尴尬：公司不会裁掉她，也不会委以重任。对一个很有上进心的女性来说，这个待遇显然会令人不满。

接着，警方清查了渡边泰子的私人物品，发现了足以使案情发生一百八十度大转变的关键信息。泰子的抽屉中有两份很奇怪的打印文件。一份是"道歉书"，从收信方信息看，似乎是发给某家酒店的，内容是："在入住贵酒店期间，我不慎将排泄物等弄到了床铺上，为表歉意，我愿赔偿一切损失。"另一份是"有偿肉体关系合同书"，内容如下：

> ＿＿＿＿与诗织在有偿条件下自愿发生性关系，有偿金额为＿＿＿，由甲方在性关系发生前以现金形式支付。甲乙双方均保证不干涉对方个人生活，不向第三方泄露对方身份信息。双方有权随时终止关系，并保证每次发生关系前如数按时支付约定费用。

这下警方彻底糊涂了。“诗织”是谁？什么人会起草这样的协议？这份协议究竟有什么意义？更重要的是，这份协议为何会出现在渡边泰子的办公桌里？

二、寂寞人妻出轨俱乐部 / 卖春女诗织

破解卖春女诗织身份的关键，在于渡边泰子尸体上的假发和口红——别忘了，她从未在公司戴过假发，也几乎从不化妆。

警方将泰子戴假发、化浓妆的样子做成画像，在圆山町街头寻访，得到了出乎意料的反馈。一名蔬菜摊主回忆，画像上的女子经常出现在附近街区，身边总有不同男性。几名“站街女”也表示，最近几年这个女人经常站在一个固定街角，向过往行人询问“要不要玩一玩”。更加详细的信息显示，从一九九一年年中到一九九五年年底，诗织会在每个工作日十八点准时出现在街口拉客卖淫，无论生意如何，都会一直待在这里，最后乘坐神泉站末班电车离开。

看来，诗织就是渡边泰子：白天是大企业里的精英OL，有洁癖，厌食，不化妆，几乎不与人交往；晚上竟会戴上假发，化上浓妆，在街上向陌生男人兜售身体。如此分裂的人生背后究竟有着怎样的内情？

在站街那段日子，无论工作是否繁忙，泰子每天都会

在十七点准时下班，去固定的便利店买三罐啤酒和一盒关东煮，里面永远只有四样东西——鸡蛋、萝卜、鱼糕、竹轮，并让店员加很多汤，之后站在店里狼吞虎咽，连汤都喝得一滴不剩。

“她的妆看起来总是不太自然，口红一般都涂到嘴唇外面，但她似乎毫不介意。”便利店店员曾说。

吃完关东煮，她会到街上的情人酒店开一间房，在屋里把三罐啤酒喝光，顺着墙摆好空罐，而后在酒店附近的街角拉客，每晚至少会带四名客人回房交易，并在二十三点四十分左右退房结账，赶往车站坐末班车回家。一九九六年后，公司里开始出现一些流言，这可能就是泰子停止站街的原因之一。与此同时，在被提拔为副长后，她开始承办一些公司应酬活动，时不时去参加一些晚餐酒会，招待政府官员与合作方。

泰子尸体旁的手提包中有一本黑色手册，上面几乎是严格按照时间记录着一些信息：

三月四日，周六，田中（裕），三万五。

三月四日，周六，桥本（丰田），两万。

三月五日，周日，上田，四万。

三月五日，周日，陌生人（戴眼镜），两万。

……

这应该就是泰子一九九六年至遇害前的“接客记录”。也许是怕暴露，或是怕站街会引来麻烦，大部分时间里她只与熟客联系，前面的数字表示接客日期，中间是来客姓名，最后的数字是嫖资。黑色手册第一页写着一个电话号码，警方拨通后，听筒另一端传来一个年轻女孩的声音：“欢迎致电，这里是寂寞人妻出轨俱乐部，我们将尽力满足您的一切愿望。请问您的会员编号是？”

寂寞人妻出轨俱乐部是隐藏在涩谷街头各种小楼中的一家约会俱乐部，这种俱乐部往往会在各种公用电话亭中张贴一些带有挑逗意味的小广告。客人拨通上面的电话可以挑选一名女性店员，让她在约好的时间前往指定酒店或公寓。简单来说，这就是一个提供应召女郎的妓院。但由于店里提供的服务是“约会”，至于约会时双方是否发生关系，是否有钱色交易，都属于店员与客人的个人行为，所以在日本是完全合法的。

警方在一幢小楼的二层找到了寂寞人妻出轨俱乐部，店里只有两个人，一个店长，一个负责接电话的年轻女性。店长随即拿出了店员名录。其实名录上这些所谓的“店员”，店长大部分也没见过，他不过是从各种渠道搜集来一些可以随时上门提供性服务的女性。客人打来电话后，他会记下时间、地点，再派条件合适的女性上门。每次的服务费是三万五千日元，被介绍去的女孩要往店里上缴一万日元介绍费。

从店内记录来看，一九九六年三月起，泰子便开始在这里登记，每个周末和节假日都会全天接客，但从遇害前半年开始，黑色手册上的接单量明显减少，收费也开始大幅变动，高的时候每单有五六万日元，低的时候却只有两千日元。店长解释道:“说实话，我们对这些女孩是没什么控制力的，一些女孩不愿意交介绍费，就会跟熟客直接联系，绕过我们，诗织大概也是这样吧。”

“她会不会洗手不干了？”

“一般来说不会，一旦进入这行，大部分人都很难脱身，毕竟挣男人的钱很轻松。”

看来，这半年里泰子或许已经开始独立接客，而且会根据客人的要求、财力收取不同费用，因为不用再交介绍费，所以连只付得起几千日元的客人也敢接。当然，除了偶尔出现的陌生人，她接待的大部分是有名有姓的熟客。警方推测，这些熟客必定与本案有关，而嫌疑最大的自然是那最后一位客人——长冈任一郎。两人的会面时间是一九九七年三月八日十九点。

警方约长冈在新宿附近的一家咖啡馆见面，应他的保密要求，并未通知他的家人和公司。

长冈任一郎，企业高管，四十三岁，与妻子生有一儿一女。三月八日十七点左右，他接到泰子的电话，跟家人谎称要加班，立即赶往涩谷忠犬八公雕像附近。二人步行前往圆山町的一家情人旅馆发生关系，嫖资四万日元。二十二点十六分，两人离开旅馆。二十三点前后，长冈到家。根据情人旅馆的录像、登记资料以及公寓管理员的回忆，长冈没有作案时间，而喜寿庄两位居民的口供也印证了他所说属实。

第一位居民是喜寿庄楼下居酒屋的常客。当晚二十三点三十分左右，他来店里接老爸回家，在一层看到一位衣着、外表与泰子吻合的女性，与另一名和她身高相仿的男性走进了一〇一房间，那人显然不是身高一米八的长冈任一郎。第二位居民是住在二层的女学生，当晚零时左右，她去便利店买东西，路过一〇一室门口，听到屋中有女性的呻吟声，四十多分钟后她回到楼里，屋中已经安静。

如果两人证词属实，那么我们就可以构想出当晚的情形：从圆山町旅馆出来后，泰子和长冈任一郎分开，在附近街上又找到一名男客人——由于是在街上揽客，所以并未来得及在手册上做记录。之后，两人来到喜寿庄一〇一室发生关系，泰子穿好衣服准备离开时被男客杀害，因而尸身衣着完好。也就是说，杀害泰子的人，要么是这名陌生男客人，要么就是在她收拾好衣物准备出门时，另有神秘人出现。

问题来了，泰子是如何进入一〇一室的呢？

这还要说回最初报案的那位印度料理店老板拉姆。

因为附近尼泊尔人较多，在房屋空置期间，拉姆会将屋门钥匙交给同乡店员或者一些朋友（他们偶尔也会带女孩进来），供他们短期居住。具体每天谁会住在屋里，拉姆也弄不清楚，而三月三日到十四日这段时间，他不在日本，而是飞回了尼泊尔。

三月八日这天，钥匙在谁手上呢？

迈那利——拉姆的老乡，三十岁。

一九九六年十一月，迈那利离开妻子和两个年幼的女儿，从尼泊尔来到日本一家印度餐馆打工。一九九七年一月，三月短期签证到期，他选择“黑了下来”，继续在餐馆工作，与另两名尼泊尔同乡在紧邻喜寿庄的公寓合租，平日深居简出，几乎不去任何地方。

据拉姆回忆，一九九七年二月底，迈那利曾跟他说，自己的妻子和亲戚也要来日本打工，所以想换一间大房子，拉姆便将钥匙交给了他。

警方将迈那利请回警署，由于他几乎无法用日语沟通，警方还叫了一位翻译。

警方拿出了渡边泰子的照片，迈那利瞥了一眼，立即表示完全没见过。

警方迅速判断：他肯定与渡边泰子有来往。

人类对不同种族面貌的判断是有规律的。我们往往可以快速且准确地看出同种族人群五官上的细微区别，却很难在短时间内看出其他种族人群的相貌差异，他们似乎长得都“差不多”。迈那利刚来日本不久，显然无法快速而明确地区分日本人的长相，他断言没见过泰子，当然可疑。

警方提取了迈那利的血液和毛发样本进行DNA分析，结果很快出来了：案发现场洗手间里那个避孕套上的精液正是迈那利的，而卧室中那二十二根阴毛也有十六根是他的。

一九九七年五月二十日，警方以故意杀人罪正式逮捕迈那利。

一九九八年六月一日，渡边泰子被害案在东京地方法院正式开庭。

检方提出几大要点：

第一，迈那利持有喜寿庄一〇一室的钥匙，只有他具备作案条件。

第二，迈那利的精液与避孕套中的精液一致。

第三，迈那利的毛发与屋中发现的阴毛一致。

第四，迈那利的身高与渡边泰子相同，符合目击者的证词。

再加上迈那利的假供词，检方认为，种种证据显示，迈那利有较大的杀人嫌疑。

辩护方也给出了同样充分的辩护意见：

首先，迈那利的工作地点在海滨幕张，距车站二点六公里。当天下班打卡记录显示，他二十二点整才离开饭店，要在一小时左右赶到涩谷圆山町，就必须在七分钟内赶到海滨幕张车站，也就是说，他必须以每秒六七米的速度冲刺。微胖的迈那利根本做不到。为了证明这一点，辩护律师团队中的两名律师参与了测试，在二十二点左右街上行人不多时，分别快走和疾跑。身体条件较好、经常参加马拉松的三十岁律师，花了十分钟完成疾跑测试；另一名微胖的三十二岁律师，花了十一分钟。作为对比，户外三公里跑步的男子世界纪录为七分二十秒。

其次，迈那利提出，案发前两天，也就是一九九七年三月六日，他已将喜寿庄一〇一室的钥匙交给同屋室友，让他还给拉姆。

最后，前文介绍过，警方在鉴定时发现，避孕套中精子的尾巴几乎完全消失。比照精子在纯净环境下的分解过程，辩护方提出，现场发现的精液样本其实已经超过二十天，从发现样本的三月十九日往前推算，这些精液其实是在二月底或三月初留下的，这与渡边泰子的遇害时间不符。迈那利确曾在一〇一室看房并居住了几天，这些精液和阴毛很可能是他在案发前遗留的，并不能作为证据。

检方再次搜集新证据反驳：

第一，迈那利说他在案发前已将钥匙交给同屋室友，但室友却只记得交钥匙一事，记不清具体日期。

第二，厕所中发现的避孕套没有打结，内层沾有马桶中的水，不是纯净环境，所以分解过程可能加速。也就是说，尽管在纯净环境中精子的尾巴需要二十天才会消失，但在现实环境中可能只需十天，由此推断，这些精子恰好是三月八日留下的。

第三，如果迈那利使用了自行车等交通工具，完全可以在七分钟内从饭店赶到海滨幕张站。三月八日那天迈那利是独自前往车站的，没有任何目击证人，因而不能排除使用出租车、自行车等工具的可能。

辩方表示，检方应在非纯净环境下重新实验，以证明他们的主张有实际根据。

检方提出两点异议：

第一，精子的活动力和分解时间取决于迈那利的身体条件，案发已经一年多，此时迈那利的精子活力无法与案发时相提并论。

第二，由于取证时并未分析避孕套中液体的比例，因而无法得知精子所处环境中有多少马桶中的水，所以实验很难重复。

就在双方相持不下之际，一个令所有人都意想不到的证人出现了。

迈那利的两名室友都是非法滞留的打工者，害怕自己被遣返，因此表示愿意积极配合警方。警方从他们的供词中发现，迈那利不仅见过泰子，甚至还与她发生过性关系。也就是说，迈那利确实撒了谎。

时间是一九九六年的圣诞夜，渡边泰子照旧在圆山町路口揽客，迈那利下班回来，忽然被泰子叫住，他的日语虽不好，却能用英文跟她沟通。两人决定进行一次价值五千日元的交易，由于不愿支付酒店房间费用，迈那利把她带回了一〇一室。恰好两名室友也在，泰子便向三人各收五千日元，轮流发生关系。之后，迈那利也多次找过泰子，每次花费三五千日元不等——他赚来的钱大多数已经寄回尼泊尔供妻儿生活，手头并不宽裕。泰子手册里给迈那利起的名字是“印度人”，她并不知道迈那利的真实姓名和电话，所以两人每次发生关系都是从圆山町街角的碰面开始。

另一个细节是，案发现场泰子的包里只有大约两千八百日元，而且都是硬币——那日下午长冈任一郎可是给了她四万日元。以她的规矩，交易要先收费，那这笔四万日元的“营业所得”去哪儿了？

很显然，是凶手拿走了。

这样一来，检方主张的“强盗杀人”似乎便成立了：三月八日晚，与长冈任一郎分开后，渡边泰子遇到了匆匆赶来的迈那利，两人回喜寿庄一〇一室发生关系。之后迈那利杀害渡边泰子，拿走她钱包里的大额纸钞。迈那利的一名室友称：他曾借给迈那利十万日元，并在三月五日左右向他讨债，迈那利说手中只有七万，可就在三月九日，迈那利忽然还清了所有欠款。

那迈那利是否就是真凶呢？

三、定案

在辩护方提出的诸多辩护意见中，有三条是检方无法解释的：其一，迈那利最快到达案发地的时间与现场目击者的目击时间不符；其二，迈那利遗留在现场的精液样本，可能是在泰子遇害前十天左右留下的，与作案时间不符；其三，案发现场还存在第三者的阴毛。

所以，东京地方法院于二〇〇〇年四月十四日（庭审近两年）做出一审判决：

> 检方所提供的诸多证据，不能排除在泰子被害前后，案发现场还存在第三人的可能性。加之仍然存在其他无法解释的疑点，本庭认为，检方立案证据不充分，判决被告迈那利无罪。

按照无罪推定原则，刑事案件的审判应以证据为准，以是否能形成完整的证据链为准。因此，迈那利的无罪判决，从情理上说没有太大争议。

五天后，四月十八日，东京地方检察厅提出上诉。

几个月后，在一审中做出无罪判决的大渊敏和法官，从东京地方法院调到东京地方法院八王子分院，之后又几乎是以被“发配”的形式平级调任到广岛、福井、大阪等地，再也没有回到东京法律界。

大渊敏和法官一九七一年毕业于一桥大学法学部，一九九一年开始先后进入东京地方法院、东京高等法院、日本最高裁判所担任要职，一九九七年回到东京地方法院担任院长，可以说是前途无量，没想到却在此时突然遭到冷遇，再也没有升迁的机会。二〇一一年，还有两年便可以退休的他，主动提出辞职，告别了工作四十年的法院系统，在日本司法界几乎没有这样的先例。

很明显，这一切都源于他所做的无罪判决。

二〇〇〇年十二月二十二日，大渊敏和法官被调任的同时，东京高等法院对本案做出二审判决：

> 根据被告迈那利在案发现场所遗留的包括精液、阴毛等诸多排他性证据，以及在案发后被告不明来源的大量现金，本庭宣布驳回一审判决，迈那利强盗杀人罪名成立，改判被告迈那利无期

徒刑。

在日本司法界，杀人犯是否会被判死刑，其实有很大的讨论空间。坊间流传的诸如在日本“杀一个人绝不会被判死刑”或“未成年人杀人绝不会被判死刑”等说法都是不准确的，之前写过的暗网杀人案和市川一家灭门案都可以作为参考。

真正左右死刑判决的，总共有九个方面，这里暂不详析，只着重介绍其中一点：杀人动机。如果案犯的杀人动机是寻仇或情杀，判决往往会倾向于无期徒刑或有期徒刑；如果杀人动机是谋财，例如诈骗保险金、入室抢劫等，那就会倾向于严判，即死刑。而本案显然是为了谋财而入室抢劫杀人，本该严判为死刑，为何东京高等法院的高木俊夫法官会做出无期徒刑的判决呢？这是否也说明法官其实也在酌情给本案提供更多的翻案机会？

在二审宣判现场，迈那利从翻译口中听到“无期徒刑”的判决，当即大喊“神灵在上，我是无辜的”，情绪十分激动，甚至要跳出被告席，被法警制服后，跪在地上号啕痛哭。

迈那利向日本最高裁判所提出上诉。

二〇〇三年十月二十日，最高裁判所做出终审判决：驳回被告方上诉，维持无期徒刑的原判。

在日本的恶性案件中，几乎所有被判死刑和无期徒刑的犯人都会上诉到底。即便是上诉到最高裁判所，在最高裁判所给出终审判决后，依然可以申请重审，也就是推翻先前的一切判决，从最初的一审开始，重新举证审理，其工作量之大可想而知。所以，法院基本只接受存在以下三种情况的重审请求：

1. 原案有了新的重大证据。

2. 原案审理时的证据出现重大错误。

3. 原案的判决违反日本《宪法》。

对被告来说，重审的负担也相当大：需要重新聘请律师，投入时间、精力制作重审申请报告。由于被告身处监狱，和律师见面的时间、地点以及会话内容都会受到较大限制，更何况迈那利语言不通，也没什么钱财，重审负担更重。

在狱中，迈那利终于坦白，在面对庭审时说谎、否认认识渡边泰子的真实原因——如果承认自己曾在日本花钱嫖妓，哪还有脸面对故乡的妻儿？

针对迈那利的重审请求，日本国民救援会和日本律师联合会在金钱、人力上给予了大量支持，不仅提供免费辩护，还调来各种法律专业人士探监、听取情况，帮他提交重审请求。

二〇〇五年三月二十四日，重审请求递交到最高裁判所。

六年之后，二〇一一年七月二十一日，最高裁判所终于做出回应：要求做出有罪判决的东京高等法院对物证进行再次彻底分析。

正是这一次重审，让整个事件发生了逆转。

此前有罪判决的关键证据，是避孕套里的精液和卧室中的阴毛，可检方恰恰忽略了很重要的一点，那就是尸体阴道中残留的精液是否来自迈那利？渡边泰子遇害时衣着完好无损，警方做出非强奸杀人的判断符合情理，但是她几乎每晚都会从事卖淫活动，那晚与她发生过性关系的，很可能不止迈那利一人。从手提包中还有二十多个未开封的避孕套这点大概可以判断，泰子交易时有让客人佩戴避孕套的习惯。也许正因如此，警方才直接跳过了对尸体阴道残留物的分析。

东京高等法院重新对所有证据进行DNA检验，结果如下：

> 现场发现的二十二根人类阴毛中，十六根属于迈那利，两根属于渡边泰子，另有四根属于同一身份不明的男性，暂定代号为A。渡边泰子尸体阴道中的残留精液应为遇害当日与客人交易所留，DNA分析表明，精液属于A。尸体指甲中存在的

> 人类皮肤细胞，很可能是遇害时挣扎中挠伤对方皮肤所留下的，但也可能是男女在发生性关系时无意识抓挠所得，因此无法判断这些皮肤细胞是否与凶案有直接联系。不过，这些皮肤细胞也属于A。

事到如今，未知男性A已被彻底证明存在，迈那利的无期徒刑判决显然站不住脚。

二〇一二年六月七日，最高裁判所重审开庭，迈那利正式出狱。东京高等检察厅提出扣押迈那利配合调查，但被最高裁判所驳回。由于迈那利的日本签证早已到期，释放当日他便被直接遣返尼泊尔。

迈那利返乡后的生活怎样，暂且不表，我们回到重审。

自第一天起，重审请求便遭到东京高等检察厅的各种阻挠，因为此案无论是在一九九七年还是当下，都是媒体重点关注的大案，一旦发生大反转，无疑会严重损伤东京高等检察厅的面子，而当时参与案件起诉、证据搜集的办案人员很可能也会受到责任追究。所以，东京高等检察厅的目的很简单：先耗上几年，磨掉迈那利和媒体、公众的热情，到时无论结果如何，面子上都好过些。不承想，最高裁判所仅仅用了两个月便驳回检察厅的异议申诉，于二〇一一年八月二日宣布本案重审正式开始。

开庭前，东京高等检察厅向最高裁判所表示，愿意改变检方意见，认定被告无罪。这就出现了一个极其荒谬的现象：公诉方和辩护方都认定被告无罪——审判似乎已经没有必要了。

二〇一二年十一月七日，东京高等法院推翻先前判决，改判迈那利无罪，检方放弃上诉，迈那利要求日本政府按照冤案标准赔偿其一切损失。

案件发展到这里，看似已经结束了。

可是，不知道你有没有注意到什么？

按照凶杀案的办案规则，尸检应由法医独立进行，不应受警方调查的影响，无论警方如何判断，法医在尸检中都不应忽略对尸体阴道残留物的检查。反过来说，法医一定会发现阴道中残留的精液，而这显然应当被列入检方进行身份验证的证据。尸检报告中，法医不仅提到过阴道中残留着精液，还保留了精液提取样本。由于那时的DNA鉴定价格高昂，又要耗时数月甚至半年以上，所以法医并未对精液进行DNA鉴定。之后，检方在搜集证据期间，对避孕套中残存的精液、卧室中发现的阴毛进行了DNA鉴定——正是这些鉴定结果，导致迈那利被捕和受审。这么说来，检方极有可能对案发现场残留的所有人体成分进行了DNA鉴定，并理所当然地拿到了所有分析结果，那为何在提交给法院的证据中，没有任何关于阴道残存精液属于不明男性 A 的信息？

检方究竟是疏于分析，还是有意隐瞒不利证据？这虽然成了媒体热议的话题，答案却很明显。检方毕竟不是一群蠢货，他们每年办案数量众多，却极少会疏漏关键证据，这一次明显是在隐瞒。我们接下来要分析的便是他们的隐瞒动机。

简单来说，东京高等检察厅隐瞒证据的动机分为两方面——内部压力和外部压力。

先看内部压力。

检察厅作为国家公检法系统中必不可少的一环，势必需要维持自身权威。在警察、检察厅、法院这个链条中，警察在最前线，往往面临更多的质疑和民众压力。日本常有“警察贪腐”“警方与黑社会勾结”“屈打成招”等内幕曝光，也说明曾经的日本警察系统确实鱼龙混杂。检察厅在民众心中的形象，往往更倾向于铁面无私。为了保持独立、正直的公众印象，检察厅往往对提起公诉的案件——尤其是大案、要案——尤为重视。很多日本影视作品都有检察官慎重提起公诉的片段，当然也有一些作品揭露检方为了诉讼顺利，不惜伪造或损毁证据的一面。

二〇一〇年，日本大阪地方检察厅就被爆出一起丑闻：为了维护检察厅的形象，大阪地方检察厅办案人员不惜篡改证据、藏匿犯罪嫌疑人。而这起案件的犯罪嫌疑人正是这些办案人员的上司——大阪地方检察厅特别搜查部部长大坪宏道。日语中有一句关于检察厅的俗话叫“検事は一枚岩”，意即“检察官们团结得像一块岩石”，足以说明检察官之间的紧密关系。

本案中检方的内部压力，正是来自最初调查此案时“主动”隐瞒部分不利证据的决策者，他们在之后的时间里得到升迁，为了维护自己的名声，加之后继者“投桃报李”，这才形成检方内部对隐匿证据一事避而不谈的默契。

四、难言之隐

为了理解检察厅的外部压力，要先从渡边泰子的精神状况说起。看到这里，您肯定对渡边泰子这个人充满了疑问：为何一个毕业于庆应义塾大学、家境优渥、在大企业担任中层管理职位的女性，每天夜里会站街卖身，甚至对顾客不加挑选，将自己暴露在如此危险的环境中？

她是否有什么难言之隐？

我们先来看看泰子的经济状况。泰子和母亲、妹妹一同住在东京都杉并区永福町，此地临近世田谷，交通方便，是非常安静的住宅区。永福町有大约九千户人家，几乎没出过什么大新闻，最近一次出现在媒体上，还是因为《孤独的美食家》第一季第五集，五郎在这里吃过亲子丼和炒面。渡边家没有住宅贷款，泰子名下也没有负债。根据东电给出的资料，泰子年收入为一千四百万日元（约合九十万元人民币），在日本属于高收入阶层，除了每月向家中汇十万日元生活费（母亲几乎从不过问她的生活），其余的钱都存入自己的银行户头。

据同事回忆，泰子每天上班都是白衬衫、黑裤子或裙子，几乎不穿名牌服饰，遇害时穿的巴宝莉风衣还是入职东电时买的，那只皮包也只是普通上班族用的黑色手提包。大部分女孩都会有一些好衣服，在周末逛街时穿，但渡边泰子一没朋友，二不逛街，自然也不会置办这类衣物。

案发多年后，一些了解渡边泰子的人站出来为公众提供了更多侧面信息。比如泰子家附近的一名女性，她不认识泰子，却又明确地知道泰子是谁，两人仅有的交集是每晚会同乘末班电车回家。她有个习惯，每天都会坐在同一个车厢的同一个位置，而泰子恰好也有这个习惯，于是乎两人每晚都会在同一个时间、同一辆列车的同一个车厢门口的立柱边相遇，可又从没交谈过。她回忆道，自从发现泰子也有同样的习惯那天起，便不自觉地观察着泰子，一直观察了五年。泰子越来越瘦，脸上渐渐没有了血色，每晚都会站在立柱旁，眼神空洞，望着远方，有时她还会从包里拿出口红往嘴唇上补妆。然而随着列车的晃动，口红往往会涂歪，但泰子似乎毫不介意，列车到站后，就这样带着鲜红得吓人的口红下车回家。泰子的母亲确实见过女儿化着浓妆回家，可她懒得过问女儿的事。

另一个提供信息的是泰子卖身时的“同事”，也就是一名“站街女”。据她回忆，泰子曾经跟她同属一家应召女郎俱乐部，但一段时间后因为被点名次数太少，挣不到钱，泰子便辞职单干了。那之后，她有时会在附近街角看到泰子拉客。泰子与其他“站街女”的关系并不好，从来都是独来独往，受其他女子的排挤，拉客地点相当偏僻。泰子似乎是在跟谁赌气一样，每天都出现在街角，客人来了一茬又一茬。泰子的身材、打扮都不怎么吸引人，有时妆容甚至有些恐怖，但这并不影响她非常努力地接客。为了吸引客人，她甚至不惜将身价一降再降——这自然破坏了行规，于是“站街女”中出现了传言：泰子喜欢赌博，欠了黑社会一大笔钱，不得不如此拼命挣钱还债。从一九八一年到一九九七年，泰子的账户从未有过大额提款、转账，每个月除了工资入账外，还有几十万日元存入，不用说，这都是卖身所得。泰子遇害时，她的账户上已有近一亿日元（约七百万元人民币）存款。这个数字非常惊人，而银行交易记录显示，账户上从未有过大笔不明来源资金突然入账或转出，“为还债卖身”的传言不攻自破。

前文说过，泰子在生活中有很多怪异举动，比如每晚都会去店里买同样的关东煮。遇害那晚，她同样买了关东煮，而在吃完不久，她再次回到店里打包了两盒蔬菜沙拉。在案发现场，这两份沙拉还装在塑料袋里，完好无损，看样子泰子很可能是准备在涩谷这边见什么人。因为如果是拿回家吃的话，完全可以在家附近的便利店买。也就是说，泰子当晚约了一名熟人或者熟客见面，关于这个人的身份，我们后面再讲。

据家附近的便利店店员回忆，泰子有几次曾拿着一大袋零钱来店里兑换纸币。零钱换整钱本不是什么稀罕事，但令人不解的是，泰子会一次性拿来上千枚硬币，在家先点好数目，到店里换成几万日元纸币带走。这些硬币的面额从一到一百日元不等，有些还带着污渍，店员也不知她是从哪里得到的。也许您还记得，泰子办公室抽屉中有两份文件，一份是给酒店的道歉信，另一份是有偿性行为合约。从中可以推测：第一，泰子经常在酒店房间甚至酒店的床上排泄；第二，她与客人发生关系前可能要签署合约。尽管身边人都说她有一定程度的洁癖，可这实在不像一个洁癖者所为。

没错，渡边泰子的精神状况出了严重的问题。

时间回到一九七七年。

这年年底，还在读大二的泰子因为父亲突然去世，第一次出现了厌食症。泰子从小非常喜欢父亲，比起头脑相对较差的妹妹，父亲也更加宠爱泰子，两人感情极深。这也是泰子与母亲关系僵化的根源：父亲对泰子的爱已到了让母亲嫉妒的程度。在泰子患上厌食症后，母亲对泰子采取了很多强制手段，比如逼她进食，结果厌食症继续恶化。

第二次厌食症发作是在一九八六年，泰子进入东电的第五年。她开始非常介意他人的眼光，从不在公司吃东西——这个习惯一直持续到遇害前。这可能与东电内部的人员调动有关，就在不久前，她的直属上司从大平明换成了胜俣恒久，而后者又和泰子在业务上发生了一些摩擦。

最初，泰子的研究方向是分析和预测日本宏观经济走向对电力的需求，随着对公司发电业务及当时日本乃至世界局势变化的深入理解，她的研究方向慢慢转为寻求可替代的清洁能源。由于二十世纪七十年代初的第四次中东战争和七十年代末的伊朗伊斯兰革命，大量石油生产国停产，引发两次全球石油危机，石油价格暴涨，不仅普通人开不起车，连那些利用精炼油发电的发电厂也难以为继。日本能源匮乏，煤炭、石油大多依赖进口，东电亟须找到新的发电方式，替代燃油，以平衡收支。

同时，二十世纪中后期，地球温室效应研究和控制污染的《环境基本法》的出台，对日本产生巨大影响。一九七九年二月，第一次世界气候大会在瑞士日内瓦召开；一九八五年十月，在奥地利菲拉赫召开的地球环境学术会议上，来自多个国家的学者提出减少温室气体排放的思路，发达国家开始着手向低碳工业转型。日本是受温室效应影响最大的国家之一，自然积极响应号召。如此一来，如何在关闭燃油、燃煤电站的同时提供大量低排放能源，成了东电的一大挑战，而这项研究工作的一部分自然落到了泰子所在的企划部头上。

换作常人，也许会顺应局势，大力推动核能发电，可泰子却没有，因为她的父亲渡边达雄就曾是东电内部最大的核电反对者。二十世纪七十年代初，东电还未开始建设核电站时，渡边达雄便开始呼吁，永远不要在日本使用核电。原因有二：一是日本的“无核三原则”，尽管这是针对核武器的，但建设核电站就不得不涉及核原料的运输与保存，这已经违反了日本最初的无核承诺。二是日本是个多火山、地震的国家，领土内几乎找不到适合建设核电站且具备较高抗震能力的地方。可是，由于日本经济的快速发展，核电自然而然成了建设能源的首选，渡边达雄的呼吁完全被湮没在高歌猛进的能源大建设浪潮之中。

一九七三年三月，关西电力美滨核电站发生燃料棒破损事故，因未对外公布，所以没有引起国际社会的重视。一九七八年十一月，东电福岛第一核电站发生临界事故，由于操作失误，五根控制棒被拔出，其后七个半小时内核反应堆一直处于临界事故状态，所幸并未造成任何可怕的后果——尽管长期临界状态下的反应堆存在爆炸可能，但东电还是逃过一劫。这起事故直到二〇〇七年才被揭露。一九七九年三月，美国三里岛核电站发生放射性物质泄漏事故，美国就此停止新建所有核电站项目，为全世界核电建设敲响了警钟。渡边达雄的“预言”终于成真了。

泰子继承了父亲的遗志，始终反对公司以核电业务为中心，虽然没有明说，报告里却从未对核电大加鼓吹，这引起了她的新上司即彻头彻尾的实用主义者胜俣恒久的强烈不满。胜俣恒久的父亲是代代木补习学校的创始者胜俣久作——一个近乎书呆子的人，对学习有着异乎寻常的热情。在他的教育下，五个儿子都成了日本社会的顶尖人物：

——胜俣孝雄：新日本制铁公司副总经理，九州石油董事长。

——胜俣邦道：日本道路公团理事。

——胜俣镇夫：东京大学教养学部教授。

——胜俣恒久：东京电力公司社长。

——胜俣宣夫：丸红商事社长。

一九六三年，胜俣恒久从东京大学毕业，进入东电，一干就是二十二年，借着发国难财的契机成为企划部课长。当时东电核电派的领军人物那须翔、荒木浩、南直哉均出自东京大学，其中南直哉就是从企划部起家，因此也把同属东大派的胜俣恒久视作接班人。

对胜俣恒久来说，泰子是个不得不用但又不能重用的棋子。一方面，打压她会得罪公司的“庆应派”；另一方面，渡边达雄作为反核电派的代表，虽然已经过世，但在公司依然有着一定影响力。同样，在胜俣恒久手下工作，泰子的日子也相当难过。她了解到美国在加利福尼亚州进行了地热发电开发计划，加州与日本同属环太平洋火山地震带，地热发电几乎不需原料成本，所以尽管她在报告里没有直接挑战核电开发，却积极推动地热。可实际上，因为缺乏资金投入，全世界地热发电技术都相当不成熟，一家地热发电厂的前期建设时间超过十年，且发电效率远不如核电站。一九八六年年初，泰子的计划被批评为“极不成熟”。然而仅仅过了几个月，当年四月二十六日，切尔诺贝利核电站四号机发生爆炸和核泄漏事故，东电核电派遭到一记重击。

为了坚持核电开发，核电派拼尽全力：时任东电社长的那须翔宣布，从五月开始降低电价，这也是“二战”后东电首次降价，意在收买舆论；社内常务取缔役（相当于常务董事）荒木浩推行人事制度改革，仿效欧美引入绩效评价机制，表面上是给年轻人更多被提拔的机会，私下却是方便已成气候的核电派打压异己，提拔亲信；企划部部长南直哉积极利用媒体人脉，宣传“核电是安全清洁的能源”，当然，他打的是公益组织和科普组织旗号。

就这样，在许多发达国家暂停甚至终止核电计划的同时，日本的核电装机容量不断上升。继那须翔之后，荒木浩、南直哉、胜俣恒久相继接任东电社长、董事长等职务。多年之后，三人均身败名裂。

二〇〇二年，因两年前篡改福岛第一、第二核电站检修报告，将其中出现管理漏洞的部分删除一事曝光，董事长荒木浩与社长南直哉一同被迫辞职。而后南直哉成了富士电视台监察，并在日本防卫省担任要职，社长的职位传给胜俣恒久。

六年后，胜俣恒久让位给女婿清水正孝，自己担任董事长。二〇一一年，东日本大地震导致福岛第一核电站核泄漏，胜俣恒久和清水正孝被迫辞职，社长的职位传给了胜俣恒久的心腹西泽俊夫。次年六月，西泽俊夫也因福岛核事故被迫辞职。

在这样的公司，反核电的泰子根本没有出头之日。不过，以她的能力和地位，核电派断不至于出手“除掉”她——只需要在公司里给她挂个闲职，表面安抚，实则将她与其他人分隔开，就足以架空她，让她成为“空气人”。事实上东电也是这样做的：泰子被任命为企划部调查课副长，而课长则由西泽俊夫担任。西泽自一九七五年进入东电以来，一直都是胜俣恒久的心腹，是课长最合适的人选。

泰子被害不久，西泽俊夫被提拔为企划部副部长。

说到这里，我们有必要了解一下东电与日本政界的关系。

一手提拔那须翔、荒木浩这些东大派的人名叫平岩外四，他自一九七六年起陆续担任东电社长与董事长、日本电气事业联合会会长、国家公安委员会委员、经济审议会会长、经济团体联合会副会长等政经界要职。在他的影响下，东电得到大量政策支持，而他也积极参与政界活动。其中值得注意的是国家公安委员会委员一职，这个组织负责管理国内警察组织、国家安全与情报安全，必要时可行使特权，对个别案件的调查给予指示，有权调取所有警方搜查的报告内容。组织仅设五名委员，平岩外四自一九八一年起担任委员，做了十年，而接替他的不是别人，正是那须翔，他也做了十年。即便是出于“不希望本案给公司带来不利影响”，那须翔也有足够的动机干预渡边泰子案的调查，而这恐怕就是检方有意忽略或隐瞒重要线索的原因。

再说回前面提到的不明男性 A。

警方始终没有公布 A 的身份，但我们可以做一些合理推测。

A 遗留在现场的线索有两处：其一是在卧室的阴毛，其二是泰子尸体阴道中的精液。根据警方公布的信息，在犯罪者 DNA 数据库中没有符合的数据。如果信息属实，那么 A 从未在日本因犯案而被捕过。通过泰子的笔记本，人们发现了一件奇怪的事。先前说过，泰子会在笔记本中写下客人的姓名，遇到陌生客人会记下对方的特征。在本子的最后几页，记录着一些人的电话，警方判断这些是熟客的联系方式，其中便出现了一个人——大平明，日本前首相大平正芳第三子，泰子刚进东电时的直属上司。

他的名字为何会出现在这个本子上？

大平明拒绝了记者的见面采访，并直言离开东电后再未见过渡边泰子。记者追问笔记本上的大平明是否就是他，大平明拒绝回答，立即挂掉了电话。记者再拨打本子上的电话时，发现号码已经注销。记者又尝试接触大平明，却遭到警告：如果继续纠缠，大平明将报警并诉诸法律手段。记者的追查只得作罢。

黑色本子上的其他名字大都“查无此人”。

杀人凶手可能就隐藏在这个名单中，但由于缺乏证据和调查手段，追查真凶的进程似乎只能止步于此。

五、惊涛骇浪中的小船

渡边泰子的“自毁行为”始终是大众的关注焦点。

自毁行为或自我伤害行为，除了自残、自杀等直观表现，也包括逃避必要的人际交往、拖延必要的事、有不计后果的冲动行为、服用过量药物和毒品、进食障碍（暴饮暴食、厌食）和酗酒等。心理学家认为，自毁行为与人格障碍有一定关联，能引发自毁行为的人格障碍包括逃避型人格障碍、依赖型人格障碍、妄想型人格障碍、类精神分裂型人格障碍和分裂型人格障碍。

逃避型人格障碍患者往往相信自己是笨拙的、力不胜任的，会在社交和公共场合因自卑而变得非常敏感，很容易因被批评而感觉受到伤害，逃避不熟悉的事物，拒绝冒险。他们往往朋友很少，尤其不喜欢与可能批评他们的人来往。由于自卑，他们会逃避很多社交活动，远离人群。但从患者本人的意愿来说，他们还是想建立一定的人际关系的。

依赖型人格障碍患者经常会让人理解为没有主见，他们会在做重大决策时过分依赖他人替自己做决定，基本不主动提要求，倾向于顺从他人，过分依赖家人、朋友，对被抛弃有极大的恐惧。依赖型人格障碍患者的自毁行为表现为对自己应做的决定不负责任，忽视自己的需求，优先考虑他人的需求。当感到自己被忽视、被抛弃时，他们有可能会用自残的方式来要挟对方。

妄想型人格障碍的情况较为严重，患者会对身边的事物或对朋友、同事、家人产生无根据的怀疑，认为大部分人都在伤害或欺骗自己。一句普通的话或一件平常的小事，都可能被他们过度解读为针对和威胁自己，从而产生长久的怨恨。最明显的一点，患者会频繁怀疑伴侣不忠。这种人格障碍的自毁行为突出表现为对人际关系的破坏，他们往往会将人际关系搞砸。

类精神分裂型人格障碍是一种很难被发现的病症，患者对他人非常冷漠，不善表达，极少表露情感。他们对社会缺乏关心，情感缺乏起伏，几乎不会高兴，但基本没有攻击性和报复性。大部分患者没有朋友，交流对象仅限于最亲密的家人，对异性和性行为的需求非常低。患者缺乏对自身问题的察觉，以为人与人之间的关系本应如此，因此会自我适应，远离他人，其他人也会因患者“难以打交道”而逐渐疏远他们。

分裂型人格障碍类似于程度较轻的精神分裂，患者往往出现分裂特征，例如相信自己有第六感，可以通灵，会魔法，可以听到无生命物质的说话，幻听，幻视，语言支离破碎、难以理解。同时，患者会有一定的疑心，认为无关的人所说的事与自己有关，在社交中有较强的焦虑感。分裂型人格障碍的自毁行为与妄想型人格障碍类似，区别是分裂型人格障碍患者在对他人表现出攻击性的同时，也会有一些令人感到难以理解的行为，如突然跟不存在的人说话等。

更重要的是，这几种人格障碍并非彼此独立，而是有可能同时出现，更有可能与未列在上文的其他类型人格障碍（如边缘型人格障碍、反社会型人格障碍等）同时出现。

根据近年心理学和神经学的研究，自毁行为来自负面紧迫感，其表现如下：

1. 高度神经质，容易紧张、敏感、精神痛苦。

2. 亲和性低下，在与人交往中容易怀疑、否定他人，缺乏同情心。

3. 缺乏自律和稳定的道德观念。

在负面紧迫感影响下，人会逐渐丧失心理连贯性：无法理解在做的事，认为自己没有能力，或者认为事情没有意义。

这种情况往往出现在青少年时期至青年时期。高度紧张、精神痛苦、缺乏社交、容易冲动、无条理性的人，会在无意识中寻求一种解脱。这种解脱必须足够吸引自己的注意力，快速起效，解除痛苦，且不需要他人参与，常见的解脱办法就是反复自残。

问题在于，自残行为明明是痛苦的，为什么又能使人摆脱痛苦？这要从大脑中的一种物质说起。人的大脑很神奇：我们受到伤害后，神经系统会不断把疼痛信号发至大脑，大脑会分泌脑啡肽和内啡肽来抑制疼痛信号，帮助我们缓解疼痛，自我保护。脑啡肽和内啡肽还能使人镇静、愉悦，提供心理安全感。最明显的体现是，你的腿坐麻了之后，你会感到一种钝痛，当你舒展身体，血液再次流回到腿上，又会明显感到放松。

人在自残时，无论是外在伤害（割腕、炙烫），还是内在神经系统伤害（酗酒、服用刺激性物品），又或是心理上的自我伤害（自我否定、逃避、加重负疚感），大脑都会分泌脑啡肽和内啡肽来镇痛。然而由于它们发生作用的速度非常快，止痛和带来快感几乎是同时发生的，快到让人无法分辨究竟是痛觉先消失还是快感先到来，于是自残者就会产生一种条件反射：只要自残，就会产生快乐。

为了追求这种快感，自残会成瘾。据统计，全球约有百分之十的年轻人出现过一定程度的自残行为。如果自残行为无法通过自我纠正或外力矫正，便有可能引发更严重的问题，例如酒精或药物成瘾、充满攻击性、抑郁、精神分裂乃至自杀。上述内容与我们过去常常说的自残是为了寻求刺激不同。事实上，对人类来说，寻求刺激和负面紧迫感是两个相对独立的动因，前者倾向于主动冒险，后者更倾向于被动逃避。

渡边泰子看起来很像是患有类精神分裂型人格障碍，非常符合缺乏心理连贯性的特征，认为自己做的事缺乏意义，无法掌握自己的业务。泰子长期被否定，导致负面紧迫性增加。大部分在学习、工作中有过类似情形的读者，一定能明白这种困境。

心理相对健全的人可以通过社交和爱好来排解压力，但泰子本就具有人格障碍，既无法在社交中排解，也无法通过兴趣爱好释放压力，厌食症再度发作，就出现了自残行为——卖淫。

无论客人出多少钱，她都会接受——因为一旦没有金钱交易，就失去了出卖肉体带来的伤害。

每天至少要接待三名客人——持续性的伤害已使她上瘾，一旦失去伤害，反而更加痛苦。

详细记录与每名客人交易的时间、地点、金额，以及客人的特征——她在翻看记录时，会回忆起更多细节，从而再度产生甚至加重伤害。

来者不拒——这也是加重伤害的方式。

可以想象，泰子就像一艘在惊涛骇浪中漂浮的小船，孤立无援，她自己却并不认为需要求援。

步入社会后，生活开始出现问题，业务无法得到承认和肯定，所做的事变得毫无意义，在这种情况下，大多数人恐怕都会选择辞职另寻出路，然而在二十世纪九十年代泡沫经济破灭后长期萧条的日本，她其实没有什么出路。

事实上，直到十几年前，日本社会才开始接纳跳槽的观念。

所以，一切似乎都显得顺理成章。泰子的精神问题越来越严重，可她并不认为自己出了问题，慢慢地，日益加强的负面紧迫性将她推上自残的道路。也许是巧合，又或许是在成长时期受过某种刺激，她开始用卖身来自我伤害。

从这一点看，也许泰子对性行为的羞耻感反而高过常人。对她来说，性行为的目的不是放松，也不是寻求刺激，更不是为了金钱，而是自我毁灭。

后记

由于证据不足，无法排除现场存在第三人，案发十四年后的重审判定迈那利无罪释放。重审期间，由于检方"疏忽大意"或有意隐瞒一些关键证据，公众对检方的质疑自然而然地流向了对事件背景的分析，让本案进入了新的阶段。

此前有人问过：迈那利怎么解释忽然出现的一大笔现金呢？检方为何不揪住这条来做文章？

其实，从最简单的规则出发，"谁主张谁举证"，如果检方怀疑这些现金与泰子被害有关，那么就要拿出证据证明这些钱是泰子给的。然而，迈那利的这笔钱早就用来还债了。更重要的是，所有交易都是以现金形式进行。现金本就是最好的摆脱追查的工具，因为它不记名，谁拿到都可以正常使用，而账户里的钱无论如何流动，都可以从银行等金融系统里查到付款方和收款方信息。

也就是说，迈那利不用为这种揣测做出解释。

神户案

主犯：市橋達也
事件の発生時間：2007年
事件現場：千葉県市川市行徳
死亡者名：リンゼイ・ホーカー
犯行の手段：レイプ、首絞め

三十个月
的逃亡

主　　犯：市桥达也

案发时间：2007 年

案发现场：千叶县市川市行德

死　　者：林赛·霍克

作案方法：强奸、窒息

我对市桥达也的印象非常深刻。他作案前后，我正好在东京留学，他作案的行德地区，跟我的公寓只隔一条河。那段时间，几乎所有地铁站和火车站都贴着带有他头像的通缉令。所以，当得知他落网时，我心里的一块大石总算落了地。

从二〇〇七年三月作案起，到二〇〇九年十一月被捕，三十一个月的逃亡经历可谓相当曲折。

经常有一些读者在读了我写的罪案故事后提问：受害者为什么不打电话？警方为什么不调监控录像？大家为什么不上网搜索？我的回答是：二十世纪四十年代还没有手机，六十年代街上没有摄像头，九十年代互联网上也没有那么多信息。不过，在市桥达也的逃亡路上，通缉令可是随处可见，监控摄像头已然遍布街道，人人手中都有了可拍照的手机，网络更是相当发达。所以，他的逃亡故事比以往那些都更加惊心动魄。

一、英语课

二〇〇七年三月二十七日早晨，从千叶开往东京上野的电车上，一名行色匆匆的年轻男子戴着口罩，用外套的帽子盖住了脑袋，帽子和口罩之间露出警觉而狡猾的目光。走出上野站后，他随着熙熙攘攘的人流挤上了山手线，目的地是秋叶原。

用口罩和帽子遮住脸，如此反常的行为为何没有引来行人的丝毫怀疑呢？这是因为，这一时期恰逢日本花粉过敏症高峰，街上到处都是戴口罩的人。只不过他这样避人耳目，并非因为对花粉过敏——而是刚刚经历了一个惊心动魄的夜晚。

这名男子，就是我们这个故事的主人公市桥达也。

事情要从一周前说起。

二〇〇七年三月二十日，市桥达也跟朋友在家附近的行德站前一家小酒馆喝酒时，突然注意到酒馆中一名金发碧眼的女孩子。行德站地处东京迪士尼乐园附近，有外国人也不是什么稀奇事。好奇心使然，市桥达也主动走到那女孩的桌前，想用英语打个招呼。很显然，这个外国女孩对他并不感兴趣，继续跟朋友聊天，根本不搭理他。

这女孩名叫林赛·霍克（Lindsay Hawker），二十二岁，来自英国考文垂。一年前，她以首席毕业生身份从利兹大学生物系毕业。尽管想要继续攻读硕士学位，但由于缺乏资金，她决定先用一年时间打工攒钱。就这样，她独自从英国来到了东京，在一所英语学校找了口语教师的工作。

学校为单身外教准备了公寓宿舍，跟她住在一起的还有两名来自美国的女孩。第一次远离故乡，思家心切的林赛每天早上都会与父母联系，给他们讲讲日本的生活。她性格外向且单纯，很快就交到了一些当地朋友。三月二十日这天下班后，林赛和朋友们在行德站边这家小酒馆简单吃了些东西就分头回了家。谁也没有想到，她跟市桥达也这次偶遇，竟成了林赛一家人永远的噩梦。

市桥达也，时年二十八岁，一九七九年一月五日生于日本岐阜县羽岛市一个医生家庭。父亲市桥正嘉是当地一家公立医院的外科主任，母亲伸子则在父母开办的牙科诊所从事事务性工作。双亲从小便对市桥达也和他的姐姐贯彻精英教育，希望他们长大后也可以成为医生。

市桥十六岁时，姐姐成功被医学院录取，无形中给他增加了不少心理压力。十八岁时，市桥在大学入学考试中失利，开启了漫漫复读路。四年后，家人认为他不是从医的材料，二十二岁的市桥达也总算考上了千叶大学园艺学部。

二〇〇五年三月，毕业后的市桥没有找工作，而是成了待业青年，时而醉心于绘画，时而沉迷音乐，时而向往周游世界，过着飘忽不定的生活。他以“生活支援”的名义，每月向家中索要十万日元生活费，可以说是不折不扣的“啃老族”。除了父母给的生活费，他大部分额外的开销都要靠打零工来支付。在打工的店里，他与一名女孩相识相恋，保持了半年左右的关系。至于三月二十日那晚主动接近林赛的动机，据他回忆，大概是酒精的作用驱使他挑战一下从未经历过的事情。

从酒馆出来后，林赛匆匆赶往地铁站，而心有不甘的市桥则悄悄地跟在了后面。千叶县住着大量白天在东京上班、晚上回来休息的上班族，因此尽管是深夜，行德站外面依然熙熙攘攘。市桥尾随着林赛走进闸机，和她坐上了同一班地铁。列车停在西船桥站时，已经是二十一日凌晨零点十分。林赛拖着疲惫的身体走向宿舍，不远处的市桥在酒精作用下壮着胆子尾随。两人离车站越来越远，街上的行人也渐渐减少。

就在走到最后一个拐角时，林赛身后斜着照射过来的灯光突然将一个人影投在前面地上，她吓得顿时花容失色。她转过身，发现一名男子就站在自己身后不到五米的地方，正是先前在酒馆跟她搭话的那个男人。

“你是谁？你要干什么？”紧张到极点的林赛本能地说了句英语。市桥此时已清醒了大半，他走上前用不算太流利的英语反问：“你是英语老师，对吧？”

“我不是，你搞错了。”

“你别害怕，我不是坏人。我半年以后要去国外留学，所以想找个英语老师。”市桥笑着指了指林赛手中印有学校标志和名字的手提袋。

单纯的林赛将信将疑，但因为已经站在公寓楼下，一时也想不出脱身办法，只好说道：“那不如你跟我上楼去，我的同事们也在，我们详细谈谈。”

没想到市桥很自然地答应了下来。

来到公寓，林赛向两个室友介绍了市桥达也，将他带到客厅。市桥不断为刚才尾随一事道歉，并介绍说自己其实是个插画师，准备去美国读艺术。他一边说着，一边拿起一张纸和一根签字笔，唰唰几笔就为林赛画了一张像，并且还在边上留了名字、电话和邮箱。

林赛渐渐放下了警惕，收下画像，约定过几天会打电话给他，商量上课的时间、地点，之后将他送出了门。当晚，林赛在邮件中向男友讲述了这段经过，表示有些反感。

三月二十二日，林赛拨通了市桥的电话，两人约定三天后早晨九点，在行德站前的咖啡馆见面。三月二十四日二十三点左右，为了确认第二天的见面，林赛又拨通了市桥的电话。这一次市桥的声音有些落寞，他表示想要去林赛家里，和她一起过夜。林赛虽然想回绝，但性格善良的她根本不善于直接拒绝，于是说自己刚从健身房回来，非常累，想要好好休息。市桥一再恳求，林赛只好答应出来陪他吃晚饭。饭后市桥开车带着林赛去海边兜风，两人最终在市桥的公寓楼下分开。

对思维较保守的东亚人来说，如果没有发展亲密关系的想法，女孩子大概率是不会答应这样陪男方出去的。而从西方女孩的典型性格来看，林赛只是觉得不直接回绝对方，把对方当朋友相处会更好。也许是出于文化差异，又或者是因为涉世未深、缺乏防备，无论如何，林赛这种做法在一定程度上让市桥误以为她对自己有一定好感，甚至有发展肉体关系的可能。

三月二十五日上午九点，市桥达也如约来到行德站前的咖啡馆，见到了在此等候的林赛。按照学校规定，林赛可以在校外兼职一对一的外教工作，但要将一部分收入作为管理费上交学校，并在学校登记上课时间、地点及授课对象。出于安全考虑，学校要求教师与学生见面必须在公共场合，付款也需当面结清。

据市桥回忆，在当天的对话课上，他们聊到了二人都喜欢的电影《哈利·波特》以及彼此的兴趣爱好。很快，五十分钟过去了。林赛说接下来还有其他学生的课，今天只能到此为止了。市桥拿起随身的包，说道："不好意思，我今天出门似乎只带了些零钱，不够支付学费，你要不要跟我回家去取一趟？"林赛没多想，跟着他走出了咖啡馆，拦下一辆出租车，向着公寓驶去。她并不知道，其实市桥的包中装着三万日元现金，足以支付课程费用……

回到公寓，市桥让林赛先进去，随手关上了门。看着林赛的背影，他再也抑制不住野性的冲动，从身后一把抱住了林赛，就势将她推倒在地，压得她动弹不得。市桥跨坐在林赛身上，开始撕扯她的衣服，又掐住她的脖子，殴打她的面部。林赛放声大喊救命，嘴巴却马上被市桥一把捂住，又被他用早已准备好的胶带封住。此时，周围的住户几乎都已经外出上班，没有人能听到房间里的打斗和呼救声。

挣扎了大约二十分钟，林赛渐渐体力不支。趁这个机会，市桥扯下她的衣服，用胶带和绳索绑住她的手脚，实施了强奸。他本想戴好安全套后再强奸，由于林赛拼命抵抗，最终只好放弃。因为这个细节，他在安全套上留下了一部分体液，这成了日后检方确认市桥强奸事实的充足依据。

实施暴行后，市桥的情绪并未平复，而是变得更加矛盾了。他去卧室拿了个海绵垫子，铺在还赤身裸体躺在走廊的林赛身下。由于恐惧和暴力，林赛已经失禁。市桥又把她抱进浴缸，再把自己的外套拿来，剪开林赛双手和嘴上的胶带，帮她穿上了上衣。

“你要杀我了，是吗？”林赛对他说。

市桥陷入了混乱，出于自保的本能，他想让林赛不再追究此事。然而方法只有两个：一是与林赛达成协议，二就是灭口。他最初骗林赛回家，也许仅仅是想跟她发生性关系。然而就在过去这几十分钟里，他已然从一个幻想勾引外语老师的人变成了强奸犯，或许这也是他实施暴行前未想过的结果。

想到这些，市桥没有回答林赛，而是挥拳照着她满是泪水的脸猛捶下去。等到稍微清醒一点，林赛的脸颊已经遍布伤痕。林赛哀求他：“求求你，放了我吧，我绝不会报警的！”市桥忽然想到，也许还是可以和她好好谈谈，达成协议。然而他望向林赛，看到她青紫的眼眶和脸颊，她这个样子出门，即便不报警，也肯定会引发旁人猜疑，于是试探性地问：“如果有人看到你这样子，你怎么说？”“我会跟他们说在路上被人抢劫了。真的，我不会告诉警察的。”市桥仍然将信将疑，他将林赛从浴缸中抱出，放到卧室。也许是出于心虚，又或者是有意试探，他竟开始跟她闲聊起来，聊起马丁·路德·金的《我有一个梦想》，聊起林赛的大学专业及家庭。林赛说：“我想要生许多孩子，我的人生要由自己做主。”说着说着，林赛感觉口渴，市桥从厨房找来矿泉水和糖。接着，林赛又说“胶带捆得太紧，脚发麻”，想让市桥帮她松绑。

没想到，就在这时，林赛包中的手机响了起来。看到来电名称是英语学校，市桥再次陷入慌乱。原来，这天上午十点半，小岩校区有林赛的口语课，可是直到十一点校方仍不见她来上课，打电话也没人接听——近一年来她从未缺勤。校方赶紧查阅她外出授课的记录，询问两名室友，拿到了市桥的住址和电话……

至此，市桥终于明白，事到如今，无论怎样做都无法掩盖罪行。他心中只有一个念头：我不要进监狱。

三月二十六日零点三十分，林赛被监禁已将近十四个小时。室友们仍然焦急地等待着消息，校方也早在几小时前向警方报案。市桥将林赛转移到浴室，把她手上、脚上和嘴上的胶带缠紧，并给女朋友发了条短信：“抱歉，今天你给我打电话了？没有听到，不好意思。从今天开始我要准备考试，所以这周咱们先别联系了，有事就发短信吧。”

之后，他拿着手机睡着了。

大约凌晨三点，睡梦中的市桥突然被一声巨响惊醒。他赶忙跑到浴室查看，刚一进门，头便遭到了沉重的一击。他扶墙站稳，见浴缸已被掀翻在地——刚才的巨响正是这浴缸倒地的声音，想必林赛是希望在屋中弄出点响声，引起邻居的注意。

市桥笑了笑说：“真可惜，楼下那间屋子是空的。”而后脸色骤然一变，拖着林赛的头发，把她拽出浴室，按倒在走廊的地板上。由于厮打，林赛嘴上的胶带脱落，她赶紧大喊救命。慌乱中，市桥扯过条毛巾，一手掐住她的脖子，另一只手将毛巾拼命塞进她喉咙深处。待到他恢复理智，平静下来，林赛的呼吸早已停止。短短几分钟内，他从一个强奸犯变成了杀人犯。

之后的十三个小时，市桥做了什么，无人知晓。直到三月二十七日十六点，他再次出现在电梯的监控画面中。

外出两小时后，他回到公寓楼下，不断往屋中运送园艺用品——红颗粒土五十六升，园艺土五十升，铲子一个，发酵促进剂两袋，除臭剂两袋，树苗一棵。他将林赛的尸体放进浴缸，再把浴缸推到阳台，将发酵促进剂、园艺土混合后倒在缸中，栽上树苗，覆上红颗粒土，之后收拾一片狼藉的房间。

就在此时，门铃响了起来。

二、寻找乐园

市桥轻手轻脚走到门前，问了一句：“哪位？”

门外的人似乎已经不耐烦，直接用拳头砸门：“市桥达也在家，对吧？请把门打开，我们是行德警署的警察。”

市桥慌张地打开门，见门外站着四名警察。

“你是市桥达也吧，你认识林赛·霍克吗？”为首的一名警察亮出证件，低头翻开本子准备记录，另外三名警察一边打量着市桥，一边向屋中张望。换作旁人被警方堵在门口，要么束手就擒，要么便矢口否认或者关门跳窗。可市桥绝非常人，他竟然用力推开大门，直接钻入四人缝隙突围逃跑。四名警察震惊之余，兵分两路，两人去追市桥，另两人进屋寻找林赛。

市桥凭直觉判断，大楼一层电梯口处可能还有警察，所以他选择顺着大楼外的消防梯逃跑。凭借中学时代起一直修习长跑的身体素质，他很快便将身后的两名警察甩开。他从消防梯四层下到二层，看见三名警察正急匆匆顺着梯子爬上来，于是他从二层扶手处翻到梯子外面跳了下去，落地后就势一滚，顺利逃脱。行德警署迅速在附近的行德、妙典、南行德三个地铁站加派警力，严防他利用地铁逃走。

刚接到报案，警方就查阅了市桥达也的相关记录，发现他从未有过任何违法行为，更谈不上暴力犯罪，因此判断这可能是一起常见的非法拘禁，可没想到市桥竟如此慌张地逃走。警方意识到，事件可能比想象的严重。

在市桥的房间门口，有一双黑色中筒女靴；进门走廊的地面上，散落着被扯坏的羊毛衫、衬衫和裙子；卧室内有一件沾血的女式胸衣，地面上还堆放着几个垃圾袋。警察走进浴室，原本放置浴缸的地方空空如也，他们四处寻找，才发现浴缸原来在阳台上，里面还栽了一棵小树。用浴缸种树，实在是非常奇怪的行为。一名年长的警察伸手按了按浴缸中的土，发现土质十分松软，说明放进浴缸不久。他用手刨开表层泥土，底下赫然露出了一截人腿，在青白色的月光下显得格外恐怖。

搜查一课的刑警和法医迅速赶到公寓，展开更详细的勘查。警方在地板、墙壁上发现了林赛的血迹，同时在衣服、地板、毛巾上分析出林赛的尿液成分，证明林赛确曾失禁。林赛的毛衣和内衣都有被剪刀划过的痕迹，毛衣是从袖子部分纵向剪开的。公寓中还有三卷胶带，其中一卷已被用掉大半。垃圾袋中有十三块被揉成一团的胶带，上面有林赛的头发和汗毛。袋中还有一个安全套和两个已经打开的包装袋，安全套内侧的体液标本经查证来自市桥，安全套外侧也有与林赛 DNA 相符的皮肤细胞。另一个垃圾袋中，有大量被剪下的林赛头发，警方推测是因为浴缸不大，剪掉头发可以方便埋尸。在厨房的桌上，摆放着一只蓝色手包，包中有手机、钱包以及林赛的外国人登陆证。

市桥料到警方肯定会在地铁站附近盘查，于是跑到了江户川河岸，那里较为偏僻，夜晚少有行人。由于跑得又快又急，他的袜子和拖鞋早已不知去向，外套和车钥匙都没有带，钱包里只有八万多日元的现金，这样子走上街头，势必会引起怀疑。于是他找到一个垃圾堆放处，从中翻出一件外套，还找到一双运动鞋。

顺着河岸走，市桥遇到一处投币电话亭，他鼓起勇气拨通了女朋友的电话。他本想向女朋友借车逃走，但又不能向她解释一切，所以暗下决心，干脆骗她一起走，找个地方自杀了事。可是他跟女朋友聊上几句之后，一种恐惧感突然涌上心头：如果她已被警方控制，那自己岂不是自投罗网？他想要自杀，但又惧怕死亡，不敢自杀，更害怕死刑。他找了个借口，匆匆挂了电话。是的，这种多疑的情绪几乎贯穿了市桥逃亡的三十一个月。他不敢与人交谈，不敢与人亲密接触，更忌讳他人打听关于自己的一切。

也许是因为长期阅读犯罪小说，又或者是天生直觉敏锐，市桥知道今晚一定是警方搜查密度的高峰，于是干脆放弃逃窜的念头，在河岸静静坐了一夜。第二日清晨，他刚刚爬上河堤，便看到一辆黑白配色的警车自远方开来。他赶紧蹲下，躲在道路两侧的金属护板后，等警车远走后才敢继续前行。在一处高架桥下，他发现一辆没上锁的自行车，便沿江户川一直骑到京成本线的江户川站。一路上，他有意识地避开大部分红绿灯、学校、便利店、加油站等，因为这些地方一般都设有街道摄像头。

江户川站距他居住的行德站有九公里，附近人口稠密，而且已属东京都管辖范围。市桥把车子停在站前，混入早高峰人群，坐上了开往上野的列车。这也许就是他的特别之处：他没有像大多数慌忙逃窜的罪犯一样，第一时间赶往人迹罕至的地区，而是有条不紊地利用熙熙攘攘的人潮掩盖行踪。这就是中国俗语所谓的“灯下黑”。事情也确如他所料，昨晚千叶县警方便在行德附近的地铁站和通往周边地区的国道路口部署了大量警力，但并未将搜索范围扩大到周边区域，尚未发布通缉令的东京市仍然一切如常。

市桥在上野站换到山手线，最终在秋叶原站下车。秋叶原无论何时，都像假日一般热闹。他走进一家百货店，买了棒球帽、冲锋衣、运动鞋、书包、充电器、充电电池、雨衣、口罩等，之后找了个僻静的公厕，换上衣服，简单洗漱，又沿着山手线走回上野，找到上野公园旁的东京大学医学部附属医院。在医院急诊室器材间里，他找到一些外科手术器具，又穿了件白大褂，走进医院一层的残疾人用洗手间，将门反锁。在这里，他要干一件闻所未闻的事：为自己整容。

由于时间匆忙，他并没有找到麻药，所以这个“手术”是在非麻醉情况下忍痛完成的。他先将鼻翼上方两侧剪开，剪掉一部分多余组织，让鼻尖小了许多，鼻翼的突起几乎消失；接着剪掉部分下嘴唇，让原本厚实短小的下唇变薄，嘴型横向拉长了许多；最后，用手术刀削掉眼睛下面的两颗黑痣，只不过这两颗黑痣实际上比他想象的要深，所以尽管削掉了表面皮肤，痣却依然存在。之后，他用医用纱布包扎好伤口，戴上口罩，坐上北陆新干线，就此开始了逃亡生涯。

市桥最初只是想尽可能地远离东京，找一个隐居之地，所以第一个目的地便是群马县。群马距东京仅一个多小时车程，县内山川众多，淡水和自然食物丰富，足以维持长期隐居生活。然而，如惊弓之鸟的他却因一件小事改变了主意。

新干线列车上，常有推货车穿梭于车厢中的售货员。一上午没吃东西的市桥叫住售货员，买了一个面包，又拿了一份《朝日新闻》。他万万没想到，报纸的社会版头条位置竟然登着自己的照片和一行标题，“英国女教师被杀，重要嫌疑人在逃”。他悄悄观察车上乘客，见他们差不多都在翻看这份报纸，一种强烈的恐惧感涌上心头。他想，如果继续在列车上，很可能会被其他乘客怀疑，就算真的找了个山村藏起来，他这个外来的年轻人也难免会引起当地村民的议论，反而更容易暴露。

思前想后，趁着列车到达埼玉县熊谷站的间隙，市桥拎起包跑下了车。

在熊谷站前的荒川公园里，市桥躺在草坪上想了很久。事已至此，他只有隐姓埋名这一条路可选，这也意味着今后他不能有银行账户，不能有驾照，不能坐飞机，不能去医院，甚至不能用手机，他的身份只有一个：无家可归的流浪汉。

下一个目的地是本州岛最北端的青森。他已经买不起新干线的车票，只好时而步行，时而偷自行车，时而搭便车，一段路一段路地前行。四月一日，他终于到达青森，正式做起了流浪汉。这天夜里，青森下雪了。

他躲进郊外一处农民培育香菇的温室大棚，总算没被这漫天大雪冻死。第二天一早，踩着几乎冻僵的双脚，他慢慢走进青森车站，找了家咖啡店坐下，趁邻座男士去厕所的间隙顺走座位上的钱包。包中有约二十万日元现金，他买了张去大阪西成的车票。

大阪西成是个什么地方？如果你问关西人，他们十有八九会说“那是个不像日本的地方”。确实如此，二〇一七年四月，我特意去了一趟西成，感觉很不一般。西成最出名的有三样：棚户、赃物、暴动。这里几乎集中了全大阪市的流浪汉，他们将街道彻底改造成棚户区，每到周末都会开办售卖赃物的集市，而且自发组织了保卫地盘的行动，每隔几年就会发生街头暴动，可以说是大阪的“九龙城寨”。

这里的治安非常糟糕，所以完全不建议读者前往，更不要尝试拍照。与日本其他地方不同，这里的人有着浓厚的地盘意识，对外来者有强烈的敌意。我在街上逛了两个小时，便被路人拦住三次，询问到这里来干吗，还亲眼见到两起街头斗殴。

这里流浪汉的主要“工作”除了捡破烂、盗窃之外，还有在志愿者的帮助下打零工，虽然都是最苦、最累的体力活，但至少可以保证基本收入。市桥便是通过网络了解到这种情况，才决定前来看看的。

四月六日，市桥到达西成，向“流浪汉组织”的老大打过招呼，得到了留下的许可。也就是这一次，他认识了在当地负责“业务派遣”的小头目加藤。加藤每天早晨从需要临时工的地方获取招工信息，再把这些工作派给适合的人：有些老人干不了体力活，便被分去指挥工地现场交通、维持秩序；有些人腿部有残疾，便会被分去粘纸盒、贴标签。市桥向加藤提出的条件只有一个：不要跟他人打交道。

三天之后，市桥再度不辞而别。原因很简单，这片贫民窟的入口附近有一张他的通缉令。多日的绝望和痛苦令市桥的精神逐渐混乱，他竟然想到要去四国“遍路”，相信参拜完一百多座寺庙后，观世音菩萨就会复活林赛，使一切恢复如初。

就这样，市桥来到了四国这片自己从未踏足过的土地。

四国人口稀疏，而且都集中在沿岸地区。岛中部是一片山地，几乎无人居住。长久以来，四国岛的居民就十分信仰观世音菩萨，供奉菩萨像的寺庙有一百一十多座。当地流行一种徒步参拜所有供奉观世音菩萨的寺庙的活动，被称为“遍路”，巡礼路上还有免费向参拜者提供食物和饮料的小店，类似于西班牙北部的朝圣之路。

市桥每天赶路、拜佛，晚上在沙滩露营，用了两周，终于在四月三十日从德岛市走到高知市。高知市是四国岛上的大市，但人口也只有三十三万。这天恰逢当地在准备五月五日儿童节的庆祝活动，为了避开人群，市桥来到市立图书馆打发时间。他从阅览室书架上随手拿起一本画册，名叫《日本的无人岛》。翻着翻着，一个想法在脑中成形：为什么不找个无人岛住下呢？

市桥以前看过有关荒岛生存的纪录片，里面介绍了各种荒岛求生的方法：住处可以是山洞或是用林木、宽阔的树叶搭建的小屋，饮水可以靠泉水或积攒的雨水，食物可以通过捕鱼、采果得来……他开始在画册上物色容易到达，同时自然环境不至于太恶劣的无人岛。

不久，一个叫“奥哈岛”的地方映入眼帘。

奥哈岛位于冲绳最南部的久米岛旁边，面积只有零点三七平方公里。二十世纪六十年代，岛上曾有一百三十多名居民，但出于台风时常过境、房屋修缮困难等原因，居民先后搬迁至冲绳岛。目前岛上已无人居住，只有几处砖瓦结构的废屋。岛上曾广泛种植甘蔗，目前也已荒废。经历过青森四月份的大雪，市桥对寒冷有了深刻认识。这个位于冲绳的气候温暖的小岛，立即成为他隐居生活的新希望。

想到这里，市桥没有犹豫，他从高知坐公共汽车来到松山，又在这里坐船前往九州，开启了去往心中乐园的旅途。

三、究竟还要跑多久？

二〇〇九年十月二十六日，市桥终于完成了所有整容步骤——除了下颌削骨的手术太大，费用过高，承担不起外，他完成了眉骨、鼻梁、鼻翼、下唇的整形与疤痕修复。虽然积蓄快要花光，手中仅剩下十万日元，他却已不会为缺钱而慌张——经过这次彻底的整容，再也没人知道他的真实身份。他认为自己真正实现了脱胎换骨，接下来就是要慢慢筹划新的人生。

二十七日上午，他来到福冈市中洲的一家意式饭馆，一边悠闲地喝着咖啡，一边看着电视节目。一名年过花甲的著名搞笑艺人在节目中竭力高声大笑着，摆出夸张的身体姿态。可惜，这没有令市桥觉得滑稽可笑，反而让他心烦意乱。随着逃亡的日子越来越长，他在电视上的曝光频率也越来越低。媒体就是这样，每当有新热点出现，之前的热点便会被晾在一边，直至慢慢被人们淡忘。即便是眼下当红的演艺明星，如果连续两个月接不到节目通告，没有新片、新专辑面世，那么就等于宣告退休。人们的口味变化是如此之快，以至于除了天气预报，所有节目策划和编导都不得不竭尽全力搜集社会上的新传闻、新动向、新流行语，否则收视率必然惨不忍睹。

想想看，差不多四百年前，某些地方的居民仅有的娱乐还只是每周聚集在广场上，看刽子手如何绞死死刑犯。套上绞索的死刑犯，或慷慨激昂，或放声大哭，或屎尿横流，种种反应，所有细节，直到最后一次抽搐，都会引起围观民众的喝彩或哄笑，直至化为街头巷尾的谈资，流传不知几百年。

市桥之所以心烦意乱，并非因为自己“人气”下降，他没有大海盗基德那样强烈的自我表现欲，直到死前还要跟世界开一个巨大的玩笑。他担心的是，随着媒体报道越来越少，获悉警方动向的机会也减少了。如果媒体报道完全消失，那就只能时时试探警方的动态，这反而给他带来始料未及的恐慌。

他静静地坐着，等待晨间综艺节目的结束。突然，一条插播消息出现在电视屏幕上：“根据警方从目击者处获得的消息，强奸杀人嫌疑人市桥达也很可能潜伏于福冈市内，请市民踊跃提供线索。”他的心脏狂跳起来，并不知道到底是哪个环节出了纰漏，他能想到的只有逃跑，逃向冲绳的奥哈岛。为了躲避警方在火车站的盘查，他坐长途大巴来到了鹿儿岛，没想到鹿儿岛的客轮码头也早已遍布通缉令，而且警力明显增加。

不得已，市桥只好返回汽运站，坐上回九州北部的高速大巴。不过，这辆车并不是前往福冈，而是停靠在途中的熊本市——熊本的交通比鹿儿岛要便利得多，也方便随时跑路。市桥在熊本找了家手机店铺，用店内的手机搜索去大阪的路径，这样既不会暴露行踪，也不会留下搜索记录。

一番搜索后，市桥发现从熊本返回大阪最方便的方法果然还是只能先去福冈，再转乘新干线。但谨慎的市桥这次没有购买直接前往新大阪站的车票，而是将目的地改为紧邻大阪的神户市三宫站，这一方面能尽量靠近大阪，另一方面也方便隐藏起来继续观察局势。

神户市北靠六甲山，南临濑户内海，山海之间的最窄处不足两公里，因此这座城市也就向东西两侧沿海展开，呈狭长状。三宫站正好处于这狭长地带的中心，人流不息，无论白昼，都是一派繁荣景象。夜晚，三宫站附近的地下通道和商店街会有三五成群的流浪汉席地而卧，车站南面高架桥下的公园里还有大片流浪汉自建的纸箱屋，可以说是罪犯的理想栖身之所。

市桥每天往返于大阪千里中央站和神户之间，在大阪搜集前往冲绳的其他客轮的消息，以及案件的调查消息。为了节约开支，他在三宫站附近用纸箱搭了一个临时房屋，平日以捡垃圾为生。

二〇〇九年十月三十日，神户三宫站西口发生了几名学生用石块和臭鸡蛋袭击流浪者的事件，随后该区出现大量记者。为避人耳目，市桥将据点搬到了神户人工岛上的北口站——这里夜间行人罕至，并且由于与神户市隔海相望，连巡逻警车都很少。在这里，他继续悄悄地为前往奥哈岛做准备。

市桥在名古屋做眉骨手术时，医生为了掌握面部轮廓而制定手术方案，让他拍摄了正侧脸照片。医生注意到他左侧面颊上有两颗上下排列得相当明显的痣，出于职业的敏感性，他将这两颗痣仔细地拍摄了下来。

十一月五日，医生整理顾客资料时，再次注意到市桥术前的照片，端详许久之后，他恍然大悟：这两颗痣的位置跟地铁站通缉令照片上的一样。

搜查一课的刑警仔细比对了医生的照片，发现这名顾客的鼻形和唇形与市桥不符。医生说，这名顾客的脸上有一些整容手术的痕迹。警方联系到该整形外科医院福冈分院曾给此人注射玻尿酸的医生，再次印证他的鼻翼的确动过手术。医生与警方技术课连夜配合，总算还原了市桥整容后的相貌，参见下面这两张照片。

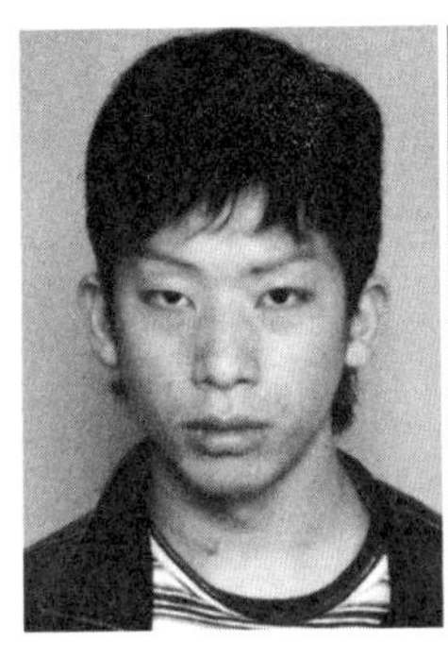

整容前

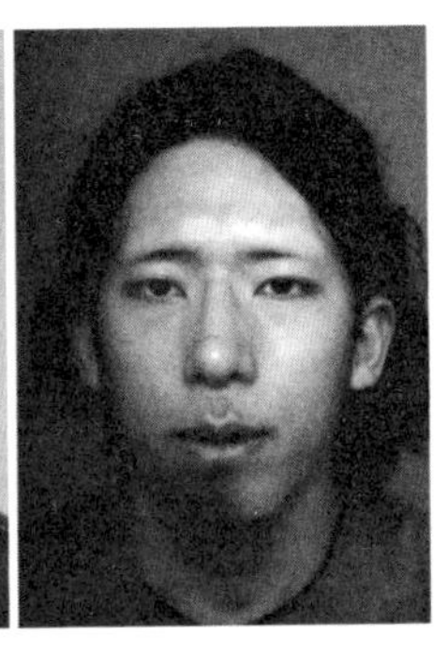

整容后

十一月六日，新的通缉令遍布全国各地，得知消息的市桥开始加速逃亡的准备。他在神户、大阪这些交通发达的地区是待不下去了，必须立即想办法前往冲绳。

第二天一早，市桥乘新干线重返福冈。

同日，大阪市一家建筑公司报警，称市桥在这里打过工。警方调查得知，市桥确实先后在这家公司和神户的另一家建筑公司工作过。从他遗留在公司的私人物品上，警方也找到了他的指纹。当晚，警方通过新闻向社会公布，嫌疑人市桥很可能仍潜伏在福冈，并将从长崎或鹿儿岛乘客轮逃窜。

在福冈一家酒店里，市桥正好看到了这条新闻。他料想警方很可能会在鹿儿岛客运码头增派警力，决定先返回神户，再乘坐直达冲绳的客轮。

说来有趣，人在走投无路时，往往会畏首畏尾，反复往来于几个固定地点。从另一个角度来说，这也是因为警方在不知不觉间布下了一张越收越紧的网。

十一月十日，市桥戴上帽子、口罩，前往神户市六甲客运码头，没想到客轮因为检修而临时取消了。就在他将帽檐稍稍抬起，仔细查看六甲客运码头时刻表的瞬间，一名码头工作人员仅从身高、体型和眉眼便认出这人就是市桥达也。这名职员走上前对市桥说："如果您要前往冲绳，再过一小时，大阪南港客运码头还有一趟客轮可以直达。"他又递上一张前往大阪南港客运码头的地图。待市桥离开，他迅速冲进办公室，先后拨通了大阪南港客运码头和警署的电话。半小时后，市桥果然出现在大阪南港客运码头。码头职员按指示将他带到一间"专属候船室"，房内没有任何乘客。

午后的阳光从窗户斜射进屋，市桥面前是一片反射着金色光芒的大海。海鸟掠过窗前，自由似乎近在咫尺，但他却已经有一点倦怠：

究竟我还要跑多久？
究竟我还能跑多远？
这就是我想要的生活吗？
我可以过上不同的生活吗？

忽然，一只手扶住了他的肩膀。

“你叫什么名字？”一个西装革履的男人问道。

“……”

“你叫什么名字？回答我。”

“……市桥……市桥达也。”

二〇〇九年十一月十日下午，市桥被捕。当天，他便被移送大阪住之江警署验明正身，警方以涉嫌强奸、杀人、抛尸等罪名正式将他逮捕，接着连夜押送回千叶县，移交千叶县行德警署。

被捕后，市桥开始绝食，拒绝交代一切。据他事后回顾，他的确是想饿死在看守所内。不过，在绝食两周之后，看警察送来了猪排饭，他终于没能抵御住诱惑，对着盒饭号啕大哭，狼吞虎咽地吃起来。

二〇〇九年十二月四日，市桥达也以杀人、强奸致死、尸体遗弃三项罪名，被千叶县地方检察厅正式提起公诉。

二〇一一年一月二十六日，市桥将自白整理成册，出版了《被捕之前——空白的两年零七个月实录》一书。由于此案影响面极广，该书得到了媒体和民众的高度关注。

截至二〇一一年七月公审开庭之前，这本畅销书为市桥带来了一千一百万日元的版税收入。他将这笔钱（税后九百一十二万日元，约合四十七万元人民币）全部交给林赛的父母，作为赔偿。林赛的父母则回应：“在审判开始之前，日本媒体竟然允许这样一本书出版，这令我们感到恶心和深深地被伤害。他（市桥达也）用杀害我女儿的故事写成的书，每一个字都是我女儿的血。所以，这笔钱，我们一分也不会收下。我们想要的只有公正的审判。”

二〇一一年七月四日，市桥达也案开庭，庭审采取陪审团制度。市桥在庭上对强奸、拘禁、杀害林赛的罪行供认不讳，但否认对林赛抱有杀意，不构成故意杀人罪或强奸致死罪。而检方提出，市桥达也在杀害林赛时，扼住她的喉咙长达三分钟，并且没有抢救措施，这足以证明他具备充分的主观动机，考虑到他没有前科，因此请求法庭判处市桥达也无期徒刑。

二〇一一年七月二十一日，千叶地方法庭做出一审判决：认定市桥达也强奸罪、故意杀人罪、尸体遗弃罪的罪名成立，判处其无期徒刑。

林赛父母及姐妹对此表示：“经过四年半的等待，我们终于等来了正义的判决结果，我们很满意。”

这里不得不提一个背景，英国已于一九六九年彻底废除死刑，无期徒刑成为最严重的刑罚。对一个废除死刑五十余年的国家的国民来说，要求他国判处凶手死刑也是一件不太容易的事。

一审判决之后，市桥的辩护律师团提出上诉。

二〇一二年三月十五日，东京高等法院仅用了一天时间便完成上诉审理，驳回辩护方上诉主张，市桥最终被判处无期徒刑。

经过长达三十一个月充满不确定、猜疑和彷徨的逃亡生涯，监狱中的市桥是否找回了平静呢？

关于市桥达也一案的诸多花絮

一、市桥达也的家人在他逃亡期间，始终处于媒体的监视和骚扰之下。父亲被所供职的医院开除，母亲也从牙科医院辞职，两人终日不出家门。由于警方对电话和网络的监视，市桥在逃亡期间与父母没有任何联络。

市桥被捕当晚，媒体也来到市桥父母家中强行采访两人，询问他们“此刻心情如何”，被评为“非人道无脑提问”。

二、在移送市桥途中，一名TBS电视台的摄影记者为获得市桥达也的清晰影像，不顾在场警察的阻止，扑到面包车上拍摄，并撞倒在现场引导车辆的民警。事后该记者被警方逮捕，批评教育后释放。

三、曾雇用市桥的两家建筑公司，在案件全貌被媒体报道之后收到大量终止合同的通知。

风月案

主犯：織原城二
事件の発生時間：2000年
事件現場：神奈川県三浦市
死亡者名：ルーシー・ブラックマ
カテータ・リッチウェイ
犯行の手段：誘拐、レイプ、死

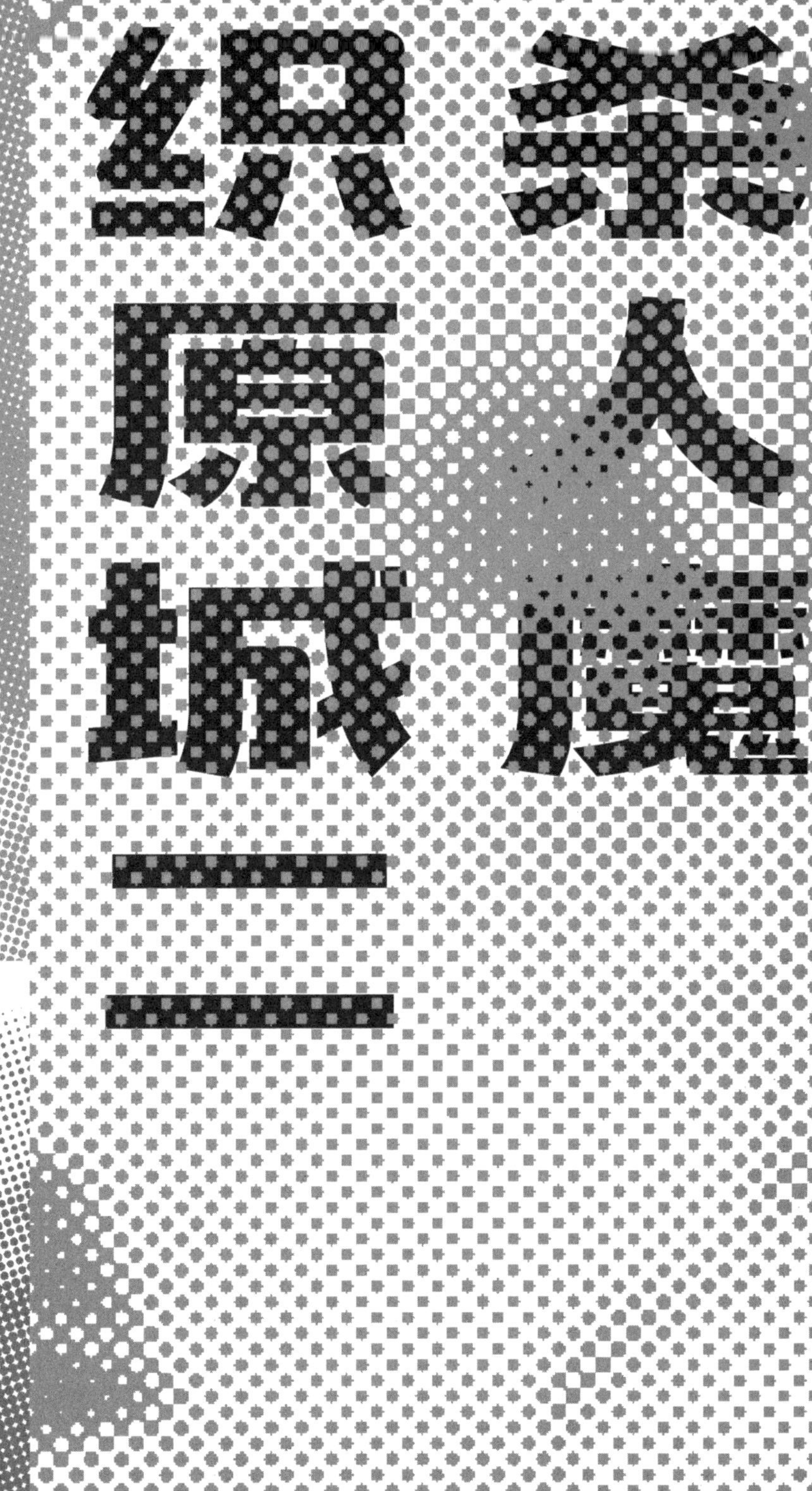
杀人魔
织原城二

主　　犯：织原城二

案发时间：2000 年

案发现场：神奈川县三浦市

死　　者：露西·布莱克曼、卡里塔·里奇伟

作案方法：诱拐、强奸、分尸

在我的罪案故事里，有一批专以“残害外国年轻女性”为目标的日本杀人犯，如织原城二、市桥达也和“食人魔”佐川一政。将这三起事件合起来看，就会发现一些巧合：三人都出身中产家庭，受过很好的高等教育，且都对金发碧眼的外国女性有着强烈的性冲动。基于这些共同点，这三起罪案将会给读者带来一些思考。

在东亚，欧美白人女性无疑是特殊的存在。她们身材高挑，皮肤白皙，头发柔软，呈金黄或亚麻色，与东亚女性相比，有着一种截然不同的魅力。当然，这样的美貌除了带来引人注目的机会，也会招致一些麻烦。

二〇〇〇年七月一日，露西·布莱克曼（Lucie Blackman）给朋友打了一个电话，之后下落不明。

露西·布莱克曼，一九七八年九月一日生于英国肯特郡一个中产阶级家庭，身高一米七五，有一头金色长发。二十岁时，她加入英国航空公司做空姐。两年后，因为对待遇不满，她与高中同学露易丝·菲利普斯（Louise Phillips）在二〇〇〇年五月四日结伴来到东京，投奔早已在此安顿下来的露易丝的姐姐，想要开始全新的生活。

露易丝的姐姐早在一九九五年便来到日本，不久后成为六本木卡萨布兰卡夜店的陪酒女郎。在泡沫经济年代，日本一名普普通通的陪酒女年收入就可以达到二十万美元。尽管一九九八年前后日本经济已经明显衰退，那些发了大财的日本土豪，却仍然在六本木过着一掷千金的夜生活。在露易丝姐姐的劝说下，两个女孩决定先打几个月工挣一笔钱，之后开始周游世界。

露西自然未曾想到，这竟是她人生的最后一段时光。

在东京市内，共有六大“风月场”，分别是：新宿歌舞伎町、六本木、池袋、银座、上野和涩谷。六大地区里，六本木的夜店是顶点一般的存在，陪酒女以身材高挑、相貌美艳著称，价格自然也是最高的；银座有安静的小酒廊，陪酒姑娘文静而有气质，价格不亚于六本木；上野的陪酒女岁数较大，胜在待客的水准高；池袋的酒廊气氛普遍热闹，以舞女为主，陪酒水平一般；涩谷和新宿的女孩子最年轻，也最不讲究待客水准，收费自然也偏低。

露西和露易丝所在的卡萨布兰卡夜店，以“金发美女”

为主要卖点，店内半数以上的姑娘都是白人。不过，她们所服侍的客人却并非外国人，反而都是些讲排场、爱面子的日本土豪。

在这样的夜店，客人基本上就是跟女孩子们吹吹牛，摆一摆排场，没有直接的肉体接触。女孩子只要哄客人高兴，让他们点更多的酒水，就可以拿到提成。如果她们同意与客人外出，很可能还会遭到处罚甚至辞退。当然，一来二去相熟了，一些客人难免会希望女孩子陪他们外出约会。如果女孩拒绝，那很可能就会失去一名金主。所以，她们往往会瞒着店里答应下来。

二〇〇〇年七月一日，原本应该在晚七点到店上班的露西，自下午开始就没了踪影。据和她同租一间公寓的露易丝回忆，当天下午两点多，露西打扮得漂漂亮亮的出了门，据说是去逛街。晚上七点，露易丝接到露西的电话，她说正在外面约会，再过一小时会去店里，让露易丝先帮她顶一下。然而直到当晚收工，露西都没有出现。次日凌晨一点左右，收工后的露易丝拨通了露西的手机，显示关机。

就这样，焦急不安的露易丝在第二天中午报警。

警方调查了公寓和夜店，没有发现任何线索。警方推测，在这段时间里与露西有过密切接触的男性，可能跟她的失踪有重大关联，因此决定在失联七十二小时之后再按照失踪事件来进行搜查。

二〇〇〇年七月三日，到了中午，露西失联四十小时左右，露易丝接到一个陌生号码的来电。电话那边是一个男人，自称高木晃，是露西的朋友。他说，露西和他在千叶，正准备加入一个宗教组织，并说露西不希望有人打扰她修行。挂断电话后，露易丝思前想后，完全无法相信。她立刻跑到港区麻布警署，要求他们立即调查，然而接警的麻布警署并未重视此事。

原来，在麻布警署辖区范围内，有很多非法在日工作的外国女性，一些来自东欧或东南亚的女孩子经常会投靠日本土豪，以此避免移民部门的追查。警方见怪不怪，自然没有太多动力。

露易丝见日本警方迟迟没有动作，甚至对夜店的调查也仅限于对店长的简单问询，之后就几乎偃旗息鼓，于是将事情原原本本告诉了露西远在英国的家人。露西的家人将消息曝光给英国媒体，七月十三日开始，英国广播公司(BBC)、《每日电讯报》、《泰晤士报》、《卫报》等英国媒体开始了跟踪报道。七月二十二日，在冲绳召开的G8峰会上，英国首相布莱尔也向日本首相森喜朗询问此事进展。令人气愤的是，森喜朗对此竟一无所知，他只承诺在峰会结束后会督促警方查办此事。

此时距露西失踪已过去了三周。

八月初，日本警方仍毫无动静，露西的家人着手准备前往日本。

八月二十日，露西的父亲蒂姆·布莱克曼（Tim Blackman）和妹妹索菲·布莱克曼（Sophie Blackman）赶到东京。二十二日，在第一次记者公开会上，索菲提出了悬赏："我们愿意提供一万英镑，奖励愿意提供露西下落的人士。"

《泰晤士报》在八月中旬报道称"据悉，露西失踪与某宗教团体有直接联系"；《卫报》称"日本黑社会似乎有参与此事，这一事件可能与拐卖人口有关"；BBC得到了一个未经证实的消息，有人打电话给BBC东京办公室，称其七月中旬在香港见过露西本人。总之，在日本警方的沉默下，各方媒体的消息扑朔迷离、彼此矛盾，越来越多毫无根据的消息让关注事件的人们摸不到头绪。

布莱克曼一家将悬赏金提升到了十万英镑（约合一百三十万元人民币），本以为重赏之下必有勇夫，结果却更加令人失望——各家媒体瞬间收到了无数难以想象的"线报"，从"人体器官贩卖"到"被催眠后夹带毒品出国"，事件越来越向着猎奇的方向推进。

在这批纷杂混乱的消息轰炸中，有一则来自《周刊新潮》的报道。一名不愿透露姓名的男性给《周刊新潮》提供消息，一名在泡沫经济时期通过炒地发家的中年商人对金发女郎有着强烈偏好，他将在夜店打工的白人女性视作猎物，把她们哄骗回家迷奸，并且拍下视频。这个很像成人电影情节的消息，当时只是被人们当作一种猎奇的推测，湮没在各种纷杂的道听途说之中，直到多年之后才引起人们的重视。可惜时隔多年，谁也找不到当年那个透露消息的男性了。

那么，此时的日本警方为何保持沉默呢？

原来，在七月底峰会结束之后，警视总监便遭到首相森喜朗的质问。被问得一头雾水的他，立即命令警视厅搜查一课着手调查此事。搜查一课发现，尽管事件已经发生了一个月，但麻布警署几乎没有任何进展，如果露西确实被他人诱拐失踪，嫌疑人早有足够的时间来毁灭所有证据，所以只能在不惊扰可能暗中观察的嫌疑人的情况下开展秘密调查。调查的方向有两个：其一是露西主动出逃，其二是露西被诱拐。

第一种可能很快就被推翻：露西名下的存款、信用卡在七月一日之后没有任何交易。据露易丝回忆，露西的日常开销几乎都是通过刷卡进行的，她的现金根本不足以支持长期旅行。如此看来，露西至少在七月一日后就丧失了人身自由。另外，警方搜集了七月一日中午之后首都圈各处的死亡、重伤事故信息，以及周边地域发现的无名尸体信息，并未发现相关情报。通过排除法，警方认为露西遭到诱拐的可能性越来越高。

到了八月中旬，经过对夜店中每一名陪酒女的一对一私下询问，警方彻底梳理了露西在日本的社会关系。由于刚刚来到日本不足两个月，除了室友和同事，露西所幸只接触过几位客人，其中几名常常点名露西来陪酒的客人自然成了警方的重点排查对象。

警方很快掌握了这些常客的姓名、职业和工作地点，再派便衣跟踪摸清了他们的出行习惯和各处住所，以及是否有绑架、故意伤害、性骚扰等前科。其中一名中年男子因为累累前科，位列被怀疑名单第一名。

二〇〇〇年九月二十日，警视厅搜查一课和港区麻布警署联合成立“露西·布莱克曼事件专案组”，召开了第一次媒体见面会。为了挽回颜面，掩盖之前麻布警署的懈怠应对，警方一举公开了如下重要信息：

一、警方已基本锁定头号嫌疑人，此人名叫织原城二，是房地产物业公司的社长。

二、在露西工作过的夜店，又有两名外国女性下落不明。

三、警方已准备逮捕重要嫌疑人。

这一系列举动大大出乎了在场所有媒体的意料：以往

警方若无充足证据，几乎不会对外宣称已经锁定了犯罪嫌疑人，况且在第一次媒体会上就披露嫌疑人的姓名和职业，实在是前所未有。因此，媒体纷纷认定，警方必然是成竹在胸。

织原城二究竟是何许人也？

织原城二，原名金圣钟，一九五二年生于大阪，双亲都是“二战”后来日本淘金的韩国移民。他童年时期，家中可谓一贫如洗。父亲从出租车司机干起，同时为韩国黑社会团体在大阪收保护费。几年后，抓住朝鲜战争的契机，日本重新激活了工业和经济。借着这一机会，父亲开起了小钢珠赌场，用赚来的资金雇用打手，大量强占“二战”中遭空袭的无主之地（原地主因战事等死亡，后继无人），大发横财。

父亲将织原送进私立小学，让他学习钢琴、绘画。之后几年，织原顺利从私立中学毕业，进入庆应义塾大学的附属高中，未来很有希望跻身社会精英群体。然而，一场突然的变故改变了他一帆风顺的人生。

一九六九年，父亲卷入了一场黑帮阴谋。没多久，他的尸体在香港维多利亚港外被发现，双手双脚都被捆住。父亲突然死亡给了织原城二巨大的精神打击，但也给他带来了意想不到的收获——高达一亿美元的巨额遗产。

靠着这笔巨资，织原城二做了整容手术，之后与韩国的亲属们彻底断绝联系。二十一岁时，他顺利从庆应义塾大学政治学系毕业，加入日本国籍，将名字从金圣钟正式改为织原城二。

织原城二的发家史，几乎就是一部日本泡沫经济史。大学毕业后，他开始了毫无节制的奢华生活。一九七三年至一九八三年，十年光景，父亲的遗产已被他花掉了一多半。除了购买豪车和洋房，他还热衷于赌博和追求女明星，甚至为了捧红喜欢的女明星而投资电影，结果血本无归。

进入二十世纪八十年代中后期，织原城二受父亲的“智慧”启发，大量购买东京周边的闲置土地。到二十世纪九十年代初，他所拥有的地产估值已近四亿美元。可惜贪欲是无止境的，他持续用手中资产做抵押吃进地皮，毫无投资警惕性，结果在泡沫经济破裂时遭受了难以想象的损失——几乎一夜之间，织原城二赔光了所有财富，还背上了近一亿美元的债。为了维持往日的奢华生活，他开始为黑社会团体“住吉会”洗钱。

一九九九年，事业失败的织原城二开始屡屡登上警方的名单。短短一年时间，他因酒驾事故被警方两次记录在案，因在公厕偷拍女性被拘留一次，因在公共场合猥亵女性被拘留两次。鉴于这一系列不法行为，他早早就被警方列为露西失踪案的主要怀疑对象。二〇〇〇年九月底，得知警方公开披露的消息后，织原城二躲在神奈川县逗子市的豪宅里闭门不出。

二〇〇〇年十月三日，麻布警署收到了一封署名为“露西·布莱克曼”的信。信是用打字机打出来的，内容是“请帮我把这些钱还给债主们，等你们收到这封信的时候，我已经不在日本了”。信中还有一捆一万美元的现钞，以及一个“欠款名单”。警方并没有被这样的障眼法蒙混住，他们判断这是犯罪嫌疑人织原城二为了迷惑警方，拖延调查进度，而冒充露西施展的小伎俩。

二〇〇〇年十月九日，警视厅搜查一课以“强制猥亵、非法拘禁”的罪名逮捕了躲在家中的织原城二。而这所豪宅里的“收藏品”，也让警员们大开眼界。他们不仅发现了大量氯仿、大麻和吗啡等麻醉、精神药物，还在地下室找到四五千部成人录像，其中有约四百部是织原城二自制的、施药性侵女性的视频。

由于拍摄环境光线等问题，警方只能辨认出大约一百五十名受害者，其中有一名是金发外国女性，但并非露西·布莱克曼，而是于一九九二年二月二十五日在东京失踪的白人女孩卡里塔·里奇伟（Carita Ridgway）。在失踪四天后，她赤裸的尸体出现在神奈川县三浦市一家医院门口，尸检证明死因是氯仿吸入过量。

氯仿的学名是三氯甲烷，曾被当作较为安全的麻醉剂在手术中大量使用。高浓度的氯仿蒸气会导致急性肝脏坏死或心律不齐，甚至可能致命，再加上获取方便，所以在二十世纪，氯仿也被犯罪分子大量用于抢劫和绑架。

经过反复比对研究，警方确认，织原城二习惯在性侵之前对着摄像机进行一番“演说”，大致内容是：他认为这些女性都是为了金钱出卖肉体，用性魅力去控制男性，而他要做的就是去征服不同肤色、不同人种的女性，报复她们，让她们知道男人才是世界的主人。

警方对织原城二的审讯过程并不顺利。尽管警方从他家中起获了大量与犯罪相关的药物和录像，并且有大量线索指向露西等白人女孩失踪与他有关，但织原城二对绑架、迷奸等罪名矢口否认，甚至声称他拍摄这些录像，事先都经过了女方的同意，影片中的女性并非被麻醉，而是在装睡。

面对如此狡猾的嫌疑人，警方只得加紧对证据的进一步挖掘。

十月十二日，警方得到一名公寓管理员的线报：在七月五日，这名公寓管理员依据惯例要进入住户屋中检查煤气泄漏报警器，然而遭到了一名住户的蛮横拒绝，此人正是织原城二。这栋公寓位于神奈川县三浦市海边，这名公寓管理员被拒后的当晚，又看到织原城二手提铁锹沿着海岸线匆忙地走着。

警方迅速赶往这间公寓，在浴室中查到了血液的荧光反应，血型与露西相符，但由于清洁剂影响，血液残留物无法用于DNA鉴定。根据证词，警方派出警犬搜查队，沿海岸搜索，一无所获。

二〇〇〇年十月二十四日，警方再次接到报案，一名加拿大女性声称与织原城二在店里喝酒时失去了意识，醒来后已经坐在织原城二的车里，车子正沿着海岸行驶。她拼命反抗，迫使织原城二将车子停下，总算逃过一劫。十月二十七日，在她的指证下，警方以猥亵未遂的罪名再次逮捕了织原城二。这一次，他终于承认曾在酒中投放麻醉药物，并尝试将这名加拿大女性带回公寓，但对露西失踪一事仍表示与自己无关。

十一月十七日，东京地方检察厅以“对多名女性实施准强奸行为”为名再次逮捕织原城二。警方提出对织原城二家中发现的女性毛发进行了DNA鉴定，并向露西家人索取了她在英国家中留下的毛发作为对照样本。

十二月一日，东京地方检察厅以“多次实施准强奸行为”为名对织原城二提出公诉。

十二月十四日，“六本木连续准强奸事件”初次公审，织原城二在法庭上否认了所有指控。

十二月三十一日，在“准强奸事件”中出庭做证的年轻女性有五人，其中外国女性三人。所有证人均指认织原城二曾对自己下药，并试图将失去意识的自己带往酒店或公寓。

虽然审判正有序进行着，警方却仍然时刻揪心，毕竟露西仍然下落不明。

为了争取更多时间，警方将卡里塔死亡一案也搬上了法庭，以“强奸伤害致死”为名对织原城二提出了新的指控，并将织原城二性侵卡里塔的录像提交给法庭。面对这样的指控，织原城二表现得异常冷静。他只承认了性行为，但不承认麻醉，更不承认性行为是在卡里塔被麻醉状态下进行的。这样一来，不仅强奸的指控无法成立，麻醉一事也被他推得一干二净。警方又提出，导致卡里塔死亡的药物成分与从织原城二家中起获的药物完全一致。织原城二坚称，自己没有强制或哄骗卡里塔服用药物，即使在她体内检出了这些成分，也无法证明是自己投毒。

庭审的争论似乎也进入了死胡同。

时间转眼到了二〇〇一年二月，事件突然出现了转机。

二月九日，警方接到一个匿名电话，要求警方继续搜查三浦市的海岸地区，尤其是海边的洞穴。经过几小时搜寻，果然警方发现了一个可容人弯腰进入的洞穴。洞穴入口往里三米处有泥土翻动的痕迹，挖开表层泥土，底下竟有一个浴缸。缸中赫然摆放着一具惨遭肢解的女尸，尸体被电锯粗糙地切成了大小不一的八块。次日，经过身体特征比对鉴定，警方确认这就是失踪八个月之久的露西·布莱克曼。

消息传到英国，蒂姆·布莱克曼掩面而泣。英国外相当日对媒体表示：“希望尽早将凶手绳之以法。”

警方在织原城二公司的一处仓库中起获了电锯、水泥，并从公司账簿中找到了去年七月二日购买大量干冰的单据——织原公司的业务并不会用到干冰。

警方将这些新的证据提交给法庭，提出如下说明：

一、织原城二于二〇〇〇年七月一日夜间将露西杀害，并购入干冰冷藏尸体。

二、由于尸体搬运困难，他用电锯分尸。

三、他准备将尸块放入铁桶，灌入水泥后掩埋，却因为公寓管理员突然登门而改变了主意，在七月四日夜间来到洞穴掩埋尸体。

四、为了避人耳目，他再也没有出现在三浦市海边这间公寓附近。

织原城二极力狡辩。他说，七月初自己的狗突然死了，为了保存遗体，他才购入干冰；水泥是他的一个生意伙伴暂时存放在仓库中的；他之所以长时间没有出现在三浦公寓，是因为业务繁忙，改住在交通更方便的逗子市。

由于缺乏直接的证据链，法庭上双方只得针对状况证据进行辩论：

一、警方在织原城二公寓中发现了与露西DNA相符的毛发。

二、在露西被怀疑遇害的二〇〇〇年七月一日之后两三天内，织原城二连续购入了电锯、干冰、水泥等物品。

三、在织原城二公寓中的电脑上，警方发现了他曾使用搜索引擎搜索尸体的处理方法。

四、由于尸体被严重破坏，且掩埋时间较长，已无法确定受害人是否服用过麻醉药物，也无法找到织原城二的精液遗留。

五、与织原城二相关的其他九起迷奸案的作案方法均相当类似。

六、织原城二自制的录像中并没有露西的身影。

七、织原城二的手机系通过非法渠道获得，无法追踪打出和打入的电话。

八、织原城二家中的麻醉药物，有两种成分无法从市面上购得，但在卡里塔尸体中都已检出。

二〇〇三年七月，身处麻烦之中的织原城二却提出了一起名誉损害指控，矛头直指二〇〇〇年七月将自己列为露西被害案罪犯的《周刊新潮》。

上面说过，早在案件尚未侦破时，《周刊新潮》收到匿名线报，将案件的经过、结果和犯人身份异常精准地报道了出来。然而，织原城二却以“自己尚未经过审判定罪”为由，将《周刊新潮》告上法庭。审判结果也在意料之中：《周刊新潮》败诉。这不得不说是程序正义的胜利，即便它非常滑稽。

二〇〇六年八月，作为证人，露西的父亲蒂姆在东京地方法院出庭做证。织原城二为了逃避出庭，在看守所里脱光衣服，躲在衣柜和墙壁之间。

九月，织原城二以个人名义向蒂姆·布莱克曼支付了一百五十万美元“悔过金”。在英国媒体上，蒂姆遭到了非议，媒体认为他“拿了沾了血的钱”。

二〇〇七年七月二十四日，经过长达六年的马拉松式庭审，东京地方法院终于做出了一审判决。法庭认定，被告织原城二对九名女性实施迷奸行为已构成准强奸罪和强制猥亵罪，同时对卡里塔的强奸致死罪名成立，构成伤害致死罪，以此判处织原城二无期徒刑。同时，对检方提出的诱拐、强奸并杀害露西·布莱克曼的指控，由于从被害者尸体上无法判断是否服用了被告所持药物，并且未在被害者尸体上发现被告体液等相关证据，宣判无罪。两案并罚，判处被告织原城二无期徒刑。

检方当庭提出上诉，露西的家人也表示绝对无法接受。

二〇〇八年三月二十五日，东京高等法院二审开庭。织原城二一方提出被告完全无罪，否认所有指控，检方则坚持一审中的全部指控。

二〇〇八年七月二十九日，在庭审中，检方提出新证据，织原城二曾以“卡里塔的朋友西田先生”的名义，在一九九四年对卡里塔的家人支付过一百万美元。织原城二否认这是封口费，只是“为了表示歉意而支付的道歉金”，自己与卡里塔的死亡没有直接关系。

二〇〇八年九月十五日，检方终于迎来了事件的突破口。

在一周前的九月八日，逗子市消防本部在检查以往报警电话录音，准备销毁五年以上的旧资料时，突然发现了新证据：在二〇〇〇年七月一日二十二点二十三分的报警录音中，有个声音慌张的男人打来电话说：“出大事儿了，有个人吃药过量要死了，这会儿还有能接急诊的医院吗？”

日本的消防队与中国的不同，除了应对火灾，也承担着派遣救护车、救灾车的任务。因此接到报警后，消防本部的接线员提供了急诊医院的信息，并且询问是否需要派出救护车，然而电话已经挂断了。

根据电话记录，警方查询了打入电话的注册地址，正是织原城二在三浦市的公寓。而在之前的庭审记录中织原城二承认过，在二〇〇〇年七月一日事发当晚，他一直待在三浦市的公寓。这样一来，他这通报警电话就与露西失踪被害案有着说不清的关系了。

二〇〇八年十二月十七日，二审最终宣判。法庭认为，检方提供的证据无法直接证明被告织原城二杀害了露西，但他无疑在露西死后肢解并遗弃了尸体。因此，东京高等法院认定一审判决无效，被告织原城二除对九名女性强奸未遂之外，对露西·布莱克曼也犯有强奸未遂罪、尸体损坏罪和尸体遗弃罪。数罪并罚，对被告织原城二处以无期徒刑。

尽管刑罚没有丝毫加重，检方的努力仍然没有白费：织原城二与露西的死有关，终于在法律上得到了认定。

织原城二在审判后提出上诉。

二〇一〇年十二月，日本最高裁判所对“六本木连续准强奸案及露西·布莱克曼被害案”进行了最终判决。最高裁判所维持了二审判决结果，认定被告织原城二犯有准强奸罪、准强奸未遂罪、强奸致死罪、尸体损坏罪、尸体遗弃罪，维持无期徒刑的量刑。

尽管警方无法搜集到足够多的证据，但从织原城二的个人录像中可以看出，他曾在一九九〇至二〇〇〇年强奸了多达上百名女性。目前，织原城二仍在东京小菅监狱中服刑。

露西的父亲蒂姆事后将那一百五十万美元投资在开发个人报警器事业上。他那些令人难以接受的表现，仍在媒体上充满争议。

日本警方在事件初期所表现出的懈怠，以及审讯中过于依赖疑犯自白的行为，都让海外媒体对日本司法效率与司法公正表示出极大的不满。而在庭审阶段，检方和警视厅搜查一课所进行的持续挖掘的努力，最终使被告的定罪结果无限接近于“直觉所判断的真相”。

一个人最初一秒的愚蠢，需要无数人付出无数努力去挽回。

分身案

主犯：大西克己
事件の発生時間：1955－195
事件現場：山口県下関市、東京都
茨城県水戸市
死亡者名：大西福松、大西久馬、
犯行の手段：毒殺と首絞め、死体

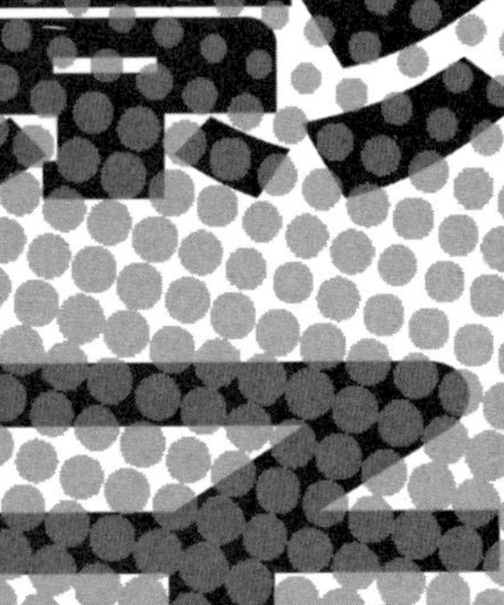
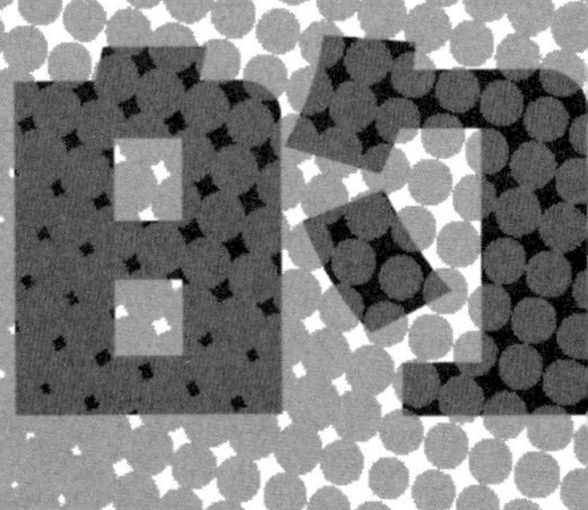

活成影子的男人

作

岡山県倉敷市、

浦良和、佐藤イサオ

壊

主　　犯：大西克己

案发时间：1955—1958 年

案发现场：山口县下关市、东京都、冈山县仓敷市、茨城县水户市

死　　者：大西福松、大西久马、三浦良和、佐藤勇人

作案方法：氰化钾下毒、勒死、焚尸

著名导演黑泽明拍过一部历史巨作《影武者》。日本大名武田信玄战死后，家臣为防军心不稳，找了一名与其长相酷似的小偷做替身，即“影武者”。日本自古便有培养影武者的风气，防暗杀，稳定民心，威吓敌人。在那个科技尚不发达的年代，只要有能唬住别人的长相、衣着装备以及谈吐举止，就可以瞒天过海，成为合格的影武者，或者成为一个罪犯。

下面要讲的就是这样一起扑朔迷离的连环杀人案。

一、抛尸

一九五八年一月十三日，茨城县水户市千波湖畔，几名捡废铁的少年在茂密的草丛中发现了一个空铁皮油桶。

桶内赫然装着一只焦黑的人手和一些尸块，因残留浓硫酸，尸块均有腐蚀痕迹，显然抛尸者想用这铁桶毁尸灭迹。

如今的千波湖位于水户市中心，距水户站仅五百米，湖东紧邻水户市市役所，湖南坐落着茨城县近代美术馆，湖北则是著名的日式庭园偕乐园，园名取自《孟子·梁惠王上》“古之人与民偕乐，故能乐也”，园中有梅花三千株，是日本最出名的赏梅胜地。但在一九五八年，千波湖还只是一个杂草丛生的野湖，四周是一片人迹罕至的荒地，湖水虽然辽阔（三十三万平方米），但水体最深处也不过一米二，平均水深一米，湖底是一整块岩层，极为平坦。这大概也是凶手没有抛尸湖中，而在齐腰深的草丛里找一个桶的主要原因。

鉴定医师石黑先生经过仔细辨认，确定桶内尸块分别是右手、左手拇指、鼻子和一段阴茎。所有尸块断面清晰，显然是被利刃切割，可见凶手是有意破坏。

一般来说，凶手在行凶后继续分尸、毁尸，动机有四个。

第一，发泄仇恨。凶手往往会对尸体的某一部位做深度破坏。

第二，隐藏尸体。这样的凶杀案往往发生在凶手家中或较易被人发现的场所，凶手大多并不强壮，如残障人士、女性或青少年，他们直接抛尸比较困难，所以会分尸。尸块断面的整洁程度与凶手所用工具、对人体结构的熟悉程度、作案时的心理状态等有关。

第三，隐瞒尸体真实身份。凶手为了拖延破案时间，增加尸体辨认难度，会有意破坏尸体上有明显特征的部位。

第四，以分尸为乐。这类精神变态者除了会彻底分尸，更可能侮辱尸体，甚至吃掉尸体的一部分。精神变态者的病因复杂，行凶目的也不尽相同，常见的目的是将尸体当作发泄异常性欲的工具。

石黑医师着手对尸块进行分析，很快便给出以下推测：

第一，凶手不是本地人。

第二，这不是突发性犯罪，而是蓄意谋杀。

第三，死者与凶手应该相识。

第四，凶手很可能有被捕入狱前科。

第五，案发时间应在夜里。

第六，尸体的其余部分很可能完好。

这些推测从何而来呢？

首先是那只右手。

尸体的右手被整个切下，指纹上有多处刀伤划痕，那根左手拇指上也有同样的划痕。凶手为何没有将两只手都砍下来，而只特意选了右手和左手拇指呢？

二十世纪五十年代的日本动荡不安，犯罪率居高不下，警方抓获犯罪者后会采取指纹，但不会采全双手十指，而是仅取右手五指和左手拇指——大部分人惯用右手，枪械也几乎全为右手使用设计，凶器上往往只会遗留右手指纹。因此，石黑医师怀疑，凶手一定对警方指纹采取机制相当了解，甚至自己也被采取过指纹，故而有意破坏。

其次是抛尸地点。

千波湖是野湖不假，但它距车站和市区不远，湖水不深，杂草丛生。若是本地人作案，有分尸意图，一定会首选在自家分尸。而且，本地人抛尸大概率不会选在这难以沉尸的千波湖，无论是两站地外的大塚池（水深三米八）还是十公里外的大洗海岸，都更为理想。可见凶手要么对本地环境不熟，要么时间紧迫，杀人后迅速分尸，也可能两者兼有。

当时日本刚刚结束战后重建，逐步迈向现代化，城市中兴建起大量高层住宅小区，私家车数量也开始猛增。但对于非核心都市的水户市来说，私家车还是少之又少，出租车的服务范围也仅限于东京、大阪这样的大城市。凶手选择临近车站的千波湖抛尸，表明他很可能没有车，只能利用公共交通来到水户站。

再次是毁尸方法。

从尸体破坏情况来看，凶手应该认识被害者，警方若是调查到被害者信息，凶手的真实身份就有可能暴露。他选择夜间作案，在黑漆漆的千波湖畔，按说应当有充足的时间毁尸。然而他的行动明显很仓促，只能将尸体草草抛弃，把具有识别特征的部位切割下来换个地方损毁，夜里点火焚尸又过于显眼，所以改用浓硫酸。据此，石黑医师推断：凶手当晚很可能没有留在水户，而是要赶较晚一班的火车，去往其他城市。

最后一个疑团来自那段阴茎。

日本犯罪史上，破坏男性被害人生殖器官最有名的就是一九三六年阿部定杀人案。阿部定与情夫多次私奔之后，为满足“独占情夫”的欲望，杀死情夫，将他的阴茎割下带在身上。此案在很长一段时间都是女性情杀的典型案例。石黑医师怀疑：这是否说明本案凶手是怀有情杀动机的女性？又或是凶手有意留下一段阴茎，以障眼法误导警方？

石黑医师将这些分析汇报给了水户市警署。他强调，无论凶手是男是女，均没有充足时间处理尸体剩余部位，应当尽快展开搜索，确认被害者身份。

一月十四日上午，五十名警察在千波湖地区展开彻底搜索。五艘警用摩托艇在千波湖东端一字排开，利用拖网打捞。在湖北岸和南岸，三个行动组以长木棍和割草镰刀在湖畔杂草丛中轮番做地毯式搜索。每当摩托艇靠岸，负责现场搜寻的渡部警官都会向拖网投去急切的目光。在他看来，抛尸湖中是更符合逻辑的做法。然而直到午后，摩托艇依然一无所获。湖水虽仅有一米深，但湖中早已沉积了三十厘米厚的泥沙，水质较差，能见度极低。

十四点左右，北岸草丛的搜寻工作结束，没有任何收获。

十五点左右，南岸草丛里忽然响起了哨声，搜查队队员用旗语向等候在北岸的渡部警官发出信号：找到了。

在千波湖西的樱川南岸，一片茂密的草丛中，俯卧着一具全裸男尸。尸长一百六十五厘米，颈上缠着两圈绳索，双目凸出，嘴巴张开，舌头无力地伸在外面，鼻子被割掉，面部还有许多纵横的刀痕，右手缺失，左手拇指缺失，阴茎缺失。此地距水户站约八百米，与偕乐园的梅林隔河相望，附近灌木丛生，临近街道处还有大片树林，确是个极僻静的地方。尸体附近没有明显拖拽痕迹，距前一天发现尸块处约三百米远，渡部判断这就是第一现场。凶手将被害人带到此地杀害，再割下有识别特征的部位，带到北岸附近毁尸。

通过伤口比对，石黑医师给出鉴定意见：尸体符合绞杀特征，死因为机械性窒息，死亡时间为十二日夜间至十三日凌晨。

警方断定，被害人不可能全裸来到被害现场，于是又用了两天时间，将草丛里、树枝上、河岸边甚至河里的物品一一搜集、整理。总共发现了废旧衣物十七件：旧鞋六只，帽子两顶，木屐一双，手表一只，毛巾一条，损坏的钓竿两根，一米长的钢管一根，轮胎两个，烟盒七个，烟头三十四个，空酒瓶四个（其中两个已破损），避孕套一个。现场还有一些血迹，经勘查鉴定，已经过于陈旧。

在筛选中，那条毛巾引起了渡部的注意：它显得格外干净，而且上面还用蓝色染料印了一行字：

浪花家旅馆 台东区浅草

渡部皱紧了眉头，叫来手下柳田。柳田仔细研究毛巾上这行字，点点头，拿起桌上的电话拨通了上面的号码。果然，电话那头正是浪花家旅馆。渡部命柳田马上出发，调查旅馆最近一周入住客人名单及客人相貌特征。

另一边，石黑带领法医们也取得了进展。

由于凶手所用的是高浓度浓硫酸，尸体表层皮肤接触硫酸后会迅速碳化，这就保护了碳化层下的组织并未彻底损坏，揭开碳化层，手指纹路仍依稀可见。经过仔细取样、打印、拼接，法医成功获取了被害者右手指纹。一九一一年起，日本在刑事司法中开始使用指纹证据，但由于采集手续上的问题，直到一九五八年，日本指纹库中的数据也仅包括“二战前”受征召的士兵（方便辨认尸体），以及有过刑事被捕经历的犯罪者。抱着试一试的心态，警方将指纹送去指纹库检索。在没有电子计算机的时代，这项工作全由手工进行，耗时漫长。

浪花家创业于一九〇九年，是东京著名的点心店，总店设在麻布十番，以鲷鱼烧闻名，炒面和刨冰也广受好评。浅草浪花家分店除经营食品点心外，也兼营旅馆业务。柳田带着介绍信来到东京台东区警署，说明来意，几名东京都警察随后和他一同来到浅草浪花家旅馆，将那块毛巾递给热情的老板娘。

“这确实是我店里的毛巾。”老板娘点点头。

“那么什么人有可能拿到这样的毛巾呢？”

“一般住宿客人离店时，我们都会送这样的毛巾当伴手礼。不久前新年前后，我们也给商店街上的各户邻居送了这种毛巾。”

“那这种毛巾做了多少条？”

“每年会做五千条左右，都是委托给十条银座那边的一家店。”

“有没有什么方法能大概确定这条毛巾是什么时候送出去的呢？”

“我们每年都会把上面的字稍作修改，所以至少能知道是哪年的毛巾。”说着她起身拿了两条崭新的毛巾，一九五七年版的毛巾上写着“浅草”，而一九五八年版的毛巾上详细写着“台东区浅草”，又说，“因为旧毛巾没用完，所以今年送出去的都是旧款。新款从上周才开始送，到现在发出去还不到一百条。”

柳田听到这里，露出了会心的微笑。通过检索浪花屋的入住登记簿，老板娘确认这条毛巾是从一月七日开始送出的，而案发时间是一月十三日，也就是说，死者和凶手很可能藏在这段时间曾入住浪花屋的三十一名客人里面。

由于老板娘要同时管理点心铺和旅馆，接待客人的工作便由服务员负责。旅馆服务员共有五人，另有临时工五人，他们并不能将客人样貌与姓名对应起来。既然此路不通，柳田只好带着抄录的资料返回水户。

二、寻人

科学警察研究所，简称“科警研”，一九四八年成立，主要工作是对犯罪搜查和证据鉴定提供支持，其中专门研究、鉴定证据有效性的工作日后被更名为“法科学”。石黑医师提取的尸体指纹要成为司法上的有效证据，就必须先拿到科警研进行鉴定认证。

科警研重现了石黑医师的指纹复原实验，最终确定他的方法具有充足的科学性，所复原的指纹是有效的。科警研随即展开被害者指纹比对工作。两个月后，三月三十日，科警研终于发现了一个人物的指纹与被害者指纹高度一致——佐藤勇人。

佐藤勇人生于一九二八年，家住东京都台东区入谷[1]一丁目，无业，家中有三个亲人，分别是长兄佐藤茂、长兄之妻佐藤千绘和三妹佐藤惠美子。

渡部找来柳田抄写的浅草浪花家登记簿，果不其然，一月九日到十日，佐藤勇人正好住在这里，与他同行的还有一名男性，名叫西田保，登记的住址是岐阜县本巢郡穗积町。警方立即兵分两路：一路由柳田负责，前往东京调查佐藤勇人；另一路由渡部下属前桥警官带领，去中部调查西田保。渡部坐镇水户市，着手成立特别搜查本部。

柳田找到浪花家老板娘，叫来在那两天值班的服务员，经过一番努力回忆，总算得到了一些情况。一月九日约二十三点，佐藤勇人和西田保醉醺醺地来到浪花家旅馆。佐藤身高约一米六五，西田高一些，约有一米七五。办完入住手续，西田似乎意犹未尽，不仅让服务员去买酒，还想让她叫几名艺伎来唱歌陪酒。此时临近午夜，服务员怕惊吵到其他客人，只答应买酒。即便如此，二人仍在屋里喝酒唱歌，引起两旁房客的抗议。十日中午，两人出去办事，到晚上才回来。十一日上午，两人收拾好行装，一同

---

1. 入谷位于东京东北，是一处棚户区，最初用来收容历次自然灾害中逃难来东京（江户）的流民，至今还保留着大量流民时代的棚户建筑和生活习惯，居民多以日雇工作养家糊口，日复一日做着收入不高的体力活。因为靠近浅草、上野这些商业中心，入谷的流动人口极多，鱼龙混杂，在二十世纪五十年代犯罪率很高，尤其多小偷小摸、招摇撞骗之人。

离店。老板娘还跟他们寒暄了几句，听出佐藤是本地口音，西田尽管说着标准语，仍夹杂着一些广岛方言。

柳田按科警研发来的地址来到附近的入谷。水户警方已提前通知了佐藤家，安排亲属来认尸。佐藤家在电话里了解了尸体的特征，在没有亲眼见到尸体的情况下就给出了确认的回复。柳田来到佐藤家，说明来意。佐藤茂略有几分警惕，但还是如实对答。

“佐藤勇人是哪一天离家的？”

“一月十日吧，之前一天他没有回来，十日中午带了个男人回家。”

“他经常不回家吗？”

“是啊，他在这片有不少瞎混的朋友，常去朋友家借宿，我们也没在意。”

“那天他带回来一个男人？”

“对，看起来像个有钱人，拿着一个大皮箱，说是喝酒认识的。他有时会带这种酒友回来，说实话很给人添麻烦啊。那人说自己从中部来，家里还留着一张名片呢。”佐藤茂转身，在架子上翻了翻，找出一张名片。

西田兴产株式会社 总经理 西田保

岐阜县本巢郡穗积町

这张名片是用上好的进口纸制成，不是廉价仿造品，名字和住所都与浪花家旅馆登记簿上的吻合。佐藤勇人在遇害之前忽然结识的这个人，自然成为警方重点怀疑的对象。

“那天之后发生了什么？”

“他们回来之后，阿勇说要把自己的户籍登记书找出来，准备搬到名古屋去，到西田的工厂打工。我们也没怀疑什么，就把户籍登记书给了他。”

“说实话，是不是觉得少了个累赘？”柳田一边在本子上记录，一边瞟了眼佐藤茂和妻子。

“阿勇这个年纪了，一直没什么工作，天天混饭吃，有时在家里也闹事，他这么一走，本想能少一些麻烦，没想到……”

“你们为什么不去认尸？”

“人都死了，大老远跑去还要不少路费……”佐藤千绘刚一开口，就被佐藤茂制止。

柳田点点头，合上本子，留下一张名片便告辞了，他没有怀疑这家人。事实上，在这种贫苦家庭里生存，佐藤勇人的处境究竟如何，旁人闭着眼也能想到，他的死显然不会是佐藤茂的安排——这家人如果要杀掉弟弟，也犯不上大老远跑去水户作案。

警方下一步的调查重点在西田保身上。

前桥警官沿东海道线先到名古屋，再转到西田保所在的岐阜县本巢郡。在旅馆里他接到渡部的电话，要他尽快核实西田保的身份、外形特征以及近期行程，如有必要，岐阜县方面也会配合抓捕。

前桥来到西田保名片上的地址，是一处位于长良川边的老房子，两层楼高，木质墙面已年久发黑，门牌上写着“西田”二字。他敲了敲大门，里面一个女性声音答道：“这就来。”不一会儿，一个身穿和服的中年女性开门问道：“请问您有什么事吗？”

“打扰了，我是水户市的警察前桥，请问西田保先生在吗？我有些事情想问问他。”

“啊，请问是什么事呢？”女人接过前桥的名片端详着。

“在这里说不太方便，请问西田保先生在家吗？”

“我丈夫两年前就过世了，我是他的遗孀。”

前桥愣住了。

为了谨慎起见，他还是请这位遗孀配合了调查。

西田保，一九〇三年生于岐阜县本巢郡一户商人家庭，“二战”期间曾被征召，后前往菲律宾从事军需工作，利用这层关系，战后又做起了橡胶生意。由于生意兴隆，他很快便在临近的名古屋开办了工厂。然而，三年前他被诊断出患有胃癌，不久便去世了。

从西田留下的照片看，他身高不到一米六，圆脸。据遗孀说，西田生前极度嗜酒，往往在名古屋喝到深夜，直到店里打烊，才麻烦店主叫出租车送他回家，这一路行程大约四十分钟。

“您丈夫常去东京吗？”

“不怎么去，生意上的应酬也基本在名古屋。我家工厂本就不大，业务上的事基本只用跟县里打交道。”

“二战”之后，因为政府的支持，日本国产民用车产业迅速发展。一九五五年，扎根在爱知县举母市的丰田凭借“皇冠”成为其中的领头羊，县内大小工厂也随着丰田的崛起迎来发展的黄金时代。一九五九年，举母市更是直接改名为“丰田市”。橡胶制品工厂恰是汽车工业发展必不可少的相关产业，所以在不到十年的时间里，西田挣到了很大一笔钱。可随着他突然去世，翻新旧屋、扩大生产的计划不得不宣告终止，工厂也被迫关闭，家中只有遗孀独自生活。

前桥拿着一张西田去世前不久拍的照片，带着重重疑问返回了水户。

特别搜查本部内，渡部、柳田、前桥陷入了沉思。

东京浪花家老板娘看到前桥拿回来的照片，确定从未见过此人。佐藤家的反应也是一样的。佐藤茂说，照片里的西田与那日来家中做客的“西田”完全不是一个人。按照出生记录，西田如果活着，此时已经五十五岁，而佐藤茂见过的那个“西田”不过三十岁出头，身高也完全对不上。在他的配合下，茨城警方做了一次画像模拟，但这位假西田的五官并无明显特征，画像模拟的结果用处不大。那么，这个冒用西田保名字的神秘人，与真正的西田保究竟有什么交集呢？

前桥认为，此人很可能与真正的西田保接触过，所以有意避开名古屋地区来到东京，以招工名义诱佐藤勇人上钩，图谋不轨。他能拿到西田保的名片，说明很可能与西田保相识。如果这些假设成立，警方应着手调查西田保身边的人，例如工厂工人、业务合作伙伴、供货商等，追踪他们的行迹。

而柳田认为，作为商人，西田保很可能发出过无数张名片。凭水户的警力，很难做如此大范围的调查。况且目前的证据也无法断定嫌疑人是从西田保手中拿到名片的，此时调查西田保身边的人无异于缘木求鱼。

“柳田，依你看，我们还能追踪哪条线索？”渡部缓缓开了口。

柳田默不作声。事实上，警方的线索看似丰富，但其实最终都集中在西田保一个人的身上。这条线索既已断掉，柳田也无从下手。

渡部清了清嗓子，说道：“就先这样安排吧，你们两人要再跑一趟名古屋，调查西田工厂的前工作人员，尤其是有过前科或在西田死前一两年内与之关系亲近的人，半年时间一定要彻底调查。”的确，当所有捷径都走不通，用最朴素的逻辑去分析，尽管费力，但也许正是接近答案的最佳方法。

渡部又将本案的详细资料上报给了东京警视厅。

东京警视厅是警视厅的前身，相当于东京市警察总局，在行政层级上看，理应与茨城县警察总局、大阪市警察总局同级，都受日本警察厅管辖。而实际上，东京警视厅拥有最充裕的警力、最先进的技术和最全面的犯罪记录资料，有能力打击各种跨区域型犯罪，因此，地方上一些难以解决、需要大量调查或多个警察机构协同的案件往往会转给东京警视厅处理。

渡部移交这个案子，其实心有不甘。作为茨城县水户市的老警察，他很希望自己这队人马能独立破案。他先安排柳田和前桥去名古屋调查，再将案子上报给东京警视厅，是要在东京警视厅全面介入前做最后一搏。柳田和前桥也明白这个道理。他们也不愿被东京来的警官们呼来喝去，沦落到干一些零碎工作的地步。东京来的家伙们尽管警衔相同，却总是颐指气使，让各地警察不爽。

在爱知县警察的配合下，前桥他们很快找到了地方工业协同组合，也就是商会，并通过商会得到了西田兴产的员工名簿。

西田工厂自一九五二年成立以来，登记在册的员工共有五十三人，其中四十二人都是临时工，工作时间从一个月到四年不等，多数来自爱知县外，一些是退伍老兵，一些是中学毕业或辍学来打工的青年。工厂关闭后，一些人转到了其他工厂，一些人下落不明。

“这根本无从查起吧？”柳田抱怨道。

“逐个列出关系图，能摸清几个是几个。”前桥答道。

首先筛查的是女性员工。西田工厂中的女员工多是本地人，从事财务和文秘工作，工厂关闭后大多选择回家待业或嫁人，去向相对清晰。一番调查后，柳田和前桥确定，她们都不具备作案时间，社交关系相当简单，也排除了盗走西田名片给他人使用的嫌疑。

其次筛查的是长期男性员工。他们大多技术娴熟，是厂子的业务骨干，工厂关闭后都被同行挖走接收。由于业务订单暴涨，这些骨干员工几乎天天泡在厂里，假如连续几天没来上班，肯定会引起他人的怀疑，自然不具备作案条件。同时，工厂的待遇很高，加班还能得双倍工资，他们也犯不上铤而走险，拿着西田的名片去东京诈骗。

接下来，就到了最棘手的临时工名单。

二十世纪五十年代的日本社会流动性很大，一些企业（如日本铁路公司）在美军占领时期，被勒令大规模裁员整改，失业人口激增。而被征召上前线的士兵退伍回乡后也没有合适的就业机会，大多在家种田，或者赋闲几年之后，纷纷涌入城市寻找发财机会。战后的社会秩序恢复缓慢，生于二十世纪三十年代中后期和四十年代初期的大量年轻人很快就面临着失学、就业困难的问题，社会犯罪率上升。这些人犯下的罪行绝大多数属于轻微刑事案件，最多不过被关押几个月或一两年，但因此留下的刑事案底却导致就业更加困难，他们只好去做体力劳动，到处打零工。

这四十二名临时工的出生地、年龄、教育背景各异，其中不乏有一次或多次前科之人。更麻烦的是，临时工一年换几份工作是家常便饭，四处落脚，居无定所，能在区役所和商会留下登记信息的少之又少，调查起来简直像大海捞针。

四个月过去了，前桥和柳田仍然一无所获。

案件的突破点究竟何时才能到来呢？

三、同一个指纹

在柳田和前桥大海捞针的同时，日本西部也有一群警察正在重重迷雾中摸索。

一九五六年二月八日，在佐藤勇人案两年前，本州岛西部冈山县仓敷也有一宗杀人焚尸案。

冈山位于广岛和神户之间，面临濑户内海，海对面是小豆岛、直岛、丰岛，这几年因濑户内国际艺术祭而多了不少中国游客。在二十世纪五十年代，冈山是交通枢纽，也是著名童话人物桃太郎的故乡。市内有一座后乐园，与远在水户的偕乐园、金泽的兼六园齐名，并称为日本三名园。后乐园的月，兼六园的雪，偕乐园的花，堪称江户庭园美学的极致。仓敷位于冈山市西侧，城区多河道，自古以来便是冈山附近的水运中心，再加上大量江户建筑和历史悠久的大原美术馆，整个城市可说是相当风雅。

一九五六年二月八日，小城的宁静被打破了。

当天上午，有个河道工人在郊外高梁川中游西岸发现了一具烧得焦黑的尸体。尸长一百七十至一百七十五厘米，男性，年龄为二十至四十岁。高梁川西岸与仓敷隔河相望，因为主干道位于下游方向，所以这里少有人来。尸体附近只有一双木屐和一个约二十升的汽油桶，桶上没有指纹。据河道工人回忆，两天前他们在这里巡视时还没看到尸体，因此作案时间可能是六日夜间至八日凌晨。从尸体的姿态看，凶手应该是先杀人再焚尸，而且用了相当多的汽油。尸体被烧得面目全非，无法辨认。

冈山警方查询近期全市失踪人口的报告，一无所获。三天后，冈山警方从警视厅获得二月初以来全国人口的失踪记录，经过筛选比对，认为死者是来自北海道的失踪者三浦良和。

三浦良和，一九二八年生于北海道札幌，十七岁因盗窃被关入少管所，一年后出来，加入了当地黑社会，半年后因私吞保护费被组长痛打除名。此后，游手好闲的三浦有时会去仙台和东京打短工，最近一次回家是一九五五年年底。年后，二月初，三浦忽然从家中要走了自己的户籍登记书，之后下落不明。

经家人辨认，现场的木屐的确是三浦的，警方也就此认定死者确系三浦良和。由于三浦已将户籍登记书带走，警方无法核销身份证明文件，只好将死亡证明存在当地区役所中备案，而本案也迟迟无法破解。

一九五八年八月，千波湖畔分尸案正式由东京警视厅接手。作为水户警方的支援力量，柳田和前桥被划归到警视厅调查本部，在名古屋、东京、水户三地调查。可是，事实上在东京警视厅接手此案前，柳田他们的调查已经相当深入，此时东京的“再搜查”几乎没什么作用，柳田和前桥越来越烦躁。

另一边，警视厅意识到一个重要问题：这几年由地方转向东京警视厅的案件越来越多，这说明随着社会机能的恢复，一些犯罪分子已将作案范围从原先的小范围扩大到相当广阔的区域，甚至覆盖全国，仅仅“专案专查”很可能会忽略相当多的线索。所以，警视厅决定从根本出发，彻底核查全国诸多悬而未决的罪案，调查方法如下：

第一，归类对比目前已有的各地刑事犯罪记录以及指纹证据，掌握流动犯罪的规律和规模，建立全国刑事犯罪指纹库。

第二，再次核实各悬案的指纹线索，并将确定的指纹线索与第一步中的全国刑事犯罪指纹库对比，寻找突破口。

第三，在全国范围内有计划地进行人口普查，整理和修正户籍信息。

在没有任何现代化搜集、整理数据技术的条件下，这一工作可以说是相当耗时耗力。

警视厅之所以这么做，原本是为了整理众多的投毒、绑架、杀人事件，没想到却让一起超乎常人想象的离奇案件的真相浮出了水面。

原来，警方在做跨区域指纹比对时发现了两个相同的指纹——不是相似，而是完全一致。这两个指纹分别来自东京和本州岛最西端的下关。更重要的是，这两个指纹的拥有者并非同一人。在二十世纪五十年代，指纹识别技术的误认率是五万分之一，即五万个指纹中可能会有两个被误认为是同一个。为了慎重起见，警方还是决定先分别进行背景调查。

东京这个指纹来自一九五七年十一月发生在东京都调布市的一起非法入侵案。案件过程很简单：一名醉汉酒后闹事，将别人家误以为是自家，破门而入，殴打了房主，随后被警方以非法入侵他人宅地为名逮捕。由于此案没有造成太大损害和影响，警方只是对醉汉进行登记、罚款、采取指纹，便结了案。根据东京警方记录，这名醉汉名叫三浦良和。

看到这里，相信各位心中一定充满问号：三浦良和不是在一九五六年就死在冈山了吗？

别着急，更离奇的还在后面。

在下关警方的记录里，指纹的拥有者名叫大西克己。而指纹采取时间比东京的备案更早，是在一九四六年。一九四六年二月，一名十八岁的少年因入室抢劫被下关警方逮捕。

当时的警方记录如下：

> 大西克己，生于一九二八年四月二十六日，山口县下关市人。自十五岁起，多次从事盗窃、抢劫活动，于一九四六年二月七日夜间闯入下关市一处民宅，将主人制服后实施抢劫，后在销赃时被警方抓获。犯人尽管未成年，但屡教不改，依法应从重处置，判处有期徒刑一年。

在日本，未成年犯人往往会被强制送入少管所矫正身心，少管所不会留下他们的犯罪记录，只会在档案中显示“教育机构教育”。但监狱则不同，一旦被判处实刑入狱，就是实实在在的前科。

大西克己的故事到此还没有结束。在一九五五年，警方档案中还有一条耐人寻味的记录：一九五五年六月二日，下关市六十岁的大西福松和五十六岁的妻子大西久马死于家中，死因为服用氰化钾中毒。现场有一封遗书，内容为："由于生活困顿，我们一家三口决定自杀，父母已经先走一步，我随后便来——大西克己。"

大西克己所在酒厂也报案称，大西自五月二十七日外出收账款后便下落不明，酒厂方面怀疑他已经携带收回的一百三十万日元潜逃。六月五日，有人在下关北边的乃木浜海边一处堤坝上发现了一双皮鞋和一件西服外套，外套内衬绣着"大西克己"四个字。从现场痕迹看，大西克己应该已经跳海自杀。

这就更奇怪了。拥有相同指纹的两个人都已死亡，却在一九五七年十一月闯入了东京的一户民宅……

看来，大西克己与三浦良和之死必有蹊跷。

首先，大西克己的尸体尚未找到。在他消失的前一天，他的妻子临产住进医院。如果大西克己是伪装自杀，他真的能够抛弃妻子，人间蒸发吗？

其次，三浦良和的尸体被烧得焦黑，无论是五官还是四肢，都已无法辨认，仅凭地上的木屐是否真的可以确定被害人？

更重要的是，在一九五七年十一月的私闯民宅案中，东京调布市警方不仅留下了醉汉的照片和指纹，还登记了醉汉的住址。只要找到这名醉汉，再次核实身份，便能搞清他究竟是大西克己还是三浦良和，又或是“第三个人”。

四、最后一站

男人拿着一封电报走进家门，脸上愁容满面。

“亲爱的，怎么了？”妻子凑上前紧张地问。

“我妈她……”男人说着，把电报往妻子身前推了推，上面只有四个字：母已过世。

“哥哥刚给我发来电报，我得回家奔丧，明早就走，回北海道。”男人说完，起身就要收拾行李，“公司那边已经请好假，还跟同事借了些钱筹备葬礼，你身上还有钱吗？”

妻子慌了神，连忙找出存折。这对夫妻一个是出租司机，另一个是造纸工人，工资并不丰厚，攒下来的钱也只有两万日元。第二天中午，妻子将钱取出交给丈夫，依依不舍地望着他走进东京火车站。

然而，男人并未真的踏上开往北海道的列车，而是从东京站另一侧的八重洲口溜了出来。他把风衣领子立起来挡住脸，生怕被人认出，拦下一辆出租车去了浅草。

“大哥，你是做什么生意的？看你意气风发的样子，带小弟一起发财吧！”一个喝得满脸通红又透着几许无赖气息的男青年，一把搂住坐在身边吧台的西装革履的男人，一边喷着酒气，一边搭着话。

“喂，阿勇！你怎么还是这个德行！别骚扰我店里的客人，你小子先把欠的酒钱还了吧！”老板从吧台里欠出身来，一巴掌朝阿勇的头拍过去，一边叫骂着，一边对那个西装男赔笑脸。

“阿勇就是这样，喝多了就喜欢跟客人搭话，他倒也不是什么坏人，就是喜欢赊账、吹牛，跟他老爸一个样。”吧台尽头的一名熟客也帮忙打圆场。穿西服的男人并不生气，反而乐呵呵地跟大家聊了起来。阿勇见来人很是和善，借着酒劲更加放肆，拍着桌子要老板上酒。老板一边骂着，一边把一杯烧酒咚的一声放在阿勇面前，“这是今天最后一杯，喝完赶快滚蛋，免得你嫂子又来骂人！”

穿西服的男人摆摆手：“没关系，小兄弟既然高兴，我来请客！”说罢随手递过一张五百日元的纸币。

“这多不好意思！”老板很是惊讶，接过钱，重开了一瓶烧酒，放在阿勇和男人中间，又摆出两个新杯子，收走已经吃完的碟子，换了新的烟灰缸，再殷勤地递上两块热毛巾。阿勇此时已经喝多，坐在一旁自顾自地唱着小曲。

“听客人的口音，不像是本地人啊？”老板问。

“实不相瞒，我从岐阜来。”穿西服的男人说完，摘下挂在身后墙上的皮箱，从中取出一张名片，“弊姓西田，在名古屋和岐阜做点儿小生意，请多关照。”

老板接过名片，取来架子上的老花镜，眯着眼睛读着名片：“西田兴产株式会社总经理西田保。”

一月份的寒冬深夜，客人已经基本散尽，西田穿上风衣，提着皮箱，搀扶着不省人事的阿勇出了店门。老板跟出来连连鞠躬道谢，一边回身摘下挂在门口的暖帘。

浅草街上的居酒屋都已关门，车站方向还有些光亮，刚坐车回来的人和匆匆去赶末班车的人都不约而同地散发着酒气，在站前奇妙地交会着。西田保拍拍阿勇，想问他打算去哪儿，阿勇却突然用手指向路边，跌跌撞撞地奔了过去，用手扶住墙，把一肚子混杂着酒精的食物吐了出来。

西田皱皱眉，忍住酸臭气拍着阿勇的后背：“你家住哪儿？我送你回去。”

“回家，回什么家？那种地方不算家！”

“那你要去哪儿？”西田笑着问。

“当然是去找些乐子！”阿勇抬起头，嘴角还挂着尚未抹干净的口水，脸上的笑容充满邪气。

在阿勇迷迷糊糊的指引下，西田搀扶着他来到一条满是粉红招牌的小巷。尽管是冬日深夜，街上还是站着一些烫着头、叼着烟的女孩。一些女孩主动围了上来，但都被阿勇不耐烦地赶走。就这样一路跌跌撞撞，阿勇带着西田来到一座二层小楼门前。门口坐着一名五六十岁的老太太，头也不抬地说：“三十分钟两千元，一小时三千元，先付钱，过夜可以商量。”

西田抬头打量了一下，门前的牌子上写着一些姑娘的花名、年龄。毫无疑问，这是一家妓院。阿勇指指自己，再指指西田，对老太太说：“给我们安排两个，要年轻漂亮的！”

西田苦笑，掏出钱包，付了一个人的钱，对老太太说：“我就不用了，给他安排一个吧。”他扶着阿勇进屋，一个女孩出来，带着嫌弃的神情将阿勇搀着走上二楼。西田转身出来站在楼下，点上一根烟。烟雾缭绕中，他望向二层的窗户。窗帘拉得严实，看不到屋里任何动静，周遭的一切都很平静，只有他的心一点也不平静。也罢，这可能是阿勇人生中最后的春宵一刻。过不了几天，西田就将永远取代他的名字、他的身份，成为他，继续活下去。而此刻在温柔乡里的阿勇，却将变成孤魂野鬼，消失得不留痕迹。

想到这里，西田狠狠地吸了一口烟，将烟头摔在地上，用皮鞋踩灭。他瞥了一眼坐在门口、目光空洞的老太太，对着路灯吐出一口浓浓的烟气。烟雾在冬夜的风中迅速消散，就如同他之前的人生一样。

一月十日这天，阿勇难得睡了个懒觉。

以往在哥哥家，每天六点，嫂子就会吵吵嚷嚷地让他赶紧起床，出去找事做。因为在入谷，每天招工的名额都很有限，起来得晚的话，说不定一天都等不到什么活计。

昨晚西田先生不仅和自己畅饮一番，还出钱给自己叫了姑娘，想到这里，阿勇心里有点儿过意不去。他迷迷糊糊从床铺上起来，看到西田先生已经梳洗完毕，换上了昨天那套西服，连忙问道："几点了？"

"已经十点了，你还真能睡啊！"

阿勇不禁有些懊恼，看来今天找零活是没戏了，晚上不免又会被嫂子和大哥唠叨一番。看他坐在被窝里愣神，西田开口问："阿勇，你今天打算做什么？"阿勇不好意思地挠了挠头，没搭话。西田接着说："我看你人也挺机灵，要不跟我回去，去工厂干活儿怎么样？"

阿勇高兴地瞪大眼睛："真的吗？其实我虽然看上去比较随意，认真起来还是挺能干的！"

"没关系，我能看出来你小子没什么坏心眼，但你是不是进去过？"

阿勇不好意思地点点头："进去过几次，以前不懂事儿，老打架……"

"以前的事儿就让它过去吧，从现在开始认真活着，照样能干出名堂来。"西田拿起外套，走向屋门，"我在楼下等你，收拾好了就下来。咱们先回一趟你家，带上你的户籍登记书，这样工厂那边也好给你安排住宿。”

阿勇进过监狱这一点，其实早就被西田看穿了。在那个时代，像阿勇这样的社会青年几乎身上都有案底。

听说阿勇准备去打工，哥哥和嫂子嘴上虽然叨唠着舍不得，手上却忙不迭地帮他打理行装。西田把一切都看在眼里，不由得对他们的虚伪产生了一丝厌恶。

两人并没在佐藤家吃午饭，事实上哥哥嫂子也没有留他们吃饭的意思。两人坐着电车从浅草到上野，又从上野到了东京。在这里，西田买了两张去水户的单程车票。

“大哥，咱们不是去名古屋吗？”阿勇不解地问道。西田解释说，还要顺道去茨城接个人一起出发。阿勇没有怀疑，带着对新生活的憧憬坐上了前往水户的列车。

他怎么也想不到，水户竟是他人生的最后一站。

这天夜晚，西田将绳索套在醉得不省人事的佐藤勇人的脖子上，又跨坐在他的胸口上，熟练地用单手勒紧绳索，另一只手捂住他的脸。佐滕勇人双眼翻白，挺直了脖子，两条腿徒劳地乱蹬，很快便停止了挣扎。

西田并没有充足的时间来处理尸体，因为按照计划，他还需要赶上当晚的电车回东京。为防衣服沾染血迹，他特意选择了“不见血”的行凶手段，再用随身携带的小刀和一小瓶浓硫酸破坏尸体的手指和面部，阻止警方鉴别尸体身份。之所以切下尸体的阴茎，是因为他想起了阿部定一案中破坏情人尸体的手段，想效仿此法，将佐滕勇人之死伪装成情杀。

做完这一切，西田换了件西服外套，清理地面的痕迹，将擦拭干净的小刀和空硫酸瓶、绳索一起装回行李箱，趁着夜色，沿千波湖畔缓缓走回水户站。

五、影子人

知子第一次遇到三浦良和，是在一九五六年春天的一个下午。

知子的前任丈夫在婚后不久便参军出国征战。一九五二年，她收到丈夫死在西伯利亚战俘营的消息。自丈夫离家后，知子始终独自一人，一边照顾着年事已高的公婆，一边维持着丈夫家中的小卤菜店。出于业务上的需要，她每隔一段时间便会去附近的一家纸箱加工厂订制商用小纸箱。

这一次，知子一走进工厂便被一名身材高挑、面相清秀的工人吸引了。趁着跟工厂老板下单的机会，她不由得打听起来。

“那个个子挺高的工人是刚来的吧？”

“是啊，上个月来的，干活儿很勤快，脑子也很聪明。”

“他叫什么？”

“三浦，好像是北海道人。”

知子点点头，再次确认了订单内容。在走出办公室的时候，她和三浦打了个照面。她没说什么，只是低下头，匆匆离去。

两周之后，工厂如期交货，送货的正是三浦。就这样，他与知子熟识起来。由于家中还有公婆，知子不便与三浦在家中私会，两人商量在附近租下一间公寓。三浦向知子提出想要去学开车，以后当一名出租车司机，多挣一些钱，为未来做准备。知子欣然同意，取出私房钱，帮他付了驾校学费。

一九五六年七月，三浦从驾校毕业，如愿找到一份出租车司机的工作。知子此时已向公婆摊牌，搬出家中，与三浦同居。几周之后，她想与三浦结婚，三浦也欣然同意。

三浦的户籍登记书上明明白白地写着：三浦良和，原籍北海道札幌市，出生于一九二八年十二月十一日。

从这之后，夫妻二人的小日子可说是一帆风顺。在那时，出租司机是高收入群体，所以知子也不用外出打工，成了典型的家庭主妇。

可惜，这样的平静日子在一九五八年的盛夏被彻底打破了。

当柳田警官和东京墨田警署的刑警们出现在门前时，知子一脸困惑。站在最前面的警官出示了警察证件，说：

“三浦知子女士，我们有很重要的事想跟你谈，请问我们可以进去吗？”

按照习惯，丈夫一早便离家工作，站在大门前的知子显得有几分犹豫，但眼前这些警察纷纷走进大门，将皮鞋放在门口，整整齐齐地摆好。落座后，警察对站在屋中间的知子笑了笑，示意她放松，之后纷纷拿出小本子，由柳田警官发问，其他人准备记录。

柳田单刀直入地问道：“知子女士，请问你丈夫是三浦良和吗？”

知子点点头。

“我们很遗憾地告诉你，他可能并不叫这个名字，而且他很可能是多起杀人案的凶手。”

知子一怔，脸上先是毫无反应，然后慢慢地显露出了困惑、疑虑的神情，胸口也逐渐痛起来。没等她开口，柳田继续说道：“我们怀疑他的真名叫大西克己，涉嫌在冈山、千叶实施两起谋杀，之后潜逃到东京，改换姓名后与你同居。不过你不用担心，在来访之前，我们已对你进行了摸底，你完全是被蒙在鼓里的。我们需要你提供一些信息，以便进一步调查。”

三浦知子的情绪已经难以控制，她捂着脸哭了起来。一名警察想要上前安慰，但被柳田拉住。知子恸哭，并非全因这个爆炸性消息。事实上，她在这两年多的婚姻生活中，确实曾有几次怀疑丈夫离家外出所为何事，她还以为丈夫在外面有了外遇，不承想真相竟比想象中还要糟糕。

在三浦知子的配合之下，警方从家中取到了“三浦良和”的指纹，并核实他在当年一月连续几天没有回家。知子提出，自己已经不敢在家等丈夫回来，希望可以留下一封“娘家出急事”的信件，跟警察回警署，作为重要证人得到保护。

指纹鉴定结果很快出来了。从知子家中获取的指纹，与一九五五年六月在山口县下关宣告失踪的大西克己，以及一九五六年二月宣告死亡，但在一九五七年于东京再次出现的三浦良和这二人的指纹完全一致。

从目前的证据推断，警方终于厘清了大西克己过去几年的大致行踪：

一九五五年六月，大西克己伪装自杀，携带大量公款潜逃。

一九五六年二月，大西克己遇到真正的三浦良和，并将他带到冈山市杀害并焚尸。他冒充三浦良和潜回东京，在纸箱工厂打工。

一九五六年七月，大西克己用三浦良和的名义与知子登记结婚。

一九五七年十一月，大西克己酒后闯入民宅，被警方逮捕，在登记时使用了三浦良和这个假身份。

一九五八年一月初，大西克己声称“母亲在北海道病故”离家，事实上却乔装打扮，假称是从名古屋来的商人西田保，潜伏在东京浅草。

一九五八年一月十日，大西克己将佐藤勇人骗到水户，当晚将其杀害。

一九五八年八月九日，东京警视厅发布对大西克己的通缉令。

在理清脉络和必要证据后，东京墨田警署的刑警于一九五八年八月二十五日晚间，将下班回家的大西克己逮捕。大西克己最初依然坚称自己是三浦良和，并提出可以让妻子前来证明身份。然而在警方一一摆出犯罪证据后，大西克己放弃了抵抗，一点点交代了罪行。

大西克己承认，其实他并不是父亲大西福松的亲生子，而是母亲久马嫁入大西家之前的私生子。大西福松虽然将克己当作儿子认下，却并不把他当作长子对待，甚至在很长一段时间里体罚、虐待他。

一九五三年，二十五岁的大西克己瞒着家里与二十八岁的女朋友同居，又向女朋友隐瞒了自己十八岁时因盗窃被判刑的经历。一九五五年一月，他带着有了身孕的女朋友回父母家，提出准备登记结婚并搬回来住，遭到父母的强烈反对。因为他已经离家多年，父母早已准备和他断绝关系。父母提出，如果他还想留在家中，就必须和女朋友分手。不过，随着女朋友的肚子一天天大起来，父母最终还是勉强答应了他们登记结婚的请求。

事实上，大西克己这么做是另有打算，他打算以法律上长子的名义回来继承家产。大西福松知道真相后怒不可遏，扬言要将这对夫妻赶出家门，并向儿媳揭露儿子曾经入狱的事实。在这样的威胁之下，大西克己铤而走险，侵吞了公司的一百三十万公款，一面为妻子安排好妇产科床位，一面假意答应父母会搬出去。他安排了一场饯别宴，先用酒将父母灌醉，再在醒酒药中混入氰化钾，伪造自杀现场，携款潜逃。

大西克己先是来到九州温泉胜地别府，化名“藤田”打工。他听说下关警方开始通缉自己之后，感觉事态败露。为了脱罪，他想到自己需要一个新身份。就这样，他潜逃至离下关相当远的东京，在一家小酒馆里遇到声称“愿意出售身份”的三浦良和。

一九五六年二月初，大西克己将三浦良和骗到冈山市灌醉，用氰化钾毒死之后焚尸，带着三浦的身份文件返回东京。

几天之后，他遇到知子，后来成了出租车司机，并且使用三浦良和的身份与知子结婚。

一九五七年上半年，大西克己偶遇来东京出差的阔绰商人西田保，对他非常殷勤，获得了好感。西田将他的车短期包下。其间，大西克己获得了西田的名片，这也是他之后化名西田保的由来。

一九五七年十一月，在与同事聚会后，大西克己饮酒过量，在酩酊大醉的情况下闯入东京港区的一所民宅。警方赶到时，他已经醉倒在地，呼呼大睡。第二天一早，在警署的大西克己清醒过来，用三浦良和的名字做了登记，留下指纹，交了罚款后被释放。这次经历让他明白，三浦良和的身份很可能会败露，于是思考再次更换身份。

一九五八年一月，做好盗用身份的计划，大西克己前往邮局，用“在北海道的亲戚”的名义给自己发了一封电报，内容是“母已过世”。之后，他拿着电报回家告诉知子，自己要回北海道一段时间。之后，他用了几天时间潜伏在浅草地区，打听是否有人愿意出售户籍身份，但是一无所获。随后他将目标转向急于寻找工作，可以被骗到外地的年轻人。很快，他找到了佐藤勇人。

一月十二日，返回东京的大西克己再次陷入矛盾：一方面，警方似乎并未对他在一九五七年十一月私闯民宅一事做深入调查；另一方面，他与妻子的关系还算融洽，就此匆匆离去，难免会引起妻子的怀疑。为了稳住妻子，尽管佐藤勇人的身份文件已经到手，大西克己依然选择暂时以三浦良和的身份与知子继续生活，同时观望警方动向。也就是说，在警方忙得不可开交的时段里，大西克己始终静悄悄地活在他们的眼皮底下。

一九五九年八月十三日，水户地方法院开庭审理大西克己案。

一九五九年十二月二十三日，水户地方法院以杀害大西福松、大西久马、三浦良和、佐藤勇人的罪名，判处大西克己死刑。

之后，大西克己被移送东京看守所等待死刑执行。

在关押期间，大西克己曾多次写信给远在下关的原配妻子和出世后从未谋面的儿子，希望他们能来东京探监。但直到最后，妻儿也没有与他会面。

一九六五年二月十四日，大西克己在东京看守所被执行死刑。

就这样，这个活在阴影里的“影子人”，用生命偿还了罪恶。

大西克己案可说是日本最扑朔迷离的凶案之一。尽管从描述中可以看出大西克己的求生欲非常强，但在被判处死刑之后，他竟完全放弃了上诉，甘心接受判决，这在日本的犯罪史上也是很特殊的个例。

回顾大西克己案，其实不难发现，如果当时日本警方有更方便联网查询的登记系统，很多犯罪伎俩会立刻被识破。正是由于那个年代的刑侦手段、社会科技落后，大西克己才能屡屡得手。但是，我们冷静地想一想，帮助大西克己成功作案的，是否还有其他呢？

为了眼前的利益可以出卖一切的人，既是悲惨的受害者，也是凶手伪装身份的提供者。没有他们，大西克己的计划其实依然难以实施。

尽管今天我们已经有了如此之多的工具和方法来解决当时无法解决的问题，但冒名顶替和诈骗依然层出不穷。

也许人类的短视和贪欲，是永远无法消除的吧。

御宅案

主犯：宮崎勤
事件の発生時間：1987—19
事件現場：埼玉県南西部、東京
死亡者名：今野真理、吉澤まさ
大沢朋子、野本あやこ
犯行の手段：誘拐、首絞め、死

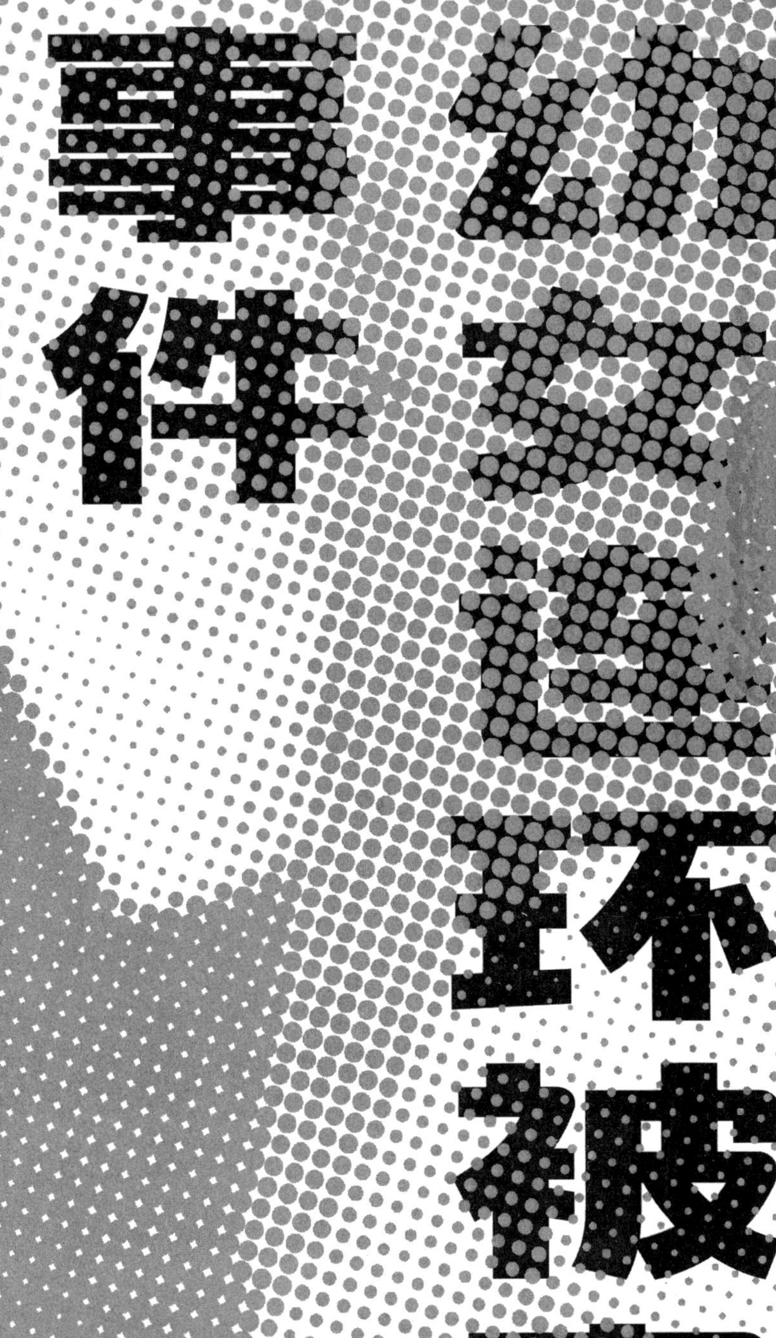

西部
難波絵梨香、

懐

主　　犯：宫崎勤

案发时间：1987—1989 年

案发现场：埼玉县南西部、东京都北西部

死　　者：今野真理、吉泽正美、难波绘梨香、大泽朋子、野本绫子

作案方法：诱拐、掐死、分尸

一、不能起死回生了

在日本罪案史上，宫崎勤事件极为特殊。

第一，这是第一起由“可能存在的精神问题”导致的连环杀人案。

第二，本案直接导致“御宅族[1]”群体被污名化和边缘化。

第三，大众通过本案开始重新审视二次元文化，政府也开始用立法手段规制这一庞大产业群。

一九八八年八月二十二日十五点左右，盛夏午后，埼玉县入间市的一处高层住宅区内，四岁的今野真理游完泳蹦蹦

1. 泛指热衷于各种亚文化，并对其有深入研究的人。

跳跳地离开了家，去附近的街心公园找朋友们玩。到了晚饭时间，父母来街心公园找她，却不见任何儿童玩耍的身影。母亲赶忙跑回家，按照幼儿园联络手册挨家挨户打电话询问，可同学和家长们却说，今野下午根本没来街心花园。

事情不妙，夫妻二人立刻报案。

今野家条件不错，父亲是建筑设计公司老板，因此警方首先考虑这可能是一起以富家子女为目标的绑架勒索案——在二十世纪八十年代后期，日本确实有过几起同类案件。当晚，埼玉县入间警署派遣警力，带着通话监听装置来到今野家，等了足足七十二个小时，一通勒索电话也没接到。

从今野家到街心花园需要经过一条国道，真理每次都会走国道上的天桥。警方猜测：那天真理会不会没走天桥，而是冒险从国道穿行，被车辆撞倒，又被肇事者抛尸荒野？这倒符合真理自始至终没有任何消息的情况。然而，虽然事发在白天，又是在国道上，警方却始终找不到任何相关交通事故报告或目击情报。

就这样，夏天悄悄结束了，今野真理依旧下落不明。

一九八八年十月三日，埼玉县饭能市出现了类似案情。

饭能市与入间市相邻，离东京不远，且有铁道相连，因而被很多在东京工作的人当作 bed town（卧城、睡城）。这种以住宅区为主要机能的城市像项链一样分布在东京周围，其最大的特点是昼夜人口密度差距极大，是“空巢盗窃”高发地。

十月三日十五点左右，小学一年级的吉泽正美（七岁）结束了一天的课程，和几个同学谈笑着离开校园。走到第一个路口，她与两名同学分开，还跟路口开杂货店的阿姨打了招呼。可是，直到十八点，她还没有回到家。母亲知道女儿没有在放学路上贪玩的习惯，而且从学校步行回家仅需十五分钟，感觉有点不对，她赶忙出去找遍了沿途所有地段，一无所获。二十一点十五分，她向警方报案。

饭能市警署认为，吉泽家条件并不好（父亲开出租车，母亲在超市打零工），不可能是绑架惯犯的目标，这更可能是一起走失案或偶然事故，便向附近市署发送警情通告，请周边地区协助搜索失踪幼女。收到通告的入间市警署忽然发现，这两起失踪事件似乎有着相似的特点。双方交换过意见，向埼玉县警察本部报告，可能出现了一起连环幼女绑架案，请县警本部支持调查工作。由于掌握的信息甚少，县警本部只得采取排除法：先将非刑事案件的可能性调查清楚，再按刑事案件集中调查。

埼玉县警察组织了一个三十多人的搜救队，展开地毯式搜索，同时走访调查辖区内的车辆修理厂，要各车厂如实汇报下半年所有车辆损毁维修记录中，是否出现过可疑的血迹、人体毛发、不明撞击痕迹等。

结果，还是一无所获。

秋去冬来，转眼又过了两个月。一九八八年十二月九日，初冬下午，埼玉县川越市南部又发生了一起幼女失踪案。失踪者名叫难波绘梨香，四岁，住在团地。团地类似中国的老式住宅区，建筑较为密集。这类小区有个特点，大部分公共和商业设施都坐落于团地之外，只在楼宇间设置一些绿地花园，所以内部较为封闭，外人也很少进来。

这天下午，绘梨香从幼儿园回来后，独自跑到离楼门口只有五十米的假山绿地上玩。十七点，母亲在阳台上叫她回家，没有听到回应，急忙下楼寻找，直到天黑也没找到，只好报案。与前两次不同，这通报警电话直接转到了埼玉县警察本部。警方迅速封锁楼下花园，向周围居民询问情况，不巧这天是工作日，案发时很多住户尚未回家。警察费了好大一番周折，才从一名当天下午同样在花园玩耍的五岁男童那里得到一则消息："我记得有个叔叔开车接走了绘梨香。"男童与绘梨香是幼儿园同学，十分肯定被接走的女生就是绘梨香，至于那个叔叔是谁却不知道，"我记得是个矮矮胖胖的叔叔，可能有四十岁吧，跟爸爸差不多大，好像戴着一顶大帽子，还有眼镜和口罩，他带着绘梨香上了一辆白色的小车……"

有了这条目击线索，埼玉县警方至少弄清了一件事：绘梨香确实被诱拐了。也许是在意料之中，接下来几天，警方和难波夫妇没有收到任何勒索电话。短短半年时间，相隔不到三十公里的三处居民区相继发生幼女失踪案件，导致埼玉县人心惶惶。而且，这三起案件的受害者都是女孩——即便有男童在场，罪犯仍然只挑女孩。这不得不让警方和家长感到害怕——可能是多起性犯罪。

媒体遵守了报道准则，只报道女孩失踪的时间和地点，并未公开失踪者及其家属信息。蹊跷的是，就在十二月二十日，难波家收到了一封匿名信件，信中只有一行字，确切地说是六个词：

绘梨香　風邪　咳　喉　楽　死

内容实在是难以理解，一些报纸将原文登载出来，希望读者提供线索。熟悉日本各种类型谜题的读者，想必已经明白大概的解谜方法。没错，这就是在日本很多犯罪案件中都出现过的“拆字谜题”。简单来说，就是将日文假名转换为罗马字，再将罗马字重新排列组合，获得新的句子或单词。我们先将这六个词的日文假名转换成罗马字：

ERIKA　KAZE　SEKI　NODO　RAKU　SHI

再重新排列，得到这句话：

IKIKAESASERAREZU KINODOKU

对应的日文便是：

生き返させられず、気の毒

中文大意是：不能起死回生了，真可怜。

这与其说是道歉，不如说是挑衅。

警方立即对这封信进行最为详尽的分析。首先，根据纸浆纤维成分，确认信纸来自东京江户川区王子制纸工厂，批次为一九八八年四月。这批纸产量巨大，其中相当一部分被加工成普通标准信纸，在关东地区上千家便利店出售。信封同样出自这家工厂，分销渠道同样是便利店。单从纸张和信封无法有效缩窄搜索范围。信件上的六个词并非打印或手写，而是将印刷铅字放大后复印，再剪下来贴在信纸上，因此无法通过分析油墨特征来确定印刷工厂的相关信息，也无法鉴定笔迹。警方无计可施，只好一面安抚家属情绪，一面硬着头皮面对媒体记者刁钻且令人难堪的提问。

一九八八年就在这样阴森的气氛中结束了。

一九八九年一月七日，昭和天皇因癌症病逝，日本改元平成。

这段时间埼玉县各地都未再出现幼女失踪事件，但警方相信这名猖狂的恶人绝不会就此收手。这种立场和心情其实极其矛盾：一方面警方不希望类似案件继续发生，毕竟失踪幼女下落不明，凶多吉少；另一方面，若诱拐者就此收手，仅依靠目前极其有限的线索，破案可能性又非常小。

为集中更多警力破案，警察厅将此案交由公安警察[1]牵头侦破，并在埼玉县县厅设立“警察厅广域重要指定一一七号事件”[2]特别专案组。公安警察发动首都及周边千叶、埼玉、群马、神奈川、茨城警力，排查首都圈及东京近郊近千名有性犯罪前科的嫌疑人，其中甚至有不少犯下性骚扰、内衣盗窃等轻微罪行的人，可想而知这项工作的进程会何等缓慢。

二月六日，又一件难以置信的事发生了。

今野家门口出现了一个纸箱。

---

1. 日本有公安调查厅和警视厅。公安调查厅是法务省下属的反间谍侦察机构。警视厅是管辖日本首都东京治安的警察部门，由警察厅直接监督管理。日本的公安警察具有“情报警察”性质，专门处理威胁国家机密及治安体制之事。刑事警察主要处理刑事案件。公安警察和刑事警察相互独立，由于公安警察权力更大，有时会干预刑事警察的工作。

2. 警察厅广域重要指定事件是日本警察系统对影响最为恶劣、受害情况最为严重、分布地区相对广泛的一系列案件的分类，诸如胜田清孝连环杀人案（一一三号）、格力高森永连续投毒敲诈案（一一四号）都位列其中。从一九六四年第一〇一号事件“学校保险柜连续爆破盗窃案”发生至今，仅有二十四起，其中大部分是致多人死亡的刑事案件。针对广域重要指定事件，日本警察厅会发动全国各处警力共同侦破。

这天凌晨五点三十分，今野先生正要出门晨跑，发现自家门口被一个用胶带封住的棕色纸箱挡住，纸箱上没有任何文字，下面压着一张当日晨报，他立刻报警——女儿失踪已过半年，埼玉县警方已撤去了蹲守人员。八点左右，三名刑警赶到，小心翼翼地打开纸箱，里面只有几张拍立得照片、一张纸和一堆夹杂着泥土与草根的黑色不明物体。照片上有粉色短裤、白色内裤及红色凉鞋，正是真理的衣物。刑警戴上手套翻弄着那一团黑乎乎的东西，不由得倒吸了一口凉气，这是一颗已经破碎且被烧过的人头，从大小看显然来自小孩。

今野夫妇早已泣不成声。

纸箱中那张纸与之前寄往难波家的一样，是将铅字放大后剪切下来贴好的，纸上一共有五个词：

真理 遺骨 焼 証明 鑑定

很显然这又是一个拆字谜，谜题的答案会在后文揭晓。

东京齿科大学实验室分析，头骨上的泥土等附着物表明，尸体头部曾被掩埋，而焚烧时间却是一周前。警方找到当天早晨往今野家配送报纸的送报工，他在凌晨四点三十五分到四点四十分到达今野家，并未看见纸箱。考虑到现场纸箱和报纸的摆放顺序，警方推测犯罪嫌疑人就是在四点四十分到五点三十分偷偷来到今野家门口放下纸箱的。

一九八九年二月十日，一封署名今田勇子的信件寄送到了位于东京筑地的《朝日新闻》办公室。

把遗骨装在箱子里并放在今野家门口的，就是我。

今野真理这起案子从头到尾都是我一人干的。我在这里所说的一切都是事实，放在箱中的骨头就是今野真理的。

我会告诉各位我是如何将她拐走的。

去年八月二十二日，我忽然有了一个想法，要把那些以前想摸也摸不到的小孩据为己有。一边这样想着，一边把车停在入间小区八号楼后面。那里有个游泳池，很多小区里的孩子会去游泳。我就在泳池门口等着，物色喜欢的孩子。

忽然，真理和两个小男孩走了出来，在邮筒附近分开。看到她还穿着泳衣，我知道她住得一定不远。我没有直接下手，而是跟着她。我想知道她住在哪里，想知道她妈妈的相貌——只要记住妈妈的长相，就能在下次她们一起外出时，找个机会把孩子拐走。实话说，其实孩子和妈妈一起外出时才最危险，因为别人不容易记住孩子的特征，却更容易记住大人的长相。

正如我所料，真理进了家门，她母亲确实在家。我正想在门口蹲守，看看她母亲的长相后再离去，没想到真理换好衣服后又跑了出来。这虽然出乎意料，但我仔细一想，她身边一个人都没有，正是千载难逢的好机会。如果马上跟她搭话，她很可能会跑回家，所以我悄悄尾随她来到过街天桥。看她上了台阶，我马上跑到马路对面，从反方向爬上天桥，等她走过来再搭话。我们都是女性，用这样的方式，真理大概不会觉得可疑吧？我对她说："带你去吃冷饮，我去取车子，你一会儿自己过来。"我在路口把车停好，真理走了进来，没有任何人看到我跟她在一起。

这个人具有强烈的表现欲，似乎媒体报道得越多，他越能获得一种巨大的快乐、一种扭曲而变态的成就感——这是典型的"剧场型犯罪"。经验丰富的老警察判断，今田勇子肯定是假名，犯罪嫌疑人很可能是男性。因为这封信几乎很少谈到主观感受，反而有相当多的客观描写，这是典型的男性风格。

三月六日，今野夫妇通过媒体宣布会在三月十一日为真理举办葬礼。可就在葬礼当天，《朝日新闻》又收到一封声明。信中今田勇子以令人难以承受的笔法，详细介绍了自己是如何爱抚今野真理，如何把她掐死，又是如何埋尸的。他还提到另外一名女孩，正是一九八七年九月十五日在群马县尾岛町（今群马县太田市）失踪的八岁幼女大泽朋子。

> 我把真理的尸体埋在了家里的地板下，挨着大泽朋子的尸体。我终于松了口气，一切都结束了，就算以后有人找到这些白骨，大概也弄不清遇害者究竟是谁吧？

因为大泽朋子案也尚未破案，警方内部产生了争论。一派认为，案犯企图扰乱警方调查视线，将几起埼玉县幼女失踪案与群马县幼女失踪案联系起来，增加调查难度；另一派认为，大泽朋子案至今尚无关键线索，也许这正是重新审视线索，将几案合并，改变调查方向的好机会。经过几天的争论，前者的意见胜出，警方决定继续调查今夜真理案。可此后的几个月，首都附近再无儿童失踪案，媒体也再未收到信件。一般来说，连环杀人凶手突然销声匿迹有两种可能，要么是他已流窜至其他地区蓄谋作案，要么就是在策划更冒险的新行动。

通过犯罪行为模式分析，警方有了一些初步判断：作案者会驾车在大型住宅团地长时间停留，花时间摸清作案地区的情况，包括周边地形、附近设施等。警方立即向埼玉县及东京西北部各团地自治会发出警情通告和协助调查申请，密切关注一切外来的长时间停靠的车辆，预防发生新的案件。

可惜，新的案件还是出现了。

六月六日十八点，在东云和有明之间的东云公园里，五岁的野本绫子失踪了。据公园里的儿童和家长回忆，绫子大概在十六点来到公园，十七点三十分前后曾与一名男子说话，随后男子独自离开，十八点左右绫子离开公园。不过她的路线不像是回家，而是去公园南面的仓库一带。种种迹象表明，这无疑又是同一作案人所为。

六月十一日，在埼玉县饭能市山区宫泽湖墓地，一名清洁工打扫公共厕所时，在厕所后的墙边发现了一个散发恶臭的旅行袋，袋中装有一堆尸块。鉴定结果显示，死者是一名幼女，躯干、四肢都被肢解，头部消失，死亡时间超过四十八小时，胃部残留着含胡萝卜和豆腐的乌冬面，与野本绫子的午饭食物完全吻合，系本人无误。这起分尸案与此前失踪案的作案手段不同，似乎不符合连环杀人凶手保持作案手段一致的习惯。但犯罪心理专家判断，这正是具有剧场型犯罪特征的作案者追求刺激的方式，他要不断用更加猎奇的手段扰乱警方和媒体的视线。

通过分析抛尸过程，警方得以再次窥探这名连环诱拐杀人凶手的内心。抛尸地在埼玉县饭能市山中，距野本绫子失踪地有二十五公里之远。他没有为了抛尸方便或避免暴露，将尸体抛在近处的山林湖水中或就地掩埋，而是带着旅行袋来到二十五公里外的墓地，似乎生怕尸体不会被人发现，未免过于做作——毕竟东京市内人流较少、适宜抛尸的场所也有不少。警方判断，他选择这个抛尸地很可能是想诱导警方把调查重点集中在埼玉县内，而且他似乎有些迫不及待。相反，他很可能就住在东京，甚至经常去有明。

这时，公安警察发动的“千人大排查”也告一段落，毫无收获，警员们的士气相当低落。很多警员原以为凶手很可能是极度危险的惯犯，否则不会如此大胆顶风作案，可这次调查的结果让他们不禁怀疑，调查是否从一开始就存在盲点？

其实，这个盲点确实存在——犯罪心理学统计，连环杀手有一半以上都是初犯，没有任何刑事记录，剩下的案犯中从未实施过恶性犯罪的也占了绝大多数。简单地说，连环杀人案的犯罪者与其他暴力犯罪者逐渐“升级”的犯罪经历不同，他们大多数都有相当长的“潜伏期”，从某天开始突然犯案，且不断重复。其间，一些连环杀手会进一步调整作案手段，越来越血腥、诡异或猎奇，甚至会加入对受害者、受害者家人、警方和媒体的挑衅与侮辱。对他们来说，作案后的挑衅和侮辱所带来的刺激感与快感，几乎与作案时无二。不难看出，这起连环诱拐杀童案的案犯也相当符合这个行为规律。

二、我真的只想拍照片

一九八九年的夏天，骄阳似火，距离第一起失踪案案发眼看就要满一年，而七月底发生在八王子市的一宗不起眼的骚扰猥亵案，将整个事件引向了令人惊愕的结局。

小学二年级的田中彩子暑假借住在八王子市郊区的叔叔田中大介家。田中大介的女儿浅香比彩子小一岁，正上小学一年级。长在城里的彩子对田园生活充满了好奇，整天与浅香在田间地头玩耍，抓虫捕鱼，形影不离。田中大介是农民，就在家附近的地里干活儿，几天前除草时不小心弄伤了脚，最近在家中养伤。

七月二十三日十五点左右，正在路边嬉戏的彩子和浅香被一个男青年叫住。这人穿浅色 T 恤，留着半长不短的头发，圆圆的脸上没有胡须，戴着眼镜，斜挎一个黑色单肩包，手拿照相机，像是个工人。

“你们好！这么晒的太阳，不热吗？”男青年打招呼。

两个女孩没多想什么，兴高采烈地追跑着，回了一句：“没关系，热的话就去树荫下歇一会儿！”

“我请你们喝汽水好不好？”男青年扶扶眼镜。

两个女孩停了下来，对视一眼，点点头。男青年带着她们走向附近的小卖部，买了三瓶汽水，三人在店门口坐了下来。浅香好奇地打量着那台照相机，问：“叔叔，你都拍了些什么照片呢？”

“叔叔是杂志社的记者。杂志你知道吗？就是摆在书店里的花花绿绿的书。我的工作就是拍好看的孩子，让她们登上杂志哦！”

生活在郊区的浅香没怎么见过杂志，却对拍照很感兴趣：“叔叔，给我拍照好不好？姐姐也一起来吧！”说完急切地望向彩子，希望她能一起求求这位叔叔。彩子没有说话，只是默默地喝着汽水。男青年高兴地点点头，走到路中间，拿相机拍了起来，还指导浅香“站起来”“望向姐姐”“笑一笑”“太好了，保持住”。没多久，男青年摆弄着相机说：“不好，胶卷快用完了，叔叔还想拍你，要不要跟叔叔一起去车上换新胶卷接着拍呀？”

浅香高兴地点点头，彩子却有些犹豫。男青年指了指停在不远处的深蓝色轿车，说道：“叔叔的车就在那边，一会儿你们俩喝完汽水，去车上找我哦。”浅香喝完汽水，催促着姐姐快点儿过去。看着满心期待的浅香，彩子一点儿也高兴不起来。她为了劝阻，说自己忽然肚子很疼，让浅香跟自己回家，浅香却根本不想回去，对她说："你自己回去吧！我拍完照片就回来！"她蹦蹦跳跳地朝蓝色小轿车跑去。彩子凭直觉判断，跟过去可能会有危险，她看着浅香上了车，赶紧跑回家找叔叔。等田中大介带着她开车赶过来时，蓝色轿车已不见踪影。大介一瘸一拐地向路边小卖部询问，看店的老奶奶说，那辆车向今熊山方向去了，刚走不久。

八王子市郊外虽然遍布丘陵山林，山路却只有数得过来的那么几条，大介早已烂熟于心。他顺着山路行驶，不断向前方和路旁张望。车子路过一片巨大的变电站，彩子突然指着前方喊道："快看！就是那辆车！"一辆深蓝色的轿车静静地停在路边，里面空无一人。大介知道前面就是山路尽头，山坳中的空地经常被登山游客当作停车场，山的一侧是木材厂，另一侧是坐落在山腰的破落神社。他让彩子在车里等着，独自拖着受伤的脚慢慢上山，刚走到神社外面，便听到一阵隐隐的哭声，不由得打了个冷战——这正是浅香的声音！

大介顺手抄起一根木棍，沿着哭声走到神社后面，见浅香正一丝不挂地蹲在地上哭，不停喊着"爸爸，妈妈"，一名三十岁左右的男子在她周围走动，手中照相机的快门咔嚓咔嚓地响着。大介怒从心头起，冲出来大喊一声："你在干什么？！”这阵势显然吓了那男子一跳，他把相机藏在身后，惊慌地回道：“没……没干什么！”大介上前一步，一把抓住男子衣领：“我全都看到了，你这浑蛋！这是犯罪！”男子当即瘫软在地，先是小声地说：“我只是人体摄影爱好者，今天鬼迷心窍，动了邪念，才把这女孩带到山上。”接着他哭着哀求，“我真的只想拍照片，没有任何其他企图！请您饶了我这一次吧！”大介指了指相机，说：“先把这些胶卷曝光，再说其他的！”男子一边照做，一边哭道：“我真的是初犯，请您高抬贵手。”大介怒目圆睁，丝毫不为所动，让瑟瑟发抖的女儿捡起衣服穿好，要男子报出姓名、住址和工作单位。那男子百般推托，怎么也不肯交代。

天色渐晚，大介也不禁为自己捏了把汗。他知道这个男人也在拖延时间，等天一黑就趁机逃跑，或者向他和女儿发起攻击。他不停地用棍子重重敲击地面，一方面是要震慑对方——毕竟自己脚上有伤，不能暴露弱点；另一方面也盼望周围能有人听到动静，赶来助他一臂之力。突然，男子从地上跃起，向前猛地一扑，直接抱住大介的腿。大介举起棍子时，身后传来一声大喝：“出了什么事？”男子听到这声喊，立刻又瘫坐在地。一名警察一手按在腰间，谨慎地走来。原来，他正是田中家附近派出所的巡警，大介离开小卖部后，店主觉得事情不妙，立马报了案。

警察看到披头散发、脸上还挂着泪的浅香，立刻明白了，掏出手铐扣在男子手腕上，嘟囔道："真是的，埼玉那边的连环杀人案闹得沸沸扬扬，你还在这里给我们添事儿，真会找时间啊。"

此前筛查嫌疑人的工作尚在进行，按照"一切与性犯罪相关的罪案情况，都必须第一时间上报专案组"的要求，东京都八王子市警署也将这名男子的情况如实上报。东京警视厅专案组负责人着重听取了这名被捕嫌疑人的特征——年龄三十岁上下，身高较矮，肤色偏白，驾驶深蓝色轿车，无犯罪记录——但并未将他列为重点怀疑对象。理由很简单：从目前的情况来看，这起连环杀人案涉及诱拐、杀人、分尸、抛尸等恶性情节，无论如何也不像是从未有过犯罪记录之人所为。

一名刑警提出了异议："我家离八王子不远，保险起见，明天我还是跑一趟吧，问过嫌疑人之后再排除可能性也不迟。"这位警员名叫片冈纯一，是不久前刚从江东区警署调来专案组的调查员，家中有两儿一女，老大上六年级，老二上三年级，最小的女儿今年才五岁，正好与受害者们年龄相仿，因此他十分希望尽快抓到凶手。"万一唯一的机会从自己手中溜走，会一辈子愧对那些死去的孩子和她们的父母。"多年后想起这件事，片冈总会这样总结当时的想法。

第二天一早，片冈先拜访了位于八王子市西部山脚下的宫崎家。宫崎家拥有一座相当气派的大宅子，家中经营印刷厂，有近十名员工，厂房、仓库都建在院里。见到宫崎勤的父亲，片冈寒暄几句后，询问起宫崎勤究竟是个什么样的人。据宫崎老先生说，宫崎勤曾在东京上学，毕业后四处工作，总也无法长期干下去，几年前回自家工厂上班，负责报纸印刷和运输，平日没有任何爱好，总是闭门不出，也没什么往来的朋友。因为父子关系闹得很僵，自己这些年也极少进儿子的屋子。二人走进宫崎勤的房间惊讶地发现，原本相当宽敞的卧室现在几乎无处容身，里面竟然堆放着各种录像带、漫画、海报，以及电视机、录像机，屋里没有床，或许二人勉强站立的地方就是宫崎勤平日所卧的“床”吧……

十一点，片冈来到八王子警署。审讯室中，任凭警察如何喊叫，宫崎勤就好像石佛般一言不发，面无表情。片冈让大家先离开，独自跟宫崎勤唠起了家常，问他喜欢吃的东西、喜欢的体育活动和明星等，宫崎勤仍然一言不发，连目光都不曾向片冈转来。有过大量审讯经验的片冈明白，一般来说，大部分初犯总会急切地为自己辩白，宫崎勤能保持沉默，要么是心理素质极其强韧，要么就是有无法说出口的案情。他有一种预感：这个男人肯定与之前的系列杀人案有关。走出审讯室，他叫来八王子警署的负责警察，细细翻阅卷宗，了解田中大介和田中浅香的证词，查看宫崎勤的相机、胶卷等物证——大部分照片是偷拍的女生裙底，还有一小部分是那日拍摄的浅香的裸体。

下午，警方带着搜查令赶到宫崎家，将他屋中的“藏品”装箱带回证物鉴别课。据统计，宫崎勤的录像带共有五千七百九十三盘，漫画及相关出版物有一千零九十八本，大部分为幼女、少女题材，其中约一半是色情成人漫画。证物数量过于庞大，专案组只得从东京市抽调七十四名警察，分成五十组，一盘盘审阅录像带。原本士气极其低落的专案组，竟因这突如其来的线索鼓起了干劲。经过初步审阅，警方确认这些录像带多为《假面骑士》《鬼太郎》《宇宙战舰大和号》等特摄动画片，还有一部分是之前热播的电视剧及翻录恐怖片。

这天之后，片冈每天早上都会准时来到审讯室，跟宫崎勤简单聊几句后便坐下来喝咖啡，既不拍桌子咆哮，也不苦口婆心地劝说。到了第三天早上，片冈一边看着报纸，一边说道：“对了，我们申请了搜查令，拿走了你所有的录像带。”原本木然坐在椅子上的宫崎勤忽然僵住了，哪怕只有短短一瞬间，片冈心里也有数了。

又过了一天，片冈仍绝口不提案情，若无其事地与宫崎勤面对面坐着。快下班时，一名警察急匆匆跑进来，说道：“搜查的录像带……”片冈举起手，使了个眼色，二人走出门外。几分钟后，片冈略显得意地回到屋里，拿起报纸继续看了起来。这当然也是计策，此刻警方其实只审阅了几十盘录像带，毫无发现，只是片冈有种直觉，认为案件的关键证据就在其中。

日子就这样一天天过去，到了羁押的第十二天，一九八九年八月四日，距起诉的日子只剩三天，录像带的审阅工作刚刚完成百分之二十，依旧毫无所获，负责审阅带子的组长开玩笑道："这家伙的收藏简直可以开个租赁店了。"

此时专案组手中掌握的证据如下：

第一，此前寄往报社、受害者家中的匿名信所用的印刷油墨和铅字，与宫崎家工厂所用产品特征相符合。但因为印刷油墨和铅字都是大量生产品，无法确定宫崎家工厂就是这些证据的唯一可能来源。

第二，在宫崎勤车中的工具箱里发现了沾有血迹的麻绳，确定是人类血液。但DNA分析，包括与遇害者DNA的比对工作，仍需几周时间。

第三，胶卷中部分女孩裙底照片，摄于江东区有明地区的户外网球场，与最后一名失踪并惨遭分尸的女孩野本绫子的消失地点吻合，照片上的日期也与野本绫子失踪日期一致。

第四，在车中发现了一盘录像带，由于磁带损坏严重，内容已无法观看。

第五，在八王子市一家录像器材租赁店，警方发现了署名宫崎勤的摄像机租赁单据，时间为一九八八年八月二十三日，恰好是今野真理失踪的第二天。

以上这些线索显示，此前多起幼女诱拐案的凶手极有可能就是宫崎勤。然而可惜的是，因为部分受害者尸体还没有发现，已发现的部分遗骸又遭火烧损坏，警方很难将宫崎勤车上、屋中发现的线索与这些女孩被害建立起直接证据链。此时如果贸然进行质问，狡猾的犯罪嫌疑人很可能会根据警方的证据信息避重就轻，编造谎话来开脱罪行。

实际上，宫崎勤的确不愚蠢，从被捕第一天起，他就意识到罪行一定会暴露，重点在于到底会暴露多少。他只好始终保持沉默，使警方无法得到任何信息。他原本设想警方会抛出一个又一个话里有话的问题，从他的回答中找破绽，没想到眼前这个警察却一副事不关己的样子，连续多日除了例行公事，就是每天早上问问自己睡得怎么样、想吃什么，而且神情越来越得意，越来越放松，这让他难免有些慌张，难道警方已经找到了致命的证据？

八月七日，羁押期最后一天。宫崎勤知道，警方一定会把所有底牌全打出来，利用心理压力迫使他认罪，因此从早上被带进审讯室起，他就在脑中演练各种应对方法。不过，这天早晨片冈没有露面。难道警方放弃了调查，又或者实在找不到证据？宫崎勤不禁有了一丝轻松的感觉。到十七点，八王子市地方检察厅检察官走了进来，宣布以强制猥亵的罪名，正式将他逮捕、起诉。听到这里，宫崎勤松了口气，看来这就是警方的最终调查结果，他在逮捕令上按下手印，准备回牢房，可刚走到门口就看到一个人——片冈警官。片冈得意扬扬地扬了扬手中的一张纸，说道："宫崎勤，案件有变化，现在要延长你的羁押期。"

八月八日一早，宫崎勤被带进审讯室。与以往不同，屋里坐着五名警官，片冈一改往日不温不火的作风，将厚厚一本资料摔在桌上，拿出车中血迹的分析报告，说道："宫崎勤，你做出这些事，应该知道会有什么结果吧？你先解释一下车里的血迹是怎么回事。"

宫崎勤还想用沉默来掩饰，片冈当然不会给他这个机会。

"从后排座椅上发现的有机溶剂可以判断，你特意清洗过车辆，可是后备厢里的血迹该如何解释？是不是你杀了人，把尸体装进了后备厢？"

"不是的！"宫崎勤听到"杀人"二字，条件反射般辩解起来，"几个月以前我跟朋友闹着玩，把他装进后备厢的时候，他不小心磕破了头才留下血迹。"

"磕破了头？那你朋友叫什么？"

"这个……我不方便说。"

“没关系，那你解释一下，为何车里的绳索上也有相同的血迹？”

“那是因为，我……我把那个朋友也捆了起来。”

“那么这位朋友是先撞到了头，还是先被你捆了起来呢？”

“先……先被我捆了起来。”

“那就奇怪了，你把他捆起来之后，他撞到了头，血却沾在了绳子上？”

“他受伤后，我帮他解绳子，不小心把血沾到了绳子上。”

“之后呢？你替他包扎了吗，还是送他去了医院？”

“他自己回了家，之后我就不知道了。”

“你把别人弄伤了，却让他自己回家，这正常吗？我再换个问题，这事发生在你家吗？”

“不……不是的，发生在朋友家楼下。”

“所以你是自己开车回的家？”

“是的。”

“那后座背面为什么也有这位朋友的血迹？”

宫崎勤哑口无言，脑门上渗出了一层汗珠。片冈警官心中暗喜，他的直觉果然没有错。

“从你的胶卷中我们发现了这些照片，解释一下吧。”一组照片在桌面上慢慢排开，上面是一个网球女孩。

“这是我在网球场拍的照片。”

“你喜欢打网球？在你家中可没看到任何与网球相关的东西啊。”

“我……我其实是喜欢拍女孩的内裤，在网球场她们都穿超短裙。”

“拍照地点在哪儿？”

“我不记得了。”

“我来帮你回忆下，这些照片拍摄于东京有明户外网球场。”说完，片冈用手指了指画面上的背景，“这里是台场，非常明显吧？”

“好像确实是有明。”宫崎勤敷衍着道。

“你不用装作不记得，你曾在今年六月三日至六日连续前往有明网球森林公园，公园停车场有你的停车记录。”有明网球森林公园那段时间常出现车中物品被盗事件，因此园区实行了停车场车辆登记制度，登记册记载宫崎勤每天都会停半天车，在十八点左右离开。

“啊，对不起！我刚才糊涂了，确实是这样，那段时间我每天都去网球场。”

“为了偷拍？”

“是的……”

“只有偷拍？”

“只有偷拍。”

“那么最后一天的记录，为何显示你早早离开了呢？”

“那天有些事要办。”

“去了哪里？”

“我想不起来了。”

“不会吧，明明做了那么可怕的事，怎么会想不起来？六月六日下午，你从停车场开车出来，在附近的仓库门前诱拐了野本绫子，杀人分尸，这些事你都忘了吗？”

“不，我没有！”

“没有什么？没有诱拐，没有杀害，还是没有分尸？”

“我根本就没见过什么野本绫子！”

片冈微微一笑，又拿出三张照片，上面由远及近拍的均是在公园嬉戏的野本绫子。

“这只是我偶然路过看到的小孩子，因为她很可爱，我就拍了几张。”

“之后呢？”

“我就赶快走了，因为还有事要办。”

“这可巧了，野本绫子的失踪时间恰好是那天的十八点到十八点二十分。”

“这跟我没关系，我那天十八点前就开车去了客户的公司。”

“刚才你可是不记得那天急着要办什么事，突然又想起来了？”

“是的，经你这么一说我想起来了，当天我要赶去客户家，联系印刷宣传品的事。”

“你与客户约在下班之后？”

“那个客户下班时间是十八点，所以我就赶过去了。”

“原来如此，十八点之前你就已经离开了？”

“是的。”

“那么你去拜访的是哪位客户？”

“我……我一时想不起来。”

“我提醒你，当晚有人目击到野本绫子与一名男子交谈，之后上了他停在路边的车。如果你能找到这位客户，让他给你出个不在现场证明，我们马上放你走。”

“没问题，我想一想，立刻跟他联系。”宫崎勤立刻钻进了圈套。

“确实找得到吗？”片冈用半挑衅半关切的语气追问。

宫崎勤认真地点点头，那故作诚恳的表情让人尴尬。片冈又拿出一张照片，拍的是有明傍晚的景色，近处是灯火辉煌的有明体育馆，远处的天空幽暗中还泛着一丝火红，两者之间隔着一片待开发的荒地。

“可惜你的记性不太好啊，宫崎先生。这是你那晚拍的最后一张照片，就在有明体育馆北边路口。那天的日落时间是十九点二十四分前后，体育馆在十九点二十分亮灯，也就是说直到当晚十九点二十分，你一直待在有明。”

宫崎勤再也没有反驳。

审讯从早九点持续到十五点，宫崎勤从最初百般抵赖到最终全面溃败，只用了短短半天。

八月九日，宫崎勤供认了杀害野本绫子的全部经过。

三、生日礼物

宫崎勤，生于一九六二年八月二十一日，是家中长子。宫崎家祖上原是武士出身，世居东京青梅和八王子一带，拥有大片产业和土地。曾祖父和祖父皆是当地名士，历任两代町议员。到父亲这一代，家族仍然人丁兴旺，分家后的亲戚们都聚居在本地。

父亲有一千平方米土地，本以养蚕纺织业起家，后受大型纺织业冲击，转行经营印刷业，出版当地的广告杂志和新闻报纸。发行量虽不到一万，凭着家族在地方的巨大影响力，广告收入仍相当可观。童年时的宫崎勤可以说是衣食无忧。

三岁时，父母发现宫崎勤有先天残疾：他无法做出手心向上的动作。医生诊断为罕见的“先天性尺桡骨融合”，这种病只能通过外科手术切开尺桡骨来治疗，但治愈率极低，父母只好放弃。宫崎勤在幼儿园和学校里，几乎无法和同学们一起玩，端不住饭碗，也无法打球。久而久之，他对自己的身体产生了强烈的怨恨，甚至偷偷将胳膊往墙上撞。长大一些后，症状越发明显，以至于自尊心极强的宫崎勤每次买东西都会提前备好零钱，避免对方找零时发现自己残疾。

一九六九年，七岁的宫崎勤进入五日市小学。他变得越来越内向，不愿和同学交往。父母只好给他买了电视机和大量漫画书，帮他打发孤独的时光。他也逐渐迷上了怪兽特摄片，热心收集一切与怪兽、超人相关的东西。只要同学们聊起怪兽片，他总是会滔滔不绝地讲出一种又一种怪兽的特征、出现场景和台词，同学们目瞪口呆，也就给他起了一个“怪兽博士”的外号。

一九七五年四月，十三岁的宫崎勤升入中学。初二某天，他偶然从一本杂志上看到美国有一种手术可以治疗类似的手臂残疾，但父亲对此不置可否，反而说：“去美国做手术很贵的，而且也不一定能治好。你现在的情况其实也不怎么影响生活，就先忍耐一段时间吧。”从此，宫崎勤就对父亲埋下了憎恨的种子。在家里，宫崎勤喜欢的人只有一个，就是祖父。祖父对他格外偏爱，经常拉着他的手去田间山林里玩，这也成了他童年唯一的美好记忆。

在中学，宫崎勤小心翼翼地掩盖残疾，开始尝试融入群体，参加了将棋和围棋活动部，课余时间几乎都在棋盘前度过。据同学回忆，宫崎勤的棋艺不高，自尊心却超乎常人，每次输棋，总会憋红脸，拧着眉头，一言不发，坐在棋盘前死死盯着棋面。久而久之，同学们也就不愿跟他来往，甚至多年后的同学会上还有人说“如果宫崎勤来的话，那我就不去了”。

一九七八年四月，宫崎勤升入高中。他特意选择去离家较远的明治大学附属中野高等学校，首先这里不会有老同学，其次他当时的梦想是成为英语老师，来这里可以争取保送明治大学的机会。据高中同学回忆，最初大家还以为宫崎勤性格沉稳，学习很好，因为无论是下课还是午休，他都伏案在笔记本上又记又画。可只过了短短半个学期，某次一个同学趁宫崎勤不在，把他藏在课桌里的笔记本翻了出来，上面画满了幼稚奇怪的图案，写满了歪歪扭扭的字，再加上大家也逐渐发现宫崎勤的功课原来只是末流水平，于是便认定他是个头脑古怪、内心阴暗的人。

到了高三，宫崎勤不出意料地没能拿到保送名额，成为英语老师的梦想破碎了。这时他已深入接触到录像机，痴迷于用定时录像功能录下一集集动画片、电视剧，产生了想要从事摄像录像行业的念头。

一九八一年，宫崎勤进入东京工艺大学画像技术专业大专部。父亲要求他选择图像修正和设计专业，毕业后回家继承家业。

一九八三年三月，宫崎勤大专毕业，在父亲的介绍下来到叔叔开办的印刷厂实习，工作内容是操控印刷机，负责给纸、整理印刷品等。他经常以内容枯燥为由甩手不干，把工作扔给其他工人，旁人只好忍气吞声。

一九八六年一月，宫崎勤突发面部神经麻痹，医生诊断为心理压力过大导致心因性神经失调。两个月后，宫崎勤以治病为由辞职回家。父亲又为他介绍了几份工作，他都明显缺乏意愿，有些甚至只干了一天便辞职。无奈之下，父亲只好把他安排在自家工厂，希望他好好干，几年之后能接班。最初几个月，宫崎勤似乎确实拿出了前所未有的干劲，可惜好景不长。这年九月，宫崎勤以“想要更多个人时间”为由，自作主张地把工时缩短为每天上午九点至十二点，下午全归自己支配。

他开着父亲给他的车，经常跑到中野和秋叶原去玩，渐渐对漫画和同人本产生强烈兴趣，甚至萌生出版漫画的想法。他参加了一个由多名漫画爱好者组成的社团，结果因性格乖张受到排挤，被赶了出来。他结交了一批热衷于录像节目的朋友，经常去录像带交换店里交流。据一名熟客回忆，那时大家的玩法是彼此交换几乎等量的录像带，把录像带拿回家翻录，再拿回来还给对方。可是宫崎勤经常私吞别人珍藏的录像带，再以“不小心弄坏了”为由赔钱，他留下了越来越多的孤本影像拷贝，从不拿去交换。半年后，这家店宣布禁止宫崎勤入店。

一九八八年五月，最溺爱宫崎勤的祖父在一次外出散步中突发脑出血，不久过世。葬礼过后，宫崎勤大发雷霆，对前来参与遗产分割的亲戚破口大骂，甚至打破了窗子和门，这似乎就预示着一切疯狂行为的开始。

三个月后，他绑架并杀害了今野真理……

“既然承认了野本绫子案是你做的，干脆就老老实实地全交代了吧，也算给受害人家里一个交代。”片冈警官望着桌子另一端的宫崎勤说。

宫崎勤低着头，双手握拳，死死抵在膝盖上，过了片刻，他说道：“头……就在奥多摩湖边的山里。”

奥多摩湖被称为“东京的水源”，地处东京西部，和山梨县接壤，是日本最大的人工贮水湖。附近山清水秀，很受野外旅行爱好者青睐。

一九八九年八月十日，警方带着宫崎勤驱车赶往奥多摩湖，来到抛弃野本绫子头部的地方指认。八月十一日，东京警视厅以涉嫌诱拐、杀害、抛尸的罪名再次逮捕宫崎勤，此案由八王子警署移交至东京市内的深川警署。接下来两天，宫崎勤交代了杀害今野真理和难波绘梨香的经过。

时间回溯到一九八八年八月二十一日，这天宫崎勤年满二十六岁，爷爷去世后，家中再也没人在意他的生日。宫崎勤躲在小屋里，暗自下定决心：要为自己搞到生日礼物，而且是世上最贵重的生日礼物。他在笔记本上写写画画，盘算着第二天的计划。

八月二十二日上午，他开车来到邻近的埼玉县入间市，在一片住宅区里偶然发现了许多穿着泳衣的孩子，静静地物色目标，直到今野真理出现。之后他在过街天桥拦住今野真理，用“带你去吃冷饮”为由，把她骗到车上，来到家附近的八王子市山中。当晚十八点左右，宫崎勤带她上山。十几分钟后，因为离家太远，天也渐渐黑了，今野真理哭了起来，宫崎勤害怕暴露，将她扑倒在地，徒手掐死。他自称本想将今野真理“据为己有”，不想情急之下“失了手”。事后他迅速开车回家，当晚并未表现出任何不安或恐慌，也没有反常举动。也许是他平时本就很不正常，家人见怪不怪。

八月二十三日中午，宫崎勤在东京都高圆寺的一家录像设备店租走一台摄像机，再次回到作案现场，拍下猥亵今野真理尸体的全过程。“最开始我确实很害怕，怕杀了人被发现。但第二天我仔细想了想，我杀死今野真理的地方足够偏僻，并不会被巡林人或登山者发现，而且她就是我的生日礼物，我不能浪费，于是就去租了摄像机，把她拍下来。”宫崎勤如此冷静地回忆。

从此，宫崎勤意外获得了一种快感。这种快感最初来自小孩子天生对大人的顺从和信赖，随后转为了诱拐幼女成功时的喜悦和刺激，以及受害者慢慢失去力气、放弃抵抗的视觉刺激。由于“使他人对自己感兴趣”和“对他人的生命完全支配”这两种刺激，他在这条路上越陷越深。而事件被媒体公开之后，他这种快感更是通过“获得全社会瞩目”的方式达到顶峰。一九八八年末，他偶然在《未破悬案大全集》这档电视节目中看到了今野真理、吉泽正美、难波绘梨香三个名字，顿时有了一种难以名状的兴奋之情，以为自己是全日本最知名的人。新年刚过，他带着这份兴奋再次来到今野真理的被害现场，将头骨带回家。傍晚，他把头骨拿到自家门前的田地，和一些垃圾堆在一起焚烧，顺势埋在地里。

一九八九年二月五日中午，宫崎勤又将头骨挖了出来，将其混着泥土和草根装进纸箱，还放进一张今野真理衣物的照片。二月六日凌晨四点，他把车停在今野真理家公寓楼附近；四十分钟后，见清晨送报纸的人离开，悄悄将纸箱放在今野家门口。

“你为什么要这样做，为什么把头骨送还回去？”片冈强忍着怒火质问。

“为了让今野真理能入土为安……”宫崎勤小声说道。在场众人都惊呆了，这个亲手杀害今野真理的恶魔，竟然装出一副好人模样。

“把她掐死的人是你，现在说什么入土为安，不觉得太伪善了吗？”

“可我就是这样想的。”

“你当然可以狡辩，可是别忘了，你在纸箱里留下了一封信。”

开篇提过的那个谜题，随着宫崎勤的落网也逐渐破解。

这个谜题一共由五个词构成，分别是：

真理 遺骨 焼 証明 鑑定

假名转换成罗马字：

MARI IKOTSU YAKI SHOUMEI KANTEI

重新组合就是：

MIYASAKI TSUTOMU KIREINI HAKOE

对应的日文为：

宮崎勤綺麗に箱へ

中文大意是：宫崎勤被漂亮地装进箱子。

也就是说，宫崎勤没有借此赎罪，而是把它当作一个把媒体、警方、受害者和其他所有关注者都拉进来的大型游戏，他自己便是游戏的主宰。

送纸箱一周后，他又以“今田勇子”的名义，向被害者家属和《朝日新闻》送去了那封更具挑衅意味的声明，急于向世人展示他将媒体和警察玩弄于股掌之中的谋略和才智，这或许是一生活在自卑中的他自认为最风光的时刻。

谈到为何要杀害这些幼女，宫崎勤的回答耐人寻味。

“今野真理……杀她的原因是她突然哭叫起来，我怕被别人听到。吉泽正美，我把她带到山里，但她突然说要回家找妈妈。我想她要是回去了，她家人一定会来抓我，所以就把她杀了。我给难波绘梨香拍了照片，在送她回去的路上，她一直哭，我怕她哭的样子被家人看到，就掐死了她。野本绫子来我车上吃口香糖时，看到了我的残疾，开始笑话我，我一气之下就动手了。”这种不加掩饰地将行凶动机说成是受害者自身问题的描述方式，与我写过的连环杀人犯大久保清一模一样。

八月二十一日、二十三日、二十七日，警方在宫崎勤的录像带中陆续发现了猥亵尸体的视频。

铁证如山。

四、我把手吃掉了

由于审讯中的宫崎勤情绪波动极大，并且他自己也供认了例如吃掉尸体、猥亵尸体等超出正常伦理的行为，在正式提起公诉之前，东京地方检察厅对他进行了简易精神鉴定，结果如下：

> 被测试者（宫崎勤）表情很少变化，回答问题前的迟滞时间较长，但是对问题仍有正常理解，不存在理解障碍。尤其在一些需要说明的场合，他会表现出强烈的诉说欲，为自己辩解。对于相同的问题，被测试者的回答经常前后矛盾。这两点表明，他具有强烈的防卫心理和攻击性。
>
> 问诊过程中，被测试者最初声明，自己对女性没有性冲动，在问及为何猥亵幼女尸体时，他回答说只是好玩。然而在之后的回答中他却提出，自己对女性性器官和身体都有兴趣，具有正常的性欲。在那之后，他再次否认这一回答。如此反复的情况说明，他具有一定的“被注视妄想”，时常认为周围人在偷偷观察他。另外，他对自己身体的残疾有强烈的自卑感，存在长期的精神创伤，然而其严重程度并未达到精神分裂的程度。

被测试者的犯罪对象只有幼女，且杀人手段残忍，我们认为其罪行与被测试者的异常性欲冲动有关，其成因如下：

第一，被测试者自幼患有先天性尺桡骨融合，丧失部分活动能力，因此在幼儿时期受到较大的精神刺激，形成了一定的精神障碍，在交友和日常生活方面受挫，逐渐形成逃避社交、自我封闭的人格，且抱有强烈的自卑感、对他人的不信任感及攻击性。

第二，这样的封闭人格，对被测试者的性心理成熟度构成了重大影响，使其放弃了与适龄异性的交往，转而将兴趣移到书籍、录像中。然而随着身体的性成熟，他产生了想要接触女性的冲动。

第三，虽然被害者均为四至七岁幼女，但被测试者在测试中并未表现出性变态迹象，对幼儿、老人、动物不存在异常性欲，同时也不存在暴露癖、性施虐癖、性受虐癖等。因此，他将幼女选作犯罪对象，并非出于针对幼女的变态性欲，而是将幼女视作同龄女性的代替品，因为这些幼女可以由他摆布。

第四，在性冲动期间，被测试者选择没有抵

抗能力、相对顺从的幼女，行为极其残忍。再结合第二条，被测试者对现实和社交的逃避，导致他的成熟性思维显著缺失。根据被测试者过往经历，他年少时曾热衷于残害小动物，虽然遭到批评，但时至今日，他变本加厉犯下如此严重罪行，可见并未深刻悔过。

综上所述，被测试者尽管具有一定程度的敏感性关系妄想，但并未达到精神分裂症的严重程度，从目前的精神分析结果来看，还属于“人格障碍”范畴。

拿到这份精神鉴定报告，东京地方检察厅检察官着手对这四起案件分别进行起诉。

一九八九年九月六日，在东京都和埼玉县交界的五日市町的山林中，警方发现了吉泽正美的尸骨。

九月十三日，警方在八王子市的山林中找到了今野真理的剩余尸骨。

九月二十二日，东京地方法院做开庭准备。由于没有律师愿意为宫崎勤辩护，法院只好指定两名国选律师。宫崎勤希望父母能出钱请更好的律师，没想到被父亲怒不可遏地拒绝：“干下这种让家门蒙羞的事，我们的老脸都丢尽了，还会出钱请律师吗？赶快死了算了！”

十月十九日，收齐所有涉案证据的东京地方检察厅对宫崎勤提起公诉。至此，这宗震惊全日本的恶性连环杀人案，总算进入落幕阶段。

一九九〇年三月三十日，东京地方法院刑事庭第二庭开庭审理宫崎勤案，申请旁听的多达一千五百九十一人，但旁听席位只有五十个，大批市民和媒体涌到法庭外，或是焦急地等待消息，或是拉出横幅要求判处死刑。每个人都清楚，这起案件与其他刑事案件不同。由于被害人数多，且此案前后东京附近及关东地区还有几起幼童被拐案件是否系宫崎勤所为，仍需进一步查证，因此审判必定旷日持久。

按照流程，检察官当庭宣读起诉书，之后法官中山善房转向宫崎勤，问他起诉书所述是否属实。宫崎勤供认不讳。“不过有一件事我需要当庭说明。”在庭前会议中，宫崎勤并未提出任何异议，所以这话显然令众人颇感意外，“我需要说明的是，目前尚未发现的野本绫子的手臂和小腿，其实我是知道下落的，我把手吃掉了，小腿被家附近的野狗野猫叼走了。”

检察官皱起了眉头。在长达半年的审讯中，宫崎勤从未提起此事，也总以“记不得了”推脱责任，此时说这番话是何用意？第一次开庭结束后，中山法官把检方和辩方律师叫到一起，要求他们对宫崎勤在庭上发言做出解释。

辩方的两名国家指派律师表示，宫崎勤在看守所中完全没有透露过任何与案件相关的细节，他们也是头一次听说。事发突然，中山法官开始考虑是否需要对宫崎勤进行正式的精神鉴定。

四月二十五日，第二次开庭。

按照司法流程，宫崎勤这次可以陈述对起诉书的意见。然而宫崎勤再次说出了匪夷所思的话："我希望法庭能把车和录像带还给我，把驾照也还给我，我想开车回家。还有……给车加满油，不然开不回去，其他的……没了。"

中山法官挥挥手示意休庭。他对检方提出，鉴于宫崎勤这种完全无意义的发言，必须对他进行司法精神鉴定。东京地方检察厅检察长收到通知后，气得将卷宗摔在办公桌上。很明显，宫崎勤是在装疯卖傻，拖延时间。

一九九〇年十一月二十八日，本案第九次开庭，中山法官接受了辩方提出的精神鉴定请求。鉴定人共有六名，来自庆应义塾大学、东京都精神医学综合研究所等机构，涉及精神病理学、神经精神病学、社会心理学、青春期精神医学和社会精神医学等专业。

一九九〇年十二月二十日，精神鉴定正式开始，为期四百六十八天。第一次精神鉴定结果报告如下：

第一，被告人不存在智力发育问题，但具有

极端性格倾向，存在一定的精神分裂倾向。显著的特征是反社交、以自我为中心、幻想，以及强烈的自我显示欲、敏感易怒、缺乏成熟气质。并且由于被告人患有先天性尺桡骨融合，产生了强烈的自卑，在心理上经常把自己摆在受压迫者、受歧视者的地位上，所以尽管对于成年女性存在憧憬，但并未尝试过与成年女性交际。

第二，除在第一点中所谈到的精神状态外，被告人还混杂有收集癖，以及一定程度上对幼女的性癖好。

第三，被告人的精神状态显示出极端的偏执，但仍属类精神分裂型人格障碍范畴，并不构成临床意义上的精神分裂症。因此，他实施犯罪时，具备判断是非善恶的能力。

第四，被告人除第一点中提到的精神状态之外，还出现了无表情、无反应的退行性变化。尽管他在法庭上的发言，以及对于犯行的陈述中存在诸多超乎常识的内容，但综合来看，他的状态属于被捕后产生的监禁反应，并不构成精神分裂症。因此，被告人目前仍具备判断是非善恶的能力，尽管在行为能力上存在问题，但未达到行为障碍的程度。

那么，宫崎勤是否在装疯卖傻呢？从他在法庭上的表现，也许可以窥见一斑。

在法庭辩论中，宫崎勤曾多次声称“自己并没有做那些事”，因为自始至终他都是“以第三者的视角去看事情的发展”。当然，把自己正在做的事换成第三者的视角去看，是精神分裂症的症状之一。可是宫崎勤这种说法是在法庭开庭审理后才出现的，如果他真的存在这种幻视，为何没在早前的审理中对警方说明呢？

他在法庭上还宣称：“每当要杀死被害者之前，我都会看到长得像老鼠一般的男人出现，他告诉我这些女孩在嘲笑我，我必须杀掉她们才能避免嘲笑。”至于为何在警方审讯期间他没有提到过那个“长得像老鼠一般的男人”，宫崎勤辩解：“因为我在审讯中遭到殴打和谩骂，警察强迫我认罪，所以我不敢说。”

为了保险起见，法庭调取了宫崎勤在警署受审时的全部现场录音。录音中，片冈警官从未大声吼叫，没有任何刑讯逼供的迹象。在第十二次开庭时，法庭要求片冈警官作为检方证人出庭，澄清刑讯逼供一事。

宫崎勤见此路不通，又改口称自己吃掉女孩的手，是为了“让死去的爷爷复活”，甚至“当爷爷火化后，我还把遗骨拿出来吃掉一小块”。很明显，这些毫无根据的发言并不会被当作新证据，只会显示宫崎勤狡猾而偏执的性格。

一九九二年十一月十一日，第十五次开庭。法庭对宫崎勤的“收藏品”进行分类鉴别。与此前媒体的推测不同，宫崎勤的近六千盘录像带中除自己拍摄的与罪行有关的几盘外，只有四十五盘涉及色情内容，其中并不存在“幼女色情”内容，而其他绝大部分收藏品都是普通的电视剧、特摄片、动画片等。那么，这些普通收藏品是否也是宫崎勤犯罪的诱因呢？这不得不让法官对此案的判决更加慎重。毕竟这不仅是日本第一宗疑似精神病例导致的连环杀人案，判决的结果也将直接影响日本文化产业的分级和内容限制的政策。

为了明确宫崎勤犯罪的成因，以及罪行与收藏品的关系，一九九二年十二月十八日，法庭决定再次对宫崎勤进行司法精神鉴定。一九九三年一月二十二日，第二次正式精神鉴定开始，为期长达六百七十八天，耗时之久远超想象。

一九九四年十一月二十一日凌晨，宫崎勤的父亲在东京多摩川投河自尽。从遗书中我们得知：案发后，父亲带着家眷连夜搬出旧宅，关闭工厂，并尽快变卖家中土地，将所得以赔偿金形式付给四个被害者家庭；妹妹被男友家退婚，随即引发抑郁症；叔叔的工厂因工人集体辞职被迫关闭；堂兄被公司开除，原因是“有碍公司形象”；所有宫崎家的亲戚都纷纷改姓，以免受影响。

装疯卖傻的宫崎勤对这些事并不感兴趣，更不会觉得是因自己而起。他想要通过装疯来苟活吗？并不是。他此时的行为其实与“还头骨”一样：只想在仅存的时间里获得最大的关注，成为所有人议论的焦点——这是他的舞台，用拙劣演技迷惑大众也好，节外生枝也好，耗费社会资源也好，都是演出的一部分。而庄严的法律能够给予他的，只有一个毫无争议的结论。

一九九五年二月二日，第二十次开庭，法官宣读了第二次精神鉴定书。由于此次鉴定是由三名精神医学专业人士进行，鉴定结果不止一份。

内沼幸雄和关根义夫的鉴定意见：

被告人的上肢畸形导致了重度人格障碍，对人际关系异常敏感，并有一定程度的妄想症状，加之祖父去世的刺激，形成了歇斯底里型的多重人格状态。在这种状态下，被告人的是非善恶辨别能力可能会受到影响，但鉴于罪行重大，对于被告人在犯罪时是否具有完全刑事责任能力，希望法庭能够慎重对待。

中安信夫的鉴定意见：

被告人在作案时，具有精神分裂、收集癖的精神状况，并在被捕后产生了监禁反应。在这样的精神状况下，被告人在作案时具有完全的是非善恶判断能力，但对自己行为的控制力明显缺失。在司法方面，可以将被告在作案时的状态视为精神衰弱，不存在免除刑事责任的问题。

包括最初的简易精神鉴定书在内，宫崎勤的精神鉴定分析资料总量超过了一千三百页，审议和讨论如此庞大的分析报告，耗费了庭审各方相当多的时间和精力。

一九九七年四月十四日，东京地方法院宣判宫崎勤死刑，判决书内容如下：

第一，有关被告人在案件审理阶段和法庭开庭阶段口供的可信性。尽管被告人声称自己对于性行为、幼女、女性身体并无兴趣，但从犯行内容判断，被告人实施诱拐和猥亵行为，以及对幼女的身体（尤其是性器官）进行拍摄、收集活动，充分暴露了想要满足性欲的动机。

犯罪时，被告人有意避开人群，伪装成摄影师，哄骗被害人上车，并有意去山中作案。由此可推断，被告人对所犯罪行之不为社会所容忍，具有清晰的意识。

除今野真理案之外，其他三案都是经过一定时间谋划，有意识地避开人群，以猥亵为直接目的之诱拐犯罪。因此，被告人虽声称作案时受幻觉唆使，从其犯罪行为判断，被告人作案前已制订了充足的计划。

被告人通过媒体报道了解到案件搜查情况后，有意识地通过寄送物品、信件及分尸、弃尸等方式，显示自我存在感，干扰警方调查。法庭认定，被告人明显极端冷酷无情，充满自我显示欲。法庭认为警方供词真实可信，且根据这些供词，确实发现了被害者的遗骨和遗物。被告人提出的警方刑讯逼供一事，由于缺乏明显的证据，本庭不予采纳。

第二，有关被告人的精神鉴定结果。……综上所述，被告人性格极端偏执，具有一定程度的人格障碍，但不构成精神分裂症等临床精神疾患，具有完整判断是非善恶的能力和行为能力，因此具备完全刑事责任能力。

第三，有关量刑。这一系列案件的犯罪动机和目的是被告人强烈的性欲需求，罪行性质恶劣，完全没有令人同情的余地。……面对毫无还手之力的受害者，被告人毫不掩饰自己的变态欲望，甚至将遗体弃在山中或分尸遗弃，这是对受害者人格的无情践踏。考虑到受害者家庭及本案极其恶劣的社会影响，检方提出的死刑建议是完全正当的。

被告人在看到自己的犯罪报道后，竟以玩笑心态对待急切想知道孩子下落的父母，甚至将遗骨破坏后送至受害者家中，将遗体分尸后有意识地遗弃，这是对受害者亲属乃至整个社会的嘲笑。以此可以判断，被告人具有相当典型的反社会型人格，丝毫不会考虑受害者家属的感受。

被捕后，被告人对于审讯和法庭审理充满蔑视，妄图用荒唐无稽的发言逃避刑事责任。自始至终，被告人从未对受害者及其家属表达过一丝一毫的悔过之情。

被告人生来双手有残疾，父母并未给予积极治疗，导致其在青少年时期产生了诸多烦恼。同时，由于家庭关系不和以及来自祖父的溺爱，被告人的性格逐渐扭曲。在青春期，被告人经历过一些不幸，也受到一些血腥、残忍、色情出版物影响，但这并不能成为他实施犯罪的必然理由。

由于社会压力，被告人的父亲选择自尽，并将家产变卖后平均分配给四名幼女家属。但这些赔偿无法抵消被告人所犯下的严重罪行及其恶劣的社会影响。因此，本庭认为，唯有死刑最为妥当。

在判决之后，宫崎勤进行了长期的上诉，均遭驳回。

二〇〇六年二月一日，最高裁判所核准死刑。

二〇〇八年六月十七日，在经历长达十八年的诉讼审判后，宫崎勤被执行死刑。在日本死刑执行史上，从核准死刑到执行只经过两年多的，已经是一个异例。然而，宫崎勤事件的影响并未因此而结束。

一九九〇年，宫崎勤落网不到半年，《朝日新闻》刊载了社论《漫画有害论》，提出“部分漫画中存在暴力血腥和性暗示内容，导致宫崎勤这样的罪犯出现”。在这篇社论的鼓舞之下，日本各地成立了“保护儿童，对抗漫画”的民间组织，并将《北斗神拳》《七龙珠》等具有打斗内容的漫画列为“有害漫画”，号召学生家长抵制。

一九九一年，东京都议会提出“规制有害图书”议案并得到通过。此后，日本漫画杂志出版社纷纷被迫进行分级，并由此确立了少年漫画、青年漫画、成人漫画的明确界限。同时，尽管没有明确禁令，所有大众媒体都自主限制涉及儿童裸露的画面。

此案之前，“恋童癖”一词并未进入日本日常文化视野。随着宫崎勤事件的细节越来越多地披露，家长们开始重视这个问题。自一九九〇年起，独自在外玩耍的儿童数量急剧减少，父母陪伴孩子外出游玩成了新的社会常识。

日本的恐怖片类型也受此案影响，以血腥、暴力为主题的电影纷纷遭到禁播或禁售，而幽灵、心理暗示等日式恐怖片新风格逐渐兴起。

当然，由于宫崎勤不爱社交、性格阴暗、喜欢收集的特点与日本的“御宅族”完全吻合，社会上也出现了“御宅都是变态”的论断。

其实，在我看来，真正应该传达给社会的并不是“御宅都是变态”，而是欺凌弱小、残害弱小之人都是严重的自卑者。宫崎勤并非恋童癖，他因天生残疾而产生严重的自卑心理，不敢接触成年女性，用怀疑眼光看待周围事物，具有强烈的自我保护心理，久而久之，越来越远离人群社会，远离正常的价值观。同时，他又无法排解性冲动，因此才把容易控制的幼女当作性欲发泄对象。

在童年时期，他也非常热衷于残害小动物，把捉到的猫、狗、兔子、野鸟挂在树枝上“解剖”。这些动物对他来说，也是不具有反抗能力的。因为在他眼里，所有人都比他强，而他要发泄的话就只能去找没有还手之力的小生命。

现在有各种各样自卑心理的人并不少，如：在公司被上司骂，于是就转脸拿实习生出气；在同学会上见别人比自己过得好，于是回家拿老婆孩子出气；白天不顺，晚上拿外卖小哥出气；被高年级学生欺负，就去找低年级学生出气；在现实中处处受气，于是就上网编个身份装权贵，拿网友出气……这不是战胜自卑的方法，而是自甘堕落的路径，如同宫崎勤找不到女朋友就去诱拐、杀害幼女一样。想要从这种令人绝望的循环中走出来，需要战胜的也许正是自己的软弱。

邪教案

主犯：麻原彰晃（本名松本智津夫）
と信者衆
事件の発生時間：1987－199
事件現場：静岡県、神奈川県、長
東京都など
死亡者名：上杉、本多正雄、坂本
松本市民、東京地下鉄利用者など
犯行の手段：首絞め、死体損壊、

奥姆真理教
兴亡始末
県、山梨県、
と家族、
数
リン毒ガス散布など

主　　犯：麻原彰晃及其教众

案发时间：1987—1995 年

案发现场：静冈县、神奈川县、长野县、山梨县、东京等

死　　者：上杉、本多正雄、坂本堤一家、松本市法院家属多人、东京地铁乘客多人等

作案方法：勒死、焚尸、抛尸、沙林毒气投毒等

奥姆真理教核心人员名单

麻原彰晃，教主。

远藤诚一，地铁投毒案策划人之一，沙林毒气制造者。

土谷正实，沙林毒气研发负责人。

石川公一，奥姆真理教官方发言人之一。

新智实光，奥姆真理教元老，参与杀害坂本堤律师和松本沙林案投毒，在地铁沙林行动中任司机。

岐部哲也，摄影师，为麻原彰晃拍摄著名的“浮空照”。

林郁夫，首席医师，沙林投毒计划策划人之一。

青山吉伸，专用律师。

井上嘉浩，奥姆真理教所有恐怖活动的策划人之一。

村井秀夫，奥姆真理教首席科学负责人。

这是一个妄图毁灭世界的真实组织。

一九九五年三月，无数日本人都从电视新闻中得知了一起惨剧：三月二十日早八点左右，日本东京多辆地铁遭遇恐怖袭击，六千三百人被不明液体所伤，十三人死亡。事后警方很快确认，这种不明液体就是令人闻之色变的神经麻痹性毒剂沙林溶液。策划这起恐怖袭击事件的，正是大名鼎鼎的奥姆真理教。

这一次，我将从奥姆真理教创立之日讲起，为各位揭开它的秘密。

一、创教

奥姆真理教的登记注册时间为一九八七年，而它的缘起要追溯到一九八三年夏天，在东京涩谷一家瑜伽教室里，麻原彰晃正式创教。

麻原彰晃，原名松本智津夫，一九五五年生于日本九州岛熊本县八代市。家中原以制造榻榻米为生，但“二战”后日本大量兴建西式房屋，传统榻榻米市场急剧缩小，双亲不得不四处打零工来养家糊口。松本家有六子，智津夫排行老四，受遗传病及环境影响，六兄弟中有三人患严重的眼疾。松本智津夫是先天性青光眼，左眼全盲，右眼弱视。哥哥双眼全盲，弟弟双目严重弱视。由于还有一定的视力，松本智津夫讨厌就此被贴上残疾人的标签，起初不愿去父母为他们选择的熊本县立盲人学校，不过最终还是遵从双亲意愿。

在盲校，松本智津夫展露的性格可谓相当矛盾。在教师面前，他乐于助人，外出远足时会主动照顾全盲同学，但私下里却经常霸凌他人。在这里，弱视仿佛就是“超能力”，再加上一米七五的身高、八十公斤的体重，又修习过柔道，每每与别人争吵打架，他总是轻松占上风。他会布下埋伏，让那些不讨好他的同学掉进垃圾堆或深坑；每周自由活动时间，还会以“陪同外出”为卖点，向想去校外娱乐的同学收费。他极其反感宿监管束，一次因夜里不熄灯被宿监批评后，甚至扬言“屋里太黑，干脆放把火烧掉屋子算了”。他的成绩不算上等，但又在毕业册中写道：“为了救治像我一样因疾病而受苦的人，我的志愿是当一名医生。”

一九七五年三月，年满二十岁的松本智津夫自盲校毕业。他自幼标榜“维新”“革命”，最大的偶像是以“平民首相”闻名的田中角荣。了解到很多成功政治家都毕业于东京大学，松本智津夫也立志要考东大法学系。然而，他的学力与这所顶尖学府还有着相当大的距离。一九七五年三月底，松本智津夫第一次落榜。一九七六年一月开始，松本智津夫搬到长兄开办的中药店，一边打工，一边备考，最终依旧落榜。同年七月，他与店内前员工发生口角，将对方打伤，之后只身来到东京，进入代代木补习学校。一九七七年三月，他第三次落榜，成绩比以往更糟糕。不过他也获得了意外惊喜，结识了同学石井知子。一九七八年年初，两人双双放弃报考东大的念头，登记结婚。

石井知子婚后冠夫姓，改名为松本知子。她来自千叶县船桥市一个贫寒家庭，全家五口人共用一间卧室，与松本智津夫的结合更像是从那个极度贫困的家中逃离的出路。在松本父母的支援下，二人在千叶县船桥市盖了座新房。凭借在盲校时考取的针灸从业资格，松本智津夫开办了一家针灸院，可惜好景不长，由于业务生疏，又无客源，这家店不到一年便濒临破产。

为了回收资金，松本智津夫在原针灸院的基础上开了家中药店，也就是从这时开始，他实施了人生中第一起犯罪——医疗保险诈骗，即利用日本公共医疗保险系统的漏洞非法牟利。医院或药房首先找到愿意串通一气的患者，开出远远超出治疗必要的医疗及药品单据，患者签字后向医疗保险机构索取费用，再由院方与患者分赃。

可惜，他诈骗的手段实在相当低劣。一九八〇年七月，因为保险单据上的疏漏，医保机构识破了他的诡计，将他告上法院，要求返还非法所得六百七十万日元。可他早拿这笔钱购置了公寓，走投无路之下只好卖掉中药店，四处举债。也就在这时，他偶然接触到佛教的《阿含经》，了解到佛陀释迦的诸多言行，深感怀才不遇，遂加入新兴宗教“阿含宗”修行佛学。这恰恰是他日后自封教主，模仿圣者给弟子们表演的基础。

一九八一年二月，为偿还债务，松本智津夫加入一个初创的销售“营养保健品”的传销组织，改名为“松本彰晃”[1]。所谓的营养保健品，不过是将一些糖浆、淀粉片剂，将它们命名为“糖尿病特效新药”，再高价出售。一九八二年六月，这家公司被日本药事管理局依法取缔，松本彰晃于六月二十二日被警方逮捕，处罚金二十万日元。接连不断的打击让他对社会充满了愤恨，认为自己作为残疾人，在事业上处处受阻，皆为社会不公所致。而松本知子因长期担惊受怕，患上了严重的强迫症，常与他激烈争吵，甚至离家出走。

得不到母爱的女儿们不得不长期以方便面为食，只有在父亲偶尔回家的那几天，才能得到一些食物和零花钱。在几乎暗无天日的家中，父亲就是女儿们的“太阳”。他利用学来的佛家思想皮毛，经常给孩子灌输不可杀生、清贫是福、普度众生的念头，连打蚊子都不能打。“你我这些世上的生命，都是转世托生而来，这个蚊子咬了你，也许你

1. “彰晃”日语读作ShoKo，与“释迦”Shaka的读音相近。

会觉得难受，但它前世也是人，我们来生也可能会转世成为蚊子，所以我们不可杀生”，这种半通不通的话语在女儿们眼中成了父爱的表现。

伴随着对神秘力量的执着追寻，松本彰晃通过各种渠道接触针灸、中药、易学和奇门遁甲，渐渐认为追求“神秘体验”才是领悟得道的精髓。一九八三年五月，他脱离阿含宗转向超能力。此时东亚兴起了一股“气功热”，在这阵气功、超能力热潮中，他发现了能够获得世人尊敬乃至崇拜的方法。八月，他在东京都涩谷区樱丘町注册了一家“超能力学习塾”，起名为“凤凰庆林馆”，公开为学员提供超能力开发和指导，并正式将自己改名为“麻原彰晃”。麻原的日语读音为Asahara，与阿修罗的读音Ashura有几分相似。在《妙法莲华经》中，阿修罗于释迦灵鹫山说法时皈依佛门，成为守护神，具有广大神力。“麻原彰晃”这个名字一方面显示他早期对佛法的崇拜，另一方面也显示他自大、渴望获取尊崇的心态。

在凤凰庆林馆时代，麻原彰晃的主要活动便是树立形象：由于早期的清贫生活，麻原彰晃获得了“真正的苦修者”名号；他在家中建立的狭小的“修炼坛”被原封不动复制到凤凰庆林馆；他坚持（在学员面前）一日三餐吃素，餐食极其朴素，在学员中获得很高的评价；他的“超能力指导”基本以瑜伽和打坐为主。据凤凰庆林馆学员回忆，麻原彰晃修炼时极少说话，只是给予学员一些瑜伽修炼上的建议。随着学员人数增加，麻原彰晃也获得了一些资金。一九八四年二月，他将凤凰庆林馆更名为“奥姆会”[1]，不久注册成立奥姆株式会社，同时运营公司和道馆，这一结构在之后奥姆真理教的发展中起着极其重要的作用。

与如今的网红一样，麻原彰晃也想通过“晒照片”来迅速获得关注。他的摄影师朋友岐部哲也（后来的教徒）通过快门连拍的方式为麻原彰晃拍摄了一张“浮空”照片，在大众对修图或摄影技巧尚未有太多了解的年代，许多人对这张照片所展示的内容深信不疑。一九八五年下半年，这张浮空照在几家小报上掀起轩然大波，大量民众迅速涌入奥姆会，想要一睹麻原彰晃的真容。为省下大笔经营税，麻原彰晃向东京都备案，将奥姆会由经营型道馆变更为宗教法人“奥姆神仙会”。

所谓宗教法人，是在日本《宗教法人法》管辖之下注册的公益性质非盈利宗教团体，在不违反法律的范围之内，宗教法人有权设立自己的戒律，组织仪式、祭祀活动等，其不动产一旦被注册为宗教活动场所或公益事业单位（如学校、医院），便可获得企业经营税及所得税减税甚至免税的资格。

---

1. “奥姆”一词来自梵文 om（唵），是婆罗门教中祈祷词的发语词，在佛教中也是各种真言的开始语，例如我们熟知的六字真言“唵嘛呢叭咪吽”便以该词开始。麻原彰晃选择奥姆，一方面是利用它与佛教真言的关系，强行将自己的团体与佛教扯上关系；另一方面也是借此表达这是“最初的、最纯粹”的教团。

此政策也带来一定的社会问题：自二〇〇四年以来，很多营利性企业纷纷将注册资质更改为宗教法人，逃避正常纳税。依据日本《宪法》，在没有犯罪活动的前提下，取消宗教法人资格即是干扰信仰自由。就这样，很多宗教法人几乎完全没有宗教活动，还能避免纳税。日本大多数都道府县都在二〇〇五年开始严控宗教法人注册，很多已经拥有宗教法人资质的个人纷纷在网上公开销售资质以牟利。

话说回来，此时奥姆神仙会刚刚改制，尚未大肆敛财，只依靠上千教徒每人每年缴纳的两万日元“入会费”维持运营。一九八六年四月，麻原彰晃来到尼泊尔。七月底，他宣布经过百日苦修，终于在喜马拉雅山[1]上获得“最终解脱”。一些教徒纷纷拿出家中财物“供养”这位回来解救众生的“大师”。麻原彰晃也一举购得东京世田谷区的大片土地，作为奥姆神仙会东京总部。

随着家境转好，松本知子的精神状况也逐渐稳定——或者说越发麻木。她几乎全身心地顺从着麻原彰晃，将他日常所说的话一一记录下来，有时麻原彰晃会突然冒出一个念头（大部分是对佛陀生平言论的模仿），她便详加记录，整理成“如是我闻”一类的短文，这就是日后奥姆真理教的“教典”。

1. 在佛教的部分门派中，喜马拉雅山被认为是佛家经典中“须弥山”的所在地。

一九八七年七月，奥姆神仙会正式更名为奥姆真理教，麻原彰晃自封教主。三分之一左右的会员始终对“超能力”存在疑问，见组织正式成为宗教，纷纷退会，这对麻原彰晃打击不小。他本以为教徒会爆发式增长，所以早在山梨县的上九一色村购置了大片土地作为教团总基地，不少活动场所和教徒宿舍已在施工，倘若教徒数量不够，奥姆真理教恐怕会迅速胎死腹中。就在这时，麻原彰晃遇到了贵人——一位长期身居国外的喇嘛。

在频繁接触那位喇嘛在日本的代言人之后，一九八七年二月二十四日和一九八八年七月六日，麻原彰晃以佛教修行者的身份，终于获得了先后两次与喇嘛见面的机会。会面中喇嘛提出：

> 日本如今的佛教已经完全仪式化，这与佛教的本义相悖。若继续下去，日本佛教就会消失。你要大力倡导真正的教义，你一定可以做到的，因为你有菩提心。

尽管最后一次会面之后，喇嘛否认自己曾提携奥姆真理教，不承认这是宗教会晤，甚至彻底切断与奥姆真理教的往来。但麻原彰晃还是抓住时机，将会面时的录像、照片、谈话资料大肆复制，广为宣传，证明自己已获得宗教领袖的认可。果不其然，很多原本对密宗、神秘体验、灵魂归宿等话题感兴趣的年轻人，立即成为奥姆真理教新教徒中的骨干力量，其中就有后文会提到的一些重要人物：

林郁夫，一九四七年出生，毕业于庆应义塾大学医学部，留学美国，心血管外科医师。一九八七年首次接触到麻原彰晃的书籍，一九八九年二月入教。

广濑健一，一九六四年出生，早稻田大学应用物理学硕士，原“耶和华见证人”教徒。一九八八年二月接触麻原彰晃的书籍，阅读中一度歇斯底里，认为这就是宗教信仰的奇迹，一个月后入教。

横山真人，一九六三年出生，东海大学应用物理学毕业，家中信仰佛教。一九八八年二月初次接触麻原彰晃的书籍，认为追求真理才能感觉到生存的意义，之后入教。

村井秀夫，一九五八年出生，奥姆真理教后来的二把手。自幼喜爱修仙、超能力等故事，大阪大学物理学首席毕业生，天体物理学硕士。一九八七年四月在大阪奥姆真理教分部接触到奥姆真理教教义，第二天向公司提交辞呈，正式入教。

远藤诚一，一九六〇年出生，京都大学医学博士，研究方向是病毒学和基因遗传学，奥姆真理教生化武器的主要研究者。自幼成长于基督教家庭，一九八六年接触麻原彰晃的书籍，开始产生疑问，生命的本质究竟是遗传基因还是灵魂？一九八七年三月入教，一九八八年十一月九日向京都大学医学院提交退学申请，与家人断绝关系。

土谷正实，一九六五年出生，筑波大学化学博士，研究方向是有机化学，沙林毒气的主要研制者之一。青年时代参加过橄榄球运动，因伤病被迫放弃，希望通过瑜伽修行使身体康复，其间接受麻原彰晃传教，一九八九年四月入教并从筑波大学退学。

中川智正，一九六二年出生，京都府立医科大学学生。一九八六年首次接触奥姆真理教教义，一九八八年二月入教。

丰田亨，一九六八年出生，东京大学物理学硕士，研究方向是基本粒子，家中信仰禅宗，上学时以获诺贝尔奖为目标。一九八六年九月加入奥姆神仙会，随后转为奥姆真理教教徒，在教中负责核武器开发，在澳大利亚开办“丰田研究所”。

林泰男，一九五七年出生，工学院大学电气工程系毕业。曾游历拉丁美洲、南亚，对藏传佛教兴趣浓厚。一九八七年五月加入奥姆神仙会，一九八八年十二月转为奥姆真理教教徒。

石川公一，一九六八年出生，东京大学医学院在读。一九八七年接触瑜伽后逐渐接近奥姆真理教，一九九〇年正式入教。

端本悟，一九六七年出生，早稻田大学法学部在读。

一九八八年三月，为劝说已加入奥姆真理教的朋友退教，前往奥姆真理教东京总部，结果立即被传教演说洗脑，决定入教，从早稻田大学退学。

富永昌宏，一九六九年出生，东京大学医学部毕业。一九九二年六月入教。

上祐史浩，一九六二年出生，早稻田大学理工学院硕士，宇宙开发事业团前职员。一九八六年八月加入奥姆神仙会，后成为奥姆真理教骨干。在奥姆真理教被取缔后，成为奥姆真理教残存势力阿列夫教（Aleph）的代表。

麻原彰晃的虚荣心空前膨胀，他自认为已经掌握了控制高水平人才的撒手锏。也许是现代教育忽视了个人精神层面的追求，又或是与以往的宗教相比，奥姆真理教的演说更能打动人心。总之，短短两三年时间，大批二三十岁的青年将奥姆真理教视作“灵魂的救赎”，不顾家人的反对，义无反顾地退学、辞职，或与家人断绝关系。

他们想不到，这一步给自己、给社会带来的都是无尽的苦难。

二、洗脑

冷战期间，美苏两国均尝试过种种办法来给敌方人员洗脑，如使用大剂量精神控制药物（自白剂）、长期多次电击、催眠术、强制灌输信息等，但均以失败告终。研究者很快发现，被试验者在高剂量自白剂的效果之下，已经无法区分幻想和现实，说出来的信息掺杂了大量主观理解和幻想画面，远非事实。

那么，洗脑难道只是传说吗？

也并不是。

很不幸，洗脑作为一种最直接控制他人思维乃至行为的方式，仍然被很多邪恶势力研究，如极端势力、恐怖组织、邪教、传销公司、诈骗集团，甚至一些非正规的教育机构，其中就包括被“精心设计”过的奥姆真理教。

奥姆真理教的教义包括四方面：赋予理想，统一修行，奖惩分明，末世论。几乎所有邪教的教团组织、教义、祭祀活动、宣教手段，都在相当程度上参考了基督教、伊斯兰教、佛教、印度教、道教、犹太教等正规宗教。他们无非是将这些正规宗教中有利于自己的部分摘出来，演化、曲解为自家教义，所以人们最初接触奥姆真理教时总能发现一些熟悉的片段，甚至在一定程度上得到“启迪”。

先来介绍赋予理想。

奥姆真理教的世界观基于古典佛经，结合了有关密宗和印度瑜伽等内容。据麻原彰晃解释，奥姆真理教的主神是湿婆（Shiva，印度教主神之一，负责旧世界的毁灭），世上不少宗教信仰的神灵皆在湿婆之下，例如基督教的上帝便是服从湿婆的梵天的化身，印度教中的湿婆只是湿婆在诸多宇宙中的一个分身。因此，教徒只有信仰奥姆真理教才能最直接地向主神祈祷、修行，信仰任何其他宗教都是浪费时间。

麻原彰晃从印度教和佛教的世界观中盗用了“世界处于创造—维持—破坏—创造的循环之中”，以及佛灭后世界进入末法时期的概念，宣扬“世界已处于末法时期，随时会迎来最终毁灭”的思想。教徒在奥姆真理教修炼，不仅可在最终毁灭中幸存，而且可使更多人超脱，最终在归于初始的世界建立神仙乐土。

在神秘力量方面，麻原彰晃向教徒灌输“五色查克拉”的概念。世上的能量以查克拉形式存在，查克拉失衡，人就会得病，而要治病，就必须调理查克拉。他又将宇宙分为三个层次：最低一级为爱欲界，教徒通过修行，可以升到第二级，叫做形状界，比它更高的是无色界，继续修行，人就能从这三个层次的宇宙中完全解脱，成为无所不知、无所不能、无所不在的永恒。他着重指出，人类所有的现世修行仅仅是在超脱爱欲界，而为了让各自的努力更加有效，就要结合奥姆真理教教义的第二个内容——统一修行。

统一修行，是指教徒应在“最高指导者”带领下，通过师徒接引的方式正确修行。麻原彰晃利用佛教概念炮制出四种修行法：

小乘修行：将自己与外界隔离，净化自身，作为一切修行的基础。

大乘修行：不仅要净化自身，还要普度众生，将他人从迷茫中拯救出来。

秘密真言乘修行：咏诵真言，密宗修行。奥姆真理教认为，密宗修行容易走火入魔，一定要在上师指导下进行。

金刚乘修行：跟上师一对一修行，这是最行之有效的方法。修行中，上师和徒弟之间有“五大法则”：

一、如果金钱有更好的使用方法，就算偷窃也没关系。

二、为了选择最好的轮回时间，就算杀人也没关系。

三、为了实践真理，如果因为异性而产生困扰，那么将对方强占也没关系。

四、为了达到目标，选择任何手段都没关系。

五、为了令世界顺从真理，夺去多少生命都没关系。

在修行说明中，麻原彰晃安排了几大要点，方便控制教徒：

> 教徒为了小乘修行，会纷纷出家，与家中断绝关系，与社会脱节；在大乘修行时，教徒会非常热心地发展新人入教，积极开展集体修行，彼此监视；借助金刚乘修行的“五大法则”，教主可以命令教徒供奉财物、身体，甚至命令教徒去犯罪杀人。

根据奥姆真理教的记录，鼎盛时期，在日本国内，麻原彰晃拥有超过一万五千名教徒，其中完全出家者一千四百人，其余为在家修行者；而在俄罗斯、东欧和美国，教徒同样众多。彼时俄罗斯社会动荡，教徒更是多达三万五千人。

麻原彰晃在教内实行等级制，按照各人对教团的贡献度和服从程度，分为三大层级：识者（最低层级，由新教徒和小部分老教徒组成）、座见（教徒中的中层管理阶级）、师长（也称长老，教徒中对于发展教徒、研究武器、对外交流等有突出贡献之人，或是麻原彰晃的家人、随从等）。教内会举行隆重仪式，庆祝教徒从低层级进入高层级，教徒也会公开朗读自己的“修行感悟”，与其他教徒分享修行体会。这与很多传销组织不谋而合，在心理学上也有相应理论，叫作组织承诺（organizational commitment）和承诺升级（escalation of commitment）。组织承诺会使个体在做出自发承诺后，更加主动地靠近组织，将自己的价值观与组织价值观相统一。承诺升级会使个体在经历一些打击后，不但不会幡然悔悟，甚至会不断合理化自己的行为，继续全身心投入。就这样，教徒在仪式上朗读“修行感悟”后，对教义更加深信不疑。那些社会上有关奥姆真理教的种种丑闻，反而使教徒更加狂热。

接着是第三个方面：奖惩分明。

早在盲人学校，麻原彰晃就已学会利用奖惩手段强迫他人服从。奥姆真理教的惩罚分矫正和绝罚两种。教徒若不服从管理，三心二意，行为不端，管理者便会给予肉体上的矫正，包括强迫吞食异物（泥土、布料等）、洗胃、强制水中憋气、活埋（把教徒装入棺材一类的容器后埋入土中）、倒吊、鞭打、浸热水、关禁闭、强烈电击等。一般温泉、浴池的水温在三十九到四十二摄氏度，可矫正所用水温却高达五十摄氏度，且浸泡时间不少于二十分钟，一旦受刑，轻则昏迷，重则致死。对待叛教者、藏匿叛教者的外人，以及被认为威胁到奥姆真理教的人，麻原彰晃会下达追杀令或暗杀令，这便是绝罚。为掩人耳目，奥姆真理教上层称绝罚为“净化”。

照理，奖励和惩罚应该对等，可奥姆真理教的奖励却基本没有实际意义。比如：由师长级的高层将手指放在教徒眉心“注入能量”；吃教主含过的糖块，获取教主的能量；将教主的血液抽出后进行皮下注射，借此获得“圣印”；在服用致幻剂后，在水床上戴着通有微电流的帽子，获取“脱离肉身的神秘体验”……这些看似无意义的奖励正是麻原彰晃的高明之处。他深刻地明白，这些教徒所追求的根本不是任何实际好处，而是精神世界的安慰和解脱。

当然，在单纯的精神奖励之外，麻原彰晃还设计了一系列“氪金修行”方式，例如：

> 教主的洗澡水，每瓶售价两万日元。
>
> 教主的头发、胡须，每根售价一千日元。
>
> 含有教主血液的水，每瓶售价一百万日元。
>
> 用教主DNA合成的大肠杆菌培养液，每瓶售价一百万日元。

麻原彰晃宣称，这些物品可以迅速提升修行水平，但有损教主身体，本不该售予他人，可为了普度众生，他甘愿自我牺牲，获得这些物品的教徒更应像教主一样，放弃身外之物，报答教主恩情。教徒捐赠的财物不仅是向教主表达感恩，更可以光大本教，为自己修福分。

除了出钱，另一种修福分的方式是用身体“供养”教主。麻原彰晃与一百多名女教徒发生过性关系。他每次都会剪下一撮女教徒的阴毛，装入瓶中贴上名字收藏。一些女教徒回忆，麻原彰晃要求所有刚入教的十五到二十五岁女教徒上交一张正面照，一旦被教主选中，便能享有配车，在饮食、作息上获得种种优待。麻原彰晃在日后的媒体访谈中提到，他与这些女性做爱，并非贪图肉体享受，而是让她们脱离左道旁门，这种特殊设计的修行方式是给她们的“奖励”。

第四个方面是末世论。

很多宗教和神话中都有关于末世的说法，这些末日理论皆有实际意义。大多数宗教诞生于兵荒马乱、民不聊生之际，最初的教徒一般是下层民众，末世论思想可在一定程度上解释生活何以如此痛苦，也方便以“皈依即可得救”的方式鼓动民众入教。而末世论对邪教来说意义其实更大。几乎所有邪教都宣称“末日降临，就在眼前”，甚至能给出具体日期。麻原彰晃在《日出之国的毁灭近在眼前》一书中就曾经写道：

> 从一九九七年一月开始，以基督教的名义秘密发展的共济会，将挑动美国、俄罗斯和中国的贸易战，进而引发新一次石油危机。到一九九九年八月一日，由于经济不景气，日本会出兵东南亚，与美国对立，最终开战，引发第三次世界大

战。人类会大量使用核武器、等离子体武器、电磁脉冲炮等，人类文明将遭受毁灭性打击，绝大多数人类会在战争中死去，只有信仰奥姆真理教，成为“神仙民族”的人会幸存。二〇〇〇年八月，共计六名“最终解脱者”会在日本出现，用奥姆之力拯救地球，淘汰所有旧人类，以超人身份建设新文明。

既然有了明确年份甚至月份，很多尚在犹豫是否入教的人，便会在其他教徒的鼓动和拉拢下入教。而那些早已入教的教徒更会觉得时日无多，拼命修行，无论是供奉财物还是做违法乱纪之事，一概听从。

一九九五年六月，警方在奥姆真理教总部起获的教徒名录记载：一千一百二十名在册出家修行教徒中，女性占百分之五十九，男性占百分之四十一；平均年龄为三十岁；之前有其他宗教信仰的人占百分之三十五；大学及以上学历者占百分之三十七点八；百分之四十九的人是看了教主写的书入教；百分之三十一的人是经其他教徒介绍入教。

很多接触过正统宗教的人，会对奥姆真理教的部分教义产生共鸣，进而入教；没有宗教信仰背景的人，面对这样精心设计和伪装的传教工作，自然也会产生一定的兴趣。

换句话说，奥姆真理教的洗脑手段不可谓不高明，在合理化邪教行为的同时，还让教徒误以为找到了拯救精神世界的法门。

三、净化

一九八八年下半年，奥姆真理教拼命扩大知名度，大批青年入教。而许多原本只想在此修炼瑜伽的老教徒对教中的种种变化心生抵触，纷纷退教。据相关负责人回忆，从一九八七年七月教团正式改名为奥姆真理教，麻原彰晃自称获得“最终解脱”开始，到一九八八年七月，退教的老教徒将近二百人，极有可能给奥姆真理教带来不利影响和不必要的麻烦。

麻原彰晃意识到，自己对出家修行教徒的洗脑能力很强，但对在家修行者的影响力还远远不够。于是，他通过各层组织发出集中修行指令，召集全日本教徒，在一九八八年九月初，到位于静冈县富士宫市的富士山本部进行为期三周的集中修行，并发动各地忠实教徒以游说、骚扰、跟踪等半强制手段，逼迫那些拒绝出席的教徒参加。九月初，上千名教徒来到富士宫市郊。在这样一个小城，如此庞大的聚会却没有引发任何混乱，反而无声无息，实在是令人恐惧。

九月九日，集中修行开始。教徒们在教团宿舍里每日席地而睡，清晨五点整所有教徒要前往大道场参加晨课，跪坐在道场上，一边听麻原彰晃的传教录音，一边祈祷。上午八点，晨课结束，所有教徒会领到一份几乎只有米饭、咸菜和汤的早饭。

饭后，一天的修行正式开始。教徒们原地站立，双手合十，双臂用力向上伸直，口中念着湿婆大神的神名祷告，之后躬身匍匐，五体投地，再恢复跪姿并站起，不断循环至十三点，吃过简单的午饭继续同样的修行，直到十八点结束。每日九小时高强度活动，大部分教徒都支撑不住，有的昏倒在地，麻原彰晃却说："人只有在体力耗尽时，精神才能得到最大限度的自由，获得与神进行交流的机会。只有通过修行让自己精疲力竭，祷告才能真正被神明听到。"事实上，如此超负荷透支体力，大脑会因缺氧而陷入意识模糊的状态，再加上持续不断地收听麻原彰晃的布道广播，人的意志会被摧垮，丧失抵抗力。

九月二十二日下午，苦修十四天后，男教徒上杉突然精神崩溃，陷入狂乱，大喊大叫着拼命往道场出口跑去，要求离开。在道场周围维持秩序的老教徒迅速将他制服，带到麻原彰晃面前。麻原也没多说什么，简单吩咐手下带他去"清醒一下"。这些教徒便将上杉带进浴室，扔进注满凉水的池子，不断将他的头往水下按。大约二十分钟后，上杉心跳停止。

麻原彰晃像煞有介事地让教徒将他搀扶到上杉身边，伸手向他头部摸去，声称“要向他注入生命之力”，随后直起身来，叹了口气道：“尽管我已向他注入足够的生命之力，但还是没能把他拉回来，看来这就是湿婆大神的启示，灭世大轮回已经离我们不远了，仁慈的湿婆大神提前唤走了他。”摆摆手让围观教徒离开，只留下几名心腹，指示道，“把尸体运到上九一色村那边，丢进焚化炉，再把灰烬撒到精进湖。记住，不要留下任何痕迹。”

教徒们一一照办。

由于上杉早已与家中断绝来往，直到八年后，家人才得知上杉的死讯。而一名负责将上杉骨灰抛入精进湖的教徒，却因此对教会的“正义”产生了深深的怀疑。

冈崎一明，一九六〇年生于山口县一户农家，母亲在生下他后不久离家出走，父亲将他过继给另一户人家后再婚。在养父母影响下，少年冈崎发觉自己具有“灵力”，可以看到鬼魂和灵体。他认为自己被亲生父母遗弃，是因为先祖做了恶业，于是天天诵读《般若心经》，学习仙道、中医、老庄之学，尝试辟谷、饮童子尿等，希望替先祖赎罪。

一九八五年，他在杂志上看到麻原彰晃的“浮空”照片，尝试联系奥姆神仙会，与麻原彰晃直接通了电话。一九八六年二月，他在一次晚归途中，由于疲劳驾驶，车子飞快地冲下河堤，重伤住院长达两个月。他更加坚信自己的先祖罪孽深重，出院后成为奥姆真理教的正式出家弟子，负责教内一切出版物的发行。

冈崎一明手下有个新人，名叫本多正雄。上杉惨剧那天，本多正雄与冈崎一明负责善后，这种杀人毁尸的行为让他陷入疑惑。他请求冈崎一明指点迷津，没想到冈崎却将他这些想法一五一十地报告给麻原彰晃。麻原彰晃立即表示，这是冈崎管教不力所致。本多正雄被关进富士山本部一间禁闭室，双手和双脚被捆住，全天都要收听麻原彰晃的训话录音。

三天后，教徒将本多正雄带到麻原彰晃面前忏悔，不承想他却破口大骂，称麻原彰晃为大骗子。村井秀夫、冈崎一明等人迅速将他押回禁闭室。麻原彰晃指示:“看来这个人想要杀死我啊。两天后你们再去看看，如果他还想杀我或者打算逃走，那就只能将他‘净化’了。”

在村井秀夫的组织下，一行人带着绳子来到禁闭室。本多正雄并未觉察到危险，直言想要退教。村井秀夫点点头，冈崎一明和新实智光走上前，忽然用绳子紧紧勒住本多正雄的脖子，早川纪代秀和大内利裕分别按住他的身体，很快本多正雄被这几名狂热教徒勒死。在麻原彰晃的进一步指示下，众人将尸体烧成灰烬，用磨碎机把剩下的骨头碾成粉末，连同其他骨灰一起撒进教团基地的农田。

一九八九年四月，一对在麻原彰晃蛊惑下出家修行的母子，趁外出采购日用品的机会从富士山本部逃走，一路上摆脱追踪，辗转来到横滨寻求帮助，接待他们的是横滨法律事务所的坂本堤律师。

坂本堤，一九五六年生于横须贺市，毕业于东京大学法学系，是一名敢想敢干的青年律师。他毕业后不久便参加了以“维护基本人权，保护民主主义”为宗旨的自由律师团，投身各种社会活动，尤其对侵害人权的事件倾注极大的热情。这一团体是日本律师界最大的律师协会之一，思想上偏左派，在很多针对日本司法界的腐败、不作为诉讼案中崭露头角，坂本堤也因此被日本警察系统视为眼中钉。

坂本堤安排这对母子接受了《每日新闻》的采访，又牵头成立“奥姆真理教受害者协会”，团结那些受奥姆真理教威胁、恐吓、敲诈甚至直接暴力的退教者。一九八九年五月初，《每日新闻》周日特刊发表了《疯狂的奥姆真理教》一文，坂本堤以匿名方式接受访谈。这则新闻迅速掀起了一波质疑奥姆真理教的巨大声浪，其他报业同行不甘人后，纷纷派出大量记者前往奥姆真理教据点挖掘消息。提前获悉情报的麻原彰晃怒不可遏，强烈要求《每日新闻》撤换其他相关稿件，但《每日新闻》顶住压力，如期下印。为了报复，奥姆真理教“首席科学官”村井秀夫命令手下制作了两吨炸药，装入卡车，准备送入《每日新闻》总部大楼，将这家报纸送上天……

《每日新闻》总部坐落于东京都千代田区竹桥的Palace Side大厦中，对面就是东京的皇居以及东京国立近代美术馆，这里如果发生大爆炸，将是一次难以想象的灾难。当然，这起爆炸最终失败了。因为村井秀夫在模拟作案时发现，《每日新闻》总部的地下车库房顶太低，卡车进不去。他们又尝试将卡车停放在大楼外部引爆，但由于地点过于靠近皇居，附近警察的巡逻非常频繁，只得放弃计划。

不过，这些教徒的疯狂行为是无法被任何人阻止的。

一九八九年十月二十六日，东京放送（TBS）在十五点的节目中播放了坂本堤的采访，坂本堤揭露了奥姆真理教常用的一些诈骗手段。当时正在奥姆真理教东京本部的上祐史浩、早川纪代秀等人看到节目，立即驱车前往TBS，以奥姆真理教名义提出强烈抗议，宣布这是污蔑。威逼之下，TBS中止了节目，交出了素材，坂本堤的身份及工作地点随之泄露。

十月三十一日，上祐史浩带领两名教徒来到横滨法律事务所，希望坂本堤能放弃对退教者的支援并停止起诉奥姆真理教。坂本堤当面回绝，还说如果麻原彰晃可以公开表演浮空术，那么自己可以考虑停止起诉，否则便会以策划非法活动、诈骗钱财为名，将奥姆真理教送上法庭，力争取消奥姆真理教的宗教法人资格。此言一出，在场教徒脸色为之一变，一旦丧失宗教法人资格，他们之前所做的很多事有可能都不再合法，教团会遭受毁灭性打击。上祐史浩使了个眼色，众人灰溜溜地逃走了。

十一月二日，麻原彰晃将村井秀夫、冈崎一明、上祐史浩、新实智光、中川智正等叫到富士山本部，将右手拇指和食指卷成一个圆，对这些长老级教徒说道：“如今这个世界已经被黑暗和污秽所笼罩，人们都已丧失信仰。这样下去，灭世轮回很快就会到来，而且无法阻止，你们要有所觉悟才是。”

教徒们纷纷点头称是。

麻原彰晃继续说道：“我这个手势就代表着‘净化’，你们要记住。如今有一个需要被‘净化’的人，你们说是谁呢？”

冈崎一明试探地问：“是不是《每日新闻》总编辑牧太郎？”

麻原摇摇头，说：“不，是坂本堤。”他抬起头，用几乎什么都看不到的眼睛望向空中，“从明年开始，为了拯救这个已经扭曲的世界，我们要成立真理党，正式走上政坛，由上而下地感化日本这片土地。我们绝不能有任何疏漏和心慈手软，为了教团的未来，你们需要听从神的旨意，完成他交给你们的任务。”

教徒们互相看了一眼，匆匆退了出来，在会议室商议如何除掉坂本堤。村井秀夫建议，要避免坂本堤抵抗，不如用注射氯化钾的方式毒死他。氯化钾是常见的氯化物，比同为毒物的氰化钾更易搞到。向静脉中注射高浓度的氯化钾，会引起急性高钾血症，四肢麻痹，心律不齐，心搏骤停，因而氯化钾在美国也是死刑所用的注射针剂。

十一月三日清晨，村井秀夫通过一名住在熊本县的律师教徒，从律师协会内部资料中查到坂本堤在横滨的住址。早九点，他带着五名教徒，分乘两辆车，赶往横滨市洋光台坂本堤家，打算在通勤路上劫持坂本堤，给他注射氯化钾。

可是，他们却忽略了一个重要细节——这天是节假日。

这些狂徒傻傻地等了一上午，连个影子也没见到。中川智正建议先回总部，被村井秀夫否决。从最近教团的动向看，村井秀夫觉得上祐史浩的风头似乎盖过了自己，格外受宠，如果这次袭击失败，自己不仅颜面扫地，更会失去教主信任。

二十二点十五分，冈崎一明悄悄来到坂本堤家门前，试探性地慢慢拧动门把手，发现大门竟然没有上锁。十五分钟后，村井秀夫向麻原彰晃报告，一旦对坂本实行“净化”，势必会将坂本的家人卷入其中。麻原彰晃回道：“不入虎穴，焉得虎子？把他的家人卷进来也是没有办法的事，动手吧。”在事后的访谈中，麻原彰晃曾辩解道：“我确实也想到把小孩子除掉的确有些残忍，但以我小时候的经历来看，没有了父母的小孩可能会饿死，那不是更残忍吗？”

以防万一，村井秀夫接到指示后没有急于下手，他命新实智光前往洋光台站，等到四日零点四十分最后一班列车驶离月台，仍未发现坂本堤的身影，这才确认坂本堤应该就在家中。两点五十分左右，六人从大门鱼贯而入，悄悄来到二层卧室，分成两组，迅速扑到坂本堤和他妻子身上。中川智正几次注射都遭到坂本的拼命抵抗，针头没能扎准静脉血管，反而折了。冈崎一明和中川智正只好合力用毛巾将他勒死。坂本堤的妻子被新实智光骑坐在身下，动弹不得，脖子也被另外两人死死地扼住。她哭喊着，用最后的力气祈求行凶者不要伤害孩子，随即断气。接着，中川智正一只手捂住婴儿口鼻，另一只手扇起耳光；新实智光用手卡住婴儿的脖子，向他的胸部和腹部重重捶了几拳。很快，不到一岁的婴儿没了呼吸。

六人先将三具尸体运到车上，返回上九一色村，再将三具尸体分装入三辆车，分头连夜开往北部山中。坂本堤的遗体被掩埋在新潟县上越市山中，妻子被掩埋在富山县鱼津市山中，幼子被脱光衣服后丢弃在长野县大町市山中。为掩盖身份，尸体的牙齿和头骨都被铁锹砸碎。

这些“善后”举措进行得井井有条，看上去天衣无缝，可若要人不知，除非己莫为，他们万万没想到破绽还是出现了。冈崎一明在搬运尸体时，不慎将自己佩戴的奥姆真理教胸针掉落在坂本堤家中。

十一月四日和五日，连续两天坂本堤都没来上班。

五日晚上，同事报警。

警察来到坂本家，初步检查后确认了几个情况：

第一，衣物还在衣柜中，即便一家人突然离去，随身衣物也没有带很多。

第二，一层客厅餐桌上有一壶茶和一个茶杯，从橱柜里的摆放情况来看，有三个茶杯不翼而飞。

第三，入口处有一些泥土痕迹，以这家人的房屋整洁程度来看，不会是忘记打扫，换句话说，有他人入侵迹象。

第四，家中有一名婴儿，然而若要携婴儿外出，婴儿车和其他婴儿用品不可能还留在家中。

第五，从被褥、车辆的情况来看，坂本家的失踪应当发生在十一月四日凌晨至五日中午。

警方封锁了坂本家，准备第二天召集更多人手彻底搜查，同时连夜向附近居民打探消息。据一名邻居反映，四日凌晨三点左右，他起床上厕所，隐约听到外面传来一阵声音，叫着“坂本先生”，声音很细，听起来像个女人，之后坂本家的灯亮了。其他邻居纷纷表示，四日和五日两天都没看到坂本家有外出活动的迹象。

事情逐渐明朗。

六日上午，警方发现了掉落在卧室被褥中的奥姆真理教胸针。神奈川县警察本部立即成立专案组，与横滨地方检察厅取得联系，要求他们派出人手。横滨地方检察长佐藤道夫出席了特别会议。各位看到这里可能会觉得奇怪：为何神奈川县警察本部如此兴师动众？

原因就出在那枚胸针上。

原来早在一九八九年年中，随着奥姆真理教的影响力在日本全国范围内迅速扩大，日本公安部门已秘密将其列为严密监控对象。针对一个在公众、媒体中都具有相当知名度的组织，监控和跟踪必然会慎之又慎，因此在警察系统中，任何涉及奥姆真理教的情况都要直接向公安部门汇报，由公安部门调查。

佐藤道夫一走进会议室，便觉察到公安与神奈川县警察剑拔弩张的关系。先开口的是神奈川县警察本部搜查一课课长河口，他将那枚胸针高高举起，认为此事与奥姆真理教大有关系，应该立即展开搜查。话没说完，公安委员会委员林真太郎不耐烦地挥了挥手，示意他坐下，自己欠了欠身，用低沉的声音说道：“奥姆真理教好像不在你们县警的管辖范围之内，就请免开尊口吧。”

“那么，请问公安委员会对此证据有何解释？”县警这边有人愤然质问。

“你们现在去搜查奥姆真理教，又有多少把握能获得证据？”公安委员会委员渡边哲也没等县警回答，接着说道，“据我们掌握的情况，奥姆真理教在国内的据点超过十五处，光是在首都圈的神奈川、东京、埼玉、千叶等地就有六处，这还不算附近的山梨、群马、静冈等地。”他将目光转向仍不服气的县警们，“你们如何确定奥姆真理教真的会从神奈川县的据点出发，还恰好把证据留在那儿？”

这番话说得县警们哑口无言。对这些刑警来说，日常的案子大部分是短距离作案，只要找到线索，突袭嫌疑人在神奈川县内的藏身地，便可水落石出，像奥姆真理教这样全国性的组织，实在鞭长莫及。

一名年轻的刑警丰冈辩解道：“万一，我是说万一，真是他们在神奈川县内的据点策划了这起绑架，我们现在去强制搜查，还有救回坂本一家的希望，对不对？”

林真太郎冷笑一声：“你们这些警察只想尽快破案，可对我们公安而言，你们越拼命，给我们撒网带来的麻烦就越大。你当然可以申请一张搜查证，去那里大闹一番——当然，很可能毫无收获。但你胡闹之后，对方便会产生极强的戒备心，将活动转入地下，你负得起这个责任吗？”

“可是，我们就这样眼睁睁看着坂本家陷入危险吗？”

“没能及早发现坂本家所面临的危险，是你们刑警失职。”

“话是没错，可难道我们现在只能忍气吞声吗？公众会怎么看待警察？”

“就算被打掉了牙，你们也要咽下去忍着，要想不被别人看轻，干脆辞职好了。”说完，林真太郎对渡边哲也耳语几句，起身离开了会议室。

始终坐在一边的检察长佐藤道夫说出了自己的考虑：“从现场证据来看，县警判断无误，就此展开调查也是正确的方向。然而即便搜查，恐怕也难以找到立案的证据，所以检察厅并不支持强制搜索。”

县警一方完全泄了气。

渡边哲也清了清嗓子，说道：“以上情况，各位也都有所了解了，公安委员会判断这起案子是奥姆真理教转为违法暴力团体的信号，在坂本家失踪后的四十八小时里，我们并未收到任何与绑架相关的消息，也没有人来索要赎金，所以我们认为坂本家很可能已经遇害。鉴于奥姆真理教活动范围相当广泛，毁尸灭迹或者野外抛尸都有可能。接下来，公安部门会将相关信息上报给警视厅，在全国范围内比对野外发现的尸体，公安委员会要求全体县警严禁向外界透露此案与奥姆真理教的相关性。”

“那么，我们又该如何向媒体解释呢？”河口问道。

与其他国家不同，日本各大警署中都驻有记者俱乐部，各大报刊负责社会新闻的记者会像上班一样，每天到记者俱乐部来获取警方公布的消息，所以日本警方办案时往往要想到如何对记者俱乐部交代。

渡边哲也皱了皱眉说：“怎么解释是你们的工作，我不便开口。不过据我所知，坂本这个人你们也早有耳闻吧？”

这话并非空穴来风，坂本所在的自由律师团曾多次与神奈川县警打交道，因为其政治倾向，坂本早已是警方的眼中钉。神奈川县警现在要是用一个荒唐的谎话遮掩一个麻烦家伙的失踪真相，肯定会被大众嘲笑无能，但在公安委员会的压力之下，又似乎只有这一条路可选。

十一月九日上午十点，河口来到记者俱乐部宣布：“坂本一家被绑架的可能性占到百分之五十，也不排除这一家人主动出逃的可能。从坂本堤的履历和社会活动看，警方目前总结出的失踪可能性如下：拖欠高利贷；学生时代坂本堤曾参加过激的政治活动，可能因此受牵连；坂本堤接触过大笔公款，可能携款潜逃。以上均为警方的主要调查方向，有进一步情况会继续向媒体披露。”说完这些自己都不相信的话，河口转身便走，却被怒不可遏的记者拦住了。

“你当我们是傻子吗？”为首的《读卖新闻》记者宫城信也说道，“那枚奥姆真理教的胸针怎么解释？！”原来，早在公安委员会召开会议前，负责现场取证的刑警便已将胸针一事告诉了记者，有几家报纸已经在当天准备下厂的日刊中报道了此事。

河口并未乱了阵脚，而是恳求各位记者息怒："各位对本案的重视，我个人深表谢意。在你们看来，对外界封锁消息，对记者说一些我自己都不相信的谎话，是损害了新闻报道的透明和言论自由。可是，我们要面对的敌人远比各位想象的强大，他们早已暗地里将爪牙伸向社会的各个角落，如果不能彻底打败他们，我们将长期生活在恐怖之中。我用个人名誉向各位起誓，三个月内找不到真凶，我一定会辞去一切公职，请各位再给我们一些时间，千万不要将已知的线索报道出去，以免打草惊蛇。"说完，俯身在地，磕头致歉。

记者们也惊呆了，他们的正义感、责任感与"理智"起了冲突，最终大家一致决定在三个月内保持缄默。

一九八九年十一月十八日，奥姆真理教举行记者说明会，矢口否认与坂本家失踪案有牵连，并说那枚胸针是有人栽赃。

十一月十九日，神奈川县警以了解情况为由，要求奥姆真理教干部前往县警本部接受问询，奥姆真理教以"集中修行"为由拒绝。

十一月二十一日，奥姆真理教全体核心成员秘密飞往阿姆斯特丹。

十一月三十日，奥姆真理教在德国波恩举行记者说明会，正式否认与坂本家失踪案有关，矛头直指横滨法律事务所，认为是他们蓄意栽赃。在场并无日本记者出席，自然也无人质疑。他们选择在德国举行记者说明会，意图也非常明显：打着宗教自由的幌子，在欧洲对日本媒体和警方施压，借此扩大国际知名度。

一九九〇年二月十六日，神奈川县警察本部收到一封未署名加急信件，信中只有一句话："小孩尸体在长野县大町市日向山中。"在公安委员会协调下，神奈川县警与长野县警对该地区进行了为期一周的搜索，但毫无所获。

一切线索似乎都断了，坂本一家所遭遇的惨剧何时才能真相大白呢？

四、密谋

一九九〇年三月，为寻找新据点，也为教团武装化铺路，奥姆真理教看上了九州阿苏火山附近一块十五万平方米的土地。教团武装化是麻原彰晃在一九八九年开始制订的计划，他认为在不久的将来，奥姆真理教势必会与日本政府发生暴力冲突，必须及早自制枪支弹药。

购买土地的事很快在当地居民中传开了。尽管奥姆真理教此时尚未被定性为邪教，但其在发展教徒方面过分积极，再加上从教徒那里榨取钱财之事被媒体报道，早就声名狼藉。居民们联合起来向当地政府施压，要求政府出面干预。

一九九〇年五月，奥姆真理教为掩人耳目，用麻原彰晃的原名松本智津夫购入了这块土地，并划归奥姆真理教所有，此事很快被当地媒体公之于众。上祐史浩出面说明，这是松本智津夫自行购入的土地，之后再布施给教团的。熊本县政府随之声明，由于松本智津夫转赠土地时并未进行土地变更登记，这笔土地购买交易无效，奥姆真理教应立即归还土地，撤出该地区。奥姆真理教当然不会遵从，而是派出律师，主张“这是财产赠送，不需向政府进行土地所有权变更登记”，继续大搞建设。

这一回，熊本县真的恼火了。

八月，熊本县政府以违反《国土利用计划法》之名，向熊本县警提出对奥姆真理教的指控。熊本县警立即决定，要尽自己所能，将奥姆真理教赶出去，制止其在九州的发展。十月底，在获得奥姆真理教非法将林地改为建筑用地的证据后，熊本县警开展强制搜查，逮捕了奥姆真理教首席顾问律师青山吉伸。十一月一日，在阿苏活动的奥姆真理教干部大内利裕和石井久子被县警以干扰警方调查工作为名逮捕。十一月五日，警方前往上九一色村调查麻原彰晃。同日，正在负责秘密武装计划的村井秀夫、上祐史浩乔装逃窜至仙台。

这次角力让麻原彰晃意识到，自己的教团事实上非常缺乏群众基础，必须开始推进公关工作，例如：美化教主形象，制作给小朋友们看的动画片；积极参加综艺节目，教主以新兴宗教领袖、大智慧者、青年导师等形象示人；以教主为首的教团干部参选议员，派出大量女性教徒上街游行，为奥姆参政造势；大打亲情牌和家庭牌，塑造充满爱心的教主形象。

与此同时，另一个骇人听闻的计划也在悄悄进行，那就是“国家颠覆计划”。在盲人学校时，麻原彰晃便有过“统治全世界”的念头。据教徒回忆，教主曾有如下构想：

> 建立一个机器人帝国，击败世界列强。
>
> 用武力和超能力夺取日本政权。
>
> 《启示录》中提到的末日审判已经到来，人类需要净化。
>
> 要走上救济万民之路，只有净化他们充满罪恶的肉体，灵魂才能从中解脱。
>
> 与真理为敌之人，需要尽快被净化。
>
> 为了保留真理之种，只能将愚昧的日本民众尽数清除。

不难发现，麻原彰晃逐步将杀人合理解释为“净化”，为日后大量杀人打下理论基础。

一九九〇年上半年，麻原彰晃与村井秀夫、中川智正、早川纪代秀等人一起制订了“最终战争计划”，构想如下：首先，使用军用直升机在东京上空洒下七十吨沙林毒剂，将东京变为无人区。其间，奥姆真理教在东京接管日本政权，同时对俄罗斯、美国、中国、朝鲜宣战，引发全世界核战争。然后，奥姆真理教众教徒躲入早已建好的地下防空洞，静静等待核战争结束。最后，奥姆真理教将在全球核战废土之上，建立一个永恒的“奥姆之国”，迎接新时代到来。本计划的实施时间定在传说中恐怖大魔王从天而降之日，即一九九九年七月。麻原彰晃授意村井秀夫从一九九〇年三月开始尝试培养肉毒杆菌。一个月后，由于无法获得合格的肉毒杆菌样本，加之教团在熊本县购地一事事发，此事只好作罢。

一九九二年九月十四日，麻原彰晃通过债权转让形式获得了一家液压缸工厂的经营权。接手当天，他曾放出两月内扭亏为盈的豪言壮语。可事实上，他看中的却是这家工厂里的无缝钢管加工机械以及全套金属铸造设备——或许你已经猜到了，这些设备可以用来制造枪支。

一九九二年十一月一日，奥姆真理教辞退了工厂一百三十名工人中的一百零八名，余下工人负责将厂内全部机床设备运到山梨县巨摩郡富士川边的一家秘密工厂。

一九九三年二月，奥姆真理教首席科学长官村井秀夫秘密前往俄罗斯，从黑市购得一把 AK-74 自动步枪，以及二十发五点四五毫米步枪子弹。他回到酒店，架好摄像机，拆开 AK-74，量好每个部件的尺寸，拍照并绘制加工图，再将零件分装在随行人员的二十三个行李箱中，偷偷带回日本。

一九九三年六月，村井秀夫率领教徒在山梨县秘密工厂内试制 AK-74。众人大多没有车床、铣床和金属铸造经验，加工出的零件始终无法量产。

一九九四年二月，麻原彰晃下令要在年底造出一千把 AK-74。村井秀夫只得向外部一些塑料制品工厂谎称准备制作一批仿真枪玩具，定制了大量塑料配件。最终，村井秀夫团队共造出 AK-74 一千把，步枪子弹一百万发。由于加工精度不足，又大量使用塑料部件，这批“奥姆版”AK-74 无法进行自动射击，撞针还经常失灵，但射击初速仍能达到每秒八百三十一米，与原枪相仿，杀伤力极大。

麻原彰晃还不满足，他认为枪支的“净化”效率实在太低，远远不如现代战争中的禁忌——生化武器。

一九九三年四月，村井秀夫召集了不少有化学专业背景的教徒，传达教主“研究必要自卫手段”的旨意。他将两本书放在会议桌上，一本是《毒药的故事》，另一本是《如何防止毒药滥用》，书中记载了一些可令人丧失行动能力甚至死亡的毒气。这群教徒中学历最高的，是从筑波大学退学的化学博士土谷正实，他理所当然地成了项目负责人，开始研读这两本书。两个月后，他找到村井秀夫，认为使用生化武器可能过于残忍。村井秀夫拿出几张照片，其中一部分是战争中死于枪炮的尸体，另一部分是死于毒气泄漏事故的尸体，说道："生化武器残忍完全是那些军火大国编造的谎言，被枪炮打得血肉模糊难道就比被毒死更安详吗？"

土谷正实哑口无言。

村井秀夫说道："那些拼命向世界各地出口武器的国家，宣扬子弹、枪支无罪论，却反过来给生化武器冠上残忍之名，可是你从照片上看，哪种死亡更体面？"

土谷正实开始反思。

村井秀夫接着道："我向你保证，这些生化武器仅仅是为了自卫，只有在遇到试图毁灭本教的政府强权时才会使用。"

土谷正实的情绪稍稍稳定下来。村井秀夫详细了解了各种生化武器的制造难度、所需设备、生产速度，最终与土谷正实、远藤诚一明确了计划，先试制三种生化武器——炭疽杆菌、沙林毒剂和 VX 神经毒剂。

炭疽杆菌是人类历史上第一个被证实能引起疾病的细菌，有超过一千个变种，达到武器级别的变种有美国研制的 Ames 型、苏联研制的八三六型以及英国研制的 Vollum 型。受国际公约限制，这些菌种日本一个也没有。远藤诚一退而求其次，找到专门用来制造动物疫苗的无毒性炭疽杆菌变种 Stain，设计一系列快速培养繁殖装置，希望能在其后代中发现基因突变产生的致病性个体。

一九九三年六月底，麻原彰晃催促他尽快进行小规模投放试验。短短一个月时间显然不够，但迫于压力，又不愿辜负教主的信任，远藤诚一只得将尚未证实毒性的炭疽杆菌拿出来，信誓旦旦地保证“肯定可以获得令人满意的效果”。

六月二十八日上午，东京龟户地区的街道上充斥着腐烂臭味，令人作呕。一些居民纷纷报警，说异味来自附近刚刚成立的奥姆真理教东京新本部。[1] 到了中午，一场降雨很快冲散了臭味，事情也就不了了之。

七月二日，龟户地区再次出现恶臭味，警方随即前往奥姆真理教东京新本部调查，被众教徒拦在门厅。教徒向警方解释，他们正在配置仪式所需的灵药，不幸失败，这才传出臭味，以后不会再配制了，请放心。警方转而向居民们提议，只要有人愿意站出来指认，便可以向警署申请

1．龟户位处东京都东部的江东区，五万多人口中有五分之一是华人，是东京市内华人最多的地区，奥姆真理教将新本部选在此处，正是要利用此地人口混杂、居民彼此不熟悉的特点掩人耳目。

强制搜查令。一听这话，聚拢来的居民迅速散去，事情又一次不了了之。

原来，奥姆真理教众人完全缺乏细菌武器基础知识，只知道将伴有腐烂臭味的炭疽杆菌培养液装入高压喷射器，再连夜喷洒于街道各处，除了带来一阵臭味，没有任何实际效果。麻原彰晃只好暂时放弃大规模制造细菌武器的计划，留下不甘失败的远藤诚一继续培养肉毒杆菌，其他人全部跟随土谷正实转到化学武器的量产计划。

与细菌武器不同，只要能搞到一定数量的中间体，化学武器便可通过较为简单的方式迅速量产。土谷正式在筑波大学图书馆和实验室内秘密研究，只用了短短三个月便造出第一瓶沙林毒剂。一九九三年十月，上九一色村沙林工厂完工，奥姆真理教通过旗下的皮包公司秘密购入了大批加工原料。一九九四年一月，土谷正实已造出三十四公斤沙林毒剂。此事在教中属高度机密，只有教主、村井秀夫和参与制造的四名教徒知道。

一九九四年六月二十日，麻原彰晃向村井秀夫、新实智光、远藤诚一和中川智正发出指示：“鉴于松本市法院对我们的不公待遇，我授权你等去‘净化’他们。”考虑到土谷正实始终对制造沙林毒剂的正当性抱有疑虑，村井秀夫建议此次行动对他保密。

长野县松本市坐落于群山之间，为中型城市，既有宁静的田园风光，又充满现代城市气息，是《新世纪福音战士》中的第二新东京市和《穿越时空的少女》的取景地，也是草间弥生的故乡。

为什么松本市法院会跟奥姆真理教斗争呢？

事情要从一九九一年说起。

一九九一年春，奥姆真理教为扩张势力，将新据点选在长野县松本市，成功与土地所有者达成购买协议。根据日本《国土利用计划法》，都市区域内任何土地购买都需要所在地县知事亲自批准。奥姆真理教明白，此事若上报到长野县知事那里，必然会被驳回，因此特意准备了两套合同：一份以食品工厂名义购买土地，另一份以教团名义租赁土地。

世上没有不透风的墙，此事很快被当地居民知晓。

当地居民有极强的土地保卫意识，立刻开展抗议活动，阻止施工人员进驻，联合当地供水公司拒绝为工地引入饮用水，阻挠修建下水道，集体向奥姆真理教提出诉讼，要求政府撤销土地租赁和购买协议。

一九九三年五月，松本市法院正式开庭。经过一年多的调查和审理，判决结果将在一九九四年七月十九日宣布。奥姆真理教通过一些渠道预先得知了败诉消息，决定铤而走险，在宣判日前一个月向松本市法院施加压力，目的是延期宣判，甚至改写判决结果。六月二十二日，村井秀夫率领七名核心教徒测试了喷雾机和防毒面具，演练一边行驶一边喷雾。

六月二十七日下午，七人分乘两辆车向松本市进发，一辆商务车负责运载喷雾机和十二升沙林毒剂，另一辆车负责护送和收尾。麻原彰晃特意指示，要避开高速公路摄像头，沿国道前进。结果因为国道堵车，众人直到当晚二十二点才赶到法院，大楼早已空无一人。村井秀夫向麻原彰晃汇报，得到指示：此次行动旨在“净化”法院工作人员，因此可转向法院家属区作战。

半小时后，两辆车来到松本市北部法院家属区。众人掩盖住车牌号牌，开始喷洒沙林毒剂。只用了十分钟，死神便悄无声息地笼罩了这片住宅楼。次日零点二十分，松本市医院急诊室电话铃声大作。值班医生浅田回忆，所有电话几乎全在一瞬间打来，病人症状也相同，重则口吐白沫、抽搐不止，轻则视力模糊、站立不稳、呼吸困难。

从各地赶来的救护车聚集在法院家属区楼下，一具具盖着白布的尸体被抬下来，满街都是披着床单、面色潮红、双眼无神的患者。这一幕惨剧经电视直播震惊了全日本。据统计，此案伤者共有六百二十三人，其中一百四十四人终身不能痊愈，死亡七人（五人是当场死亡，一名四十五岁的男性昏迷至凌晨两点十九分死亡，另一名二十三岁的男性在病床上挣扎了四个多小时后死亡）。

松本市内有大片农田，农药中毒事件偶有发生，这批患者又大多呈现磷中毒症状，所以院方判断这可能是一起集体含磷农药中毒事件，可注射到患者体内的抗磷中毒药物却收效甚微。

六月二十八日早七点，长野县警方搜查了第一报案人河野义行家，因为他的报警电话比其他人早了约半个小时，毒物很可能是从他家开始扩散的。巧合的是，警方在他家发现了一些含有机磷的剧毒农药，这一幕又正好被四面八方赶来的记者拍下。记者们未经查实便直接将河野义行当作最大犯罪嫌疑人报道给全国观众。很快，河野义行家、其父母家和公司，陆续收到来自全国各地雪片一般的辱骂信。尽管河野夫妇也中了毒，公众却选择性地忽视，甚至咒骂他们自作自受。《朝日新闻》自一九九四年六月二十九日起，每天用约四个版面撰写大量中伤河野义行的文章：

> 普通公司职员家中为何会搜出大量农药？
>
> 与邻居不合，松本一名公司职员配制大量毒气！
>
> 松本大中毒，从一名路人家中搜出二十余种农药！
>
> 松本惨案，发现让人毛骨悚然的危险邻居！

这些文章当然都是记者们脑补出来的。

七月三日，真相终于大白。东京警视厅分析部门表示，剧毒物质是沙林毒剂，根本无法用市面上出售的各种农药合成。长野县警方先前始终默不作声，此时得知真相，也只是对河野义行被冤枉一事“深表遗憾”，拒绝道歉。反倒是国家公安委员会委员长野中广务以个人名义向河野义行谢罪。之前大肆报道河野义行罪行的诸家媒体先后登报道歉，并由各家总编辑以个人名义致歉，只有著名右翼杂志《周刊新潮》至今未做任何表示。

一九九六年，长野县县知事委任河野义行为长野县公安委员会委员长，由他亲自监督长野县警方的一切调查活动。利用职务之便，河野义行将调查松本沙林事件的警方负责人尽数弹劾。河野义行的夫人患上了严重的后遗症，二〇〇八年不幸与世长辞。河野义行对媒体说：“感谢她如此顽强地奋斗了这么久，今天她终于自由，对我们家来说，松本沙林事件彻底结束了。”

松本沙林事件不仅令日本民众震惊不已，更令日本公安警察颜面扫地。日本公安警察的监视对象，基本仅限于日本极端派政党、黑社会与极右翼组织。根据掌握的情况判断，日本没有任何一个民间组织有大规模制造沙林毒剂的能力，更何况沙林毒剂十分不稳定，几乎不可能从国际渠道运进日本，究竟是什么人怀着什么样的目的制造了如此恐怖的杀人武器呢？日本公安警察面临着前所未有的挑战。

与此同时，此事对麻原彰晃来说也是喜忧参半。他忧的是本来只想威慑法院，没想到造成如此大规模的死伤，引起全社会重视；他喜的是终于掌握了一招撒手锏，似乎已可以与日本政府正面抗衡，又一场无差别杀人计划逐渐成形。

五、惨案

一九九四年十二月十九日，《读卖新闻》收到线报：沙林毒剂与奥姆真理教有关，制造地就在上九一色村。此时奥姆真理教已将上九一色村第七圣堂内部秘密改造成沙林毒剂工厂。记者伪装成建筑垃圾处理公司员工，开着渣土车来到上九一色村奥姆真理教据点，取走部分渣土垃圾，委托东京工业大学化学研究室化验。

一九九五年一月一日，《读卖新闻》晨刊上刊登了“一九九四年日本大事记”新闻回顾专栏，背面则是整整一个版面的特大消息：奥姆真理教据点内发现沙林物质残留！

消息迅速传到奥姆真理教总部，麻原彰晃立即下令：

将教内沙林尽数销毁，以免警方搜查到；原定年内生产七十吨沙林毒剂，一夜间将东京变为死城的计划暂时中止；将制造沙林毒剂的大量原料配置为中间体，封存埋入地下；沙林工厂内迅速挂起帆布，改为神殿。

这一系列慌乱行动自然逃不过警方的眼睛，但警方却迟迟没有动手。事实上，此时奥姆真理教在全国的据点已有四十个，分布在本州岛、九州岛、北海道各处，其中一些据点的位置甚至不为外人所知。警察担心一旦突袭上九一色村，即便起获制造沙林毒剂的证据，也无法保证其他据点的教徒不会立即报复，使用沙林毒剂在全日本展开游击式恐怖袭击。因此，不如先摸清奥姆真理教的所有据点信息，全国各地统一行动，一举拿下奥姆真理教，从根本上解决潜在危险。

教徒们惶惶不可终日，警察们却纹丝不动，麻原彰晃一时间也迷惑了。

一九九五年一月十七日凌晨五点四十六分五十二秒，大阪和神户发生里氏七点三级大地震，史称阪神大地震，死亡人数达六千四百三十四人，倒塌房屋二十五万间，经济损失达到一百亿美元，全国的救援队伍、自卫队和各地的富余警力几乎都被派往灾区，搜查沙林一事似乎“不那么重要了”。

尽管如此，麻原彰晃还是命令教徒不要掉以轻心，时时注意警方动向。奥姆真理教之所以神通广大，信息灵通，与其广收门徒有着直接关系。早在一九九四年十一月，一名笃信奥姆真理教的东京警官便将警方准备强制搜查的消息传回教内。一九九五年二月初，在警视厅内供职的教徒向教内汇报，警方准备从化工原料的贸易途径入手跟踪调查。三月中旬，这名内鬼再次向麻原彰晃提供了重要情报：日本公安警察已大致掌握了奥姆真理教全国各分部的情况，决定在三月二十二日展开全国范围的突击搜查。

麻原彰晃这才明白，警方迟迟没有动手，并非因为警力紧缺，而是要先摸清他们的实力。

他决定先下手为强。

三月十八日零点，麻原彰晃在专用大巴上与主要干部们秘密讨论如何对付警方的大搜查。二号人物村井秀夫提出："散播妖术（沙林的暗号），让他们（日本政府）陷入混乱如何？"

"这样确实能让他们手足无措吧？"麻原彰晃问道。

"沙林具有相当强的挥发性，只要散播得当，'净化'几千人应该没问题。"

"那么在哪里散播可以发挥最大作用呢？"

"地铁。"

"你觉得有多大把握？"

"正如尊师所说，沙林确实能让他们一时陷入混乱，但联系到今年一月一日报纸上的消息，山梨县和长野县的警察都在备战，贸然动手恐怕会暴露我们的原料渠道。不如我们只散播硫酸，以此牵制政府如何？”村井秀夫显然还是下不了决心。

“不行，必须用沙林，就由你来担任这次作战的总指挥。”

“遵命，那我就带这四个人去完成任务吧。”

“最好把林郁夫也带上。远藤，还能继续制造沙林吗？”

“可以的，只要条件允许。”远藤诚一回道。

“最好将此事伪装成新进党[1]或创价学会[2]所做，你们觉得警察会继续搜查我们吗？”麻原彰晃问道。

“估计还是会来的，我们只能延缓搜查时间。”村井秀夫回答。

“怎么能让他们降低对我们的怀疑呢？”麻原彰晃继续问。

“这样好了，我们在教徒家里安上炸弹，这样舆论就会认为我们也是受害者。”专用律师青山吉伸答道。

---

1. 成立于一九九四年十二月，奉持小政府主义，既不靠近保守党派——自由民主党，也不靠近共产党，属自由保守主义。一九九七年，由于政治纲领相当不明确，派系斗争严重，新进党最终分裂为六个小党，就此势衰，继而解散。

2. 成立于一九三〇年，由池田大作发扬壮大，旗下有日本唯一宗教政党——公明党，其号称日本最大宗教团体，在全世界拥有一千两百万名教徒。创价学会认为奥姆真理教是异端邪说，要所有教徒与之划清界限，甚至派人强制劝说奥姆教徒退教。麻原彰晃早已将其视作最大的敌人，曾两次策划暗杀池田大作的行动，均失败。

“我们也可以往自己的地盘扔燃烧瓶。”村井秀夫建议。

“那就这样吧，在教徒家里装炸弹，再往东京本部扔几个燃烧瓶，然后报警。”麻原彰晃站起来说道。

大巴车在山路上蜿蜒前进，车灯散发出冷冷的光，就好像在山峰河谷之间寻找什么东西一样，快速地掠过田野、树林和偶尔出现的一片片乡村。天上的繁星注视着车中人，他们或陷入沉思，或闭眼假寐，或以同样困惑的目光回望那些闪烁的星星。曾经要追寻宇宙真理的人，此刻却堕落为杀害同类、逃避罪责的渣滓，这也许就是对这些教徒的最大讽刺吧。

一九九五年三月十八日凌晨四点，麻原彰晃一行人到达上九一色村。

上午九点左右，村井秀夫召集参与行动的其他五人，说道：“教主指示，最近警方要对我教进行大规模强制搜查，为了阻止他们，我们要先向东京地铁散播沙林，沙林毒剂在密闭空间才能发挥最大效果，所以这次行动地点设在地铁车厢。三月二十日上午，我们会在早高峰时间作战，目标是公安警察、检察厅和法院工作人员，这些人都会在霞关站下车，你们要随身携带沙林毒剂，从不同地铁线路接近霞关，到站前释放毒气，然后逃走。只要顺利，沙林毒气会充满整个车厢，杀死车内每一个人。”

众人表情木然。

十六点二十分，村井秀夫与投毒五人组在上九一色村第六圣堂规划各人乘坐地铁的线路和时间。

二十三点，村井秀夫和远藤诚一召集人手准备制造沙林毒剂。

三月十九日上午九点，投毒五人组坐上专用商务车，前往东京都杉并区据点。

十二点，五人在新宿购买墨镜、假发和外套，从住在东京的教徒家中借到逃跑车辆。

十三点，麻原彰晃斥责村井秀夫迟迟没有行动。

十五点，村井秀夫与远藤诚一开始制造沙林毒剂。

十九点二十五分，按计划，井上嘉浩在教徒家中安放并引爆炸弹，随后报警，称奥姆真理教遭到攻击。

二十点四十五分，井上嘉浩等人向奥姆真理教东京本部投掷了三个燃烧瓶，在大门口引发了小规模火灾，并留下印有“麻原去死”“奥姆真理教快完蛋了”字样的传单。

二十二点三十分，投毒五人组分别巡察各个地铁站，理清逃跑路线。井上嘉浩在霞关站外准备好逃走的车辆。上九一色村第六圣堂里，远藤诚一和村井秀夫造好了沙林毒剂。由于准备仓促，且必要设备都已被拆卸，这批沙林毒剂的纯度只有百分之三十五，远藤诚一希望再用二十四小时来提纯，被麻原彰晃否决。

二十三点，村井秀夫和远藤诚一确定最终投毒方式：

将低纯度沙林液体装在密封塑料袋内带进车站，再用雨伞伞尖戳破塑料袋，让液体流出后自然挥发，布满整个车厢。

三月二十日凌晨两点，麻原彰晃直接联系投毒五人组，命他们返回上九一色村。

两点三十分，村井秀夫从便利店购回塑料柄雨伞，再将伞尖加工得更锋利。

三点，投毒五人组和两名驾驶员回到上九一色村，接受村井秀夫的短暂培训，取走装有沙林液体的塑料袋及雨伞。

五点，众人前往东京。

第一条投毒线：千代田线

投毒者：林郁夫

八点零二分，地铁驶入新御茶之水站，林郁夫戳破塑料袋，将袋子扔进车厢中部后逃走。很快，大批乘客昏迷。地铁驶入霞关站，工作人员接到乘客报警，上车用手将塑料袋拎下来扔进垃圾桶，随即倒地身亡。地铁中共有两人死亡，二百三十一人重伤。

第二条投毒线：丸之内线

上行地铁投毒者：横山真人

下行地铁投毒者：广濑健一

七点四十七分，下行地铁驶入御茶之水站，广濑健一投毒后逃走。地铁驶进中野坂上站，有乘客报警，工作人员上车用墩布清除塑料袋，但车中仍有毒气残留。地铁共有一人死亡，三百五十八人重伤。

八点零五分，上行地铁到达四谷站，横山真人投毒后逃走。万幸流出的沙林液体不多，地铁中没有乘客死亡，但有约两百人重伤。

第三条投毒线：日比谷线

上行地铁投毒者：丰田亨

下行地铁投毒者：林泰男

八点零六分，上行地铁驶入惠比寿站，丰田亨投毒后逃走。乘客发现异味后将塑料袋踢到车门附近，打开车窗通风，加速了沙林挥发，造成车内一人死亡，五百三十二人重伤。

林泰男携带了三袋沙林液体，在秋叶原站投毒后逃跑。下行地铁到达小传马町站，乘客将散发浓烈异味的塑料袋踢到月台上，中毒范围扩大至整个车站，甚至波及停靠在站内的其他列车，总计有八人死亡，两千四百七十五人重伤。人们纷纷挣扎着逃出车站，在出口处又发生大规模踩踏事件，这一画面被电视台报道。

上午九点二十分，投毒五人组及五名接送教徒、两名开车教徒全部回到涩谷据点，收看电视中的救灾直播。二十分钟后，众人在村井秀夫的指示下乘车返回上九一色村，林郁夫为所有投毒教徒实施指纹消除手术，村井秀夫和远藤诚一则负责将所有用过的容器和设备焚毁填埋。这次行动属于教内高度机密，除实际参与者外，广大教徒毫不知情。

九点十八分起，东京所有地铁相继停运，轻伤乘客自发组织起来，向附近店铺借来塑料布就地铺好。过路的行人挥舞着领带和丝巾，提醒过往车辆减速绕行。东京消防厅出动了包括化学机动中队在内的多支救助队前往东京各车站。东京市内的急救车早已全部出动，但运力仍远远不足。附近不少车辆从广播中得知惨剧，纷纷停下来协助运输，但医院以保持救助通道畅通为由拒绝社会车辆进入。记者们纷纷将记者胸牌分给社会车辆，以便他们驶入医院急诊通道。

十一点，警视厅科学搜查研究所化验证实，毒物乃是沙林毒剂。

此前参与过松本沙林毒剂案的信州大学医学部附属病院教授柳泽信夫，始终关注着事态发展。他在电视上看到中毒者的症状，当即判断那就是沙林毒剂。九点四十分左右，他通过医院传真将手写急救措施及解毒剂解磷定的信息发送给东京各大医院，挽救了相当多的危重病人。

筑地站附近的圣路加国际医院是最近的综合大型医院，院长日野原重明做出指示，医院要无条件接收中毒患者，最终收治患者超过千人。远在名古屋的制药公司得知医院缺乏有机磷中毒解毒剂解磷定，当即派出总部全体员工携带大量解磷定乘新干线迅速赶往东京。住友制药也从关西紧急调用运输机，将药品送往东京羽田机场，再由警方巡逻车护送至东京多家医院。本来日本近年有机磷农药的生产已经越来越少，生产解磷定更是赤字项目，但住友制药高层决定，既然自己还在生产含有机磷的化工制品，就要承担责任，将解磷定制造下去，再以低价售出。

经过全社会的努力，东京地铁沙林事件逐渐落下帷幕。

当然，对受害者[1]、警方[2]以及奥姆真理教来说，这件事还远远没有结束。

---

1. 对受害者来说，苦难才刚刚开始。沙林毒剂使所有受害者视力受损，八成受害者存在眼部后遗症，不少人患上了创伤后应激障碍（PTSD），无法乘坐地铁，还有一些人在生死线上徘徊。

2. 警方在这两起沙林事件中行动缓慢，对如此严重的恐怖事件亦毫无察觉，可以说颜面扫地。此外，由于警方未能立即查出幕后真凶，外国媒体只能凭空猜测。德国媒体认为，这是恐怖组织使用纳粹毒气攻击东京；美国有线电视新闻网则报道说，这是“基地”极端恐怖组织的大规模袭击。

六、覆灭

一九九五三月二十一日，按照原定计划，公安警察部队带领日本各地警察，包围并监控了全国二十五处奥姆真理教据点。负责上九一色村的警察责任最重，种种迹象表明，村里很可能有毒剂制造设备，搜查员不仅配备了防毒面具，还带来二十只黄莺。黄莺对有毒气体非常敏感，曾长期被矿工用于探查井下瓦斯泄漏，二十世纪九十年代日本还没有发明出便携的沙林探测器，用黄莺也是没有办法的办法。

三月二十二日早上五点，全国统一大搜查开始。

警方冲进上九一色村据点第六圣堂，这本是教内高层聚居之所，此刻竟空无一人。麻原彰晃等人早在三月二十日夜里逃之夭夭，留在上九一色村的普通教徒全部神色淡然，照旧祈祷修炼。警方继续搜查其他圣堂，虽然发现了许多惊人的秘密，却连一丁点儿制造毒剂的痕迹都没找到。媒体十分关注这次大搜查，部分地区甚至安排记者全程跟拍，结果只拍到突击队员个个面露愁容、垂头丧气的画面，令人绝望。

谁也没想到，两周后的一起醉酒事件居然成了突破口。

四月六日夜里，一名男子醉酒后误入一幢大楼的地下停车场。按照惯例，警方会将酒鬼的名字输入通缉犯名单检索，待酒醒后教育一番，就放他们走。不承想检索结果显示，这人竟是岐部哲也。就这样，醉酒的岐部哲也成了第一名被捕的奥姆真理教教徒。

一间漆黑的屋子，一张横放的桌子，一盏晃得人睁不开眼的台灯，一个叼着香烟、眯着眼的男人正斜睨着岐部哲也，说道："岐部哲也，出生于大分县，摄影师。照片拍得不错嘛。"他从上衣口袋里拿出一张照片，正是岐部哲也为麻原彰晃拍摄的那张著名的浮空照。

"聊聊你家地下室的事吧。"

"我家的地下室？"岐部哲也十分忐忑。

"装什么傻？就是那几百支步枪，你知道那是什么吗？"男人一脚踹向桌子，站起来怒喝道。

"你这是暴力逼供！我……我要见律师！"岐部哲也被吓住了。

男人走到他面前，嘴角浮现出笑意，凑在他耳边慢慢说道："你当然可以见律师，但前提是回答我们的问题。"

岐部哲也不吭声了。

他知道，一旦落入公安警察之手，他们便会以妨碍国家安全为由，拒绝一切外部人员与嫌疑人接触，直到获得口供为止。就这样短短几小时之内，岐部哲也交代了自己在奥姆真理教的所见所为，供出林郁夫、石川公一和新智实光的藏身地点。警方以入狱一年的形式为他提供人身保护。

四月八日，林郁夫、石川公一被捕。

四月十二日，新智实光被捕。

四月二十日，早川纪代秀被捕。

四月二十六日，远藤诚一、土谷正实被捕。

五月四日，青山吉伸被捕。

五月十五日，井上嘉浩被捕。

东京地铁沙林事件的关键人物相继落网，除了村井秀夫。他已在四月二十三日被人神秘刺杀，死前一直念叨着："我被犹大杀害了，是叛徒害了我。"

林郁夫被捕后开始装傻，坚称自己只是普通教徒，对所有质问不置可否。随着警方逮捕的人物越来越多，尤其是新智实光和早川纪代秀被捕，他的口风有所松动。四月二十七日，得知远藤诚一被捕，林郁夫终于主动坦白："沙林毒气是我们放的。"之后泣不成声，不断恳求警方免其死罪。他用了整整一天，才将所有实情写完，供出了包括麻原彰晃、村井秀夫、井上嘉浩在内的二十四人名单，警方得以将奥姆真理教一网打尽。

五月十五日上午，警方获得线报，麻原彰晃已秘密回到上九一色村。警视厅、山梨县县警及日本陆上自卫队立即组建超过两百人的搜捕队，疏散附近居民，布下天罗地网，于次日凌晨四点突击行动，成功抓捕大部分教众，但不见麻原彰晃踪迹。线报显示，麻原彰晃十五日晚的确曾在上九一色村第六圣堂与几名高级干部共进晚餐。搜查队员百思不得其解，希望从落网教徒口中得到一些消息，结果徒劳无功。

五月十六日早八点，警视厅现场总指挥山田正治下令，联系此前为警方提供线索的线人，再次确认麻原彰晃所在地。线人很快回复消息：在第六圣堂第二层。搜查队A组几乎将这里又翻了个底朝天，甚至用棍棒、枪支检查了每一处墙壁，试图发现暗室机关，仍旧一无所获。

线人的消息究竟是真情报，还是“烟幕弹”？如果是后者，目的又是什么？难道是为了转移警方视线，趁机在东京市内再发动一起恐怖袭击？想到这里，山田正治拿起扬声器正要宣布收队，搜查队C组负责人安田提议，不如让C组再进圣堂最后搜索一遍。C组队员用长柄锤仔细敲击着每处墙壁和地板，突然，一名队员一锤砸到了楼梯侧墙，“哗”的一声开了一个洞。队员们纷纷涌上前去破壁，发现在两层楼板间原来还有一个四十厘米高的空层。一个穿红紫色袍子、身材臃肿的男子仰面躺在里面，胡子和头发乱糟糟地纠缠在一起。

“你是麻原彰晃吧？滚出来！”

那人一动没动，用低沉的声音回道：“我在冥想。”

队员们一拥而上，拆除墙壁，将麻原彰晃拽了出来。

据参与行动的队员回忆，麻原彰晃已经小便失禁，尿液顺着袍子流到地板上，臭不可闻。

守候在外的队伍发出了震耳欲聋的欢呼声。

五月十六日九点四十五分，麻原彰晃正式被捕。

此前，公众和媒体对奥姆真理教的罪行所知甚少。随着麻原彰晃等人落网，人们才陆续知道，奥姆真理教前后共策划并实行了九起谋杀及六起生化武器恐怖袭击。

一九九五年五月，日本政府撤销奥姆真理教宗教法人资格。警方共逮捕教徒四百八十四人，对其中一百八十九人提起公诉，最终有一百四十四人获刑。

一九九六年四月，对麻原彰晃及十八名首犯的公审开始。

一九九五年五月起到一九九八年一月，百分之八十七的教徒宣布退教。

一九九九年十二月七日，日本发布《大规模无差别杀人团体管制法》，也就是《奥姆法案》。简单来说，这部法律就是为规制奥姆真理教而设立的。法案规定，曾进行大规模无差别杀人的团体，无论如何改变其名称或信仰，只要保留前团体成员，就会被列为管束对象。此外，还规定这些团体每隔三个月向公安审查委员会汇报人员构成，以及土地和建筑的使用、经营状况，禁止传教，保证成员有随时脱离团体之自由，禁止接受赠礼金，等等。

日本法律规定自然人是刑事犯罪的主体，奥姆真理教每一起反社会罪行的直接策划人、负责人、执行人都要受审定罪，未涉及犯罪行为的普通教徒无罪。鉴于此案的特殊性，主犯往往彼此推卸责任，且关键人证村井秀夫已遇刺身亡，不排除一些反社会教徒潜逃在外的可能性，《奥姆法案》便是要在立法层面将这些奥姆真理教余孽斩草除根。

二〇〇〇年二月四日，原奥姆真理教核心成员、莫斯科分部负责人上祐史浩在出狱两个月后，与部分残余教徒会合，成立了新组织——阿列夫教。א 是希伯来字母的第一个字母，读作 Aleph，即阿列夫，上祐史浩以此为教名，是取其“重新开始”之意。不过，警方在随后的搜查中发现了麻原彰晃被捕前留下的笔记，其中写道，一旦自己被捕，教徒便可另立门户，改名 Aleph。因此，阿列夫教自成立之日起便是警方重点监控的对象。

经过长期监控，警方发现了奥姆真理教残余势力的变化。

首先是教主家人与教团领袖的对立。上祐史浩回归教团，依据从前在教中的地位，理所当然地成为阿列夫教的头号人物。麻原彰晃之妻松本知子对此颇为不满，在她和一众元老看来，上祐史浩显然是要从麻原彰晃的亲生骨肉手中夺权。此外，为了让阿列夫教尽早脱离麻原彰晃和奥姆真理教的影响，上祐史浩提出“去麻原化”，公然将麻原彰晃的称号从“尊师”“教主”改为“旧团体代表人”。这样一来，阿列夫教内部反对上祐史浩的声浪逐渐增大。

二〇〇三年十月，上祐史浩被架空，失去运营控制权，阿列夫教开始分裂。

二〇〇六年五月，上祐史浩宣布要创建一个“不以人为神”的新教团，带领为数不多的追随者脱离阿列夫教，成立“光之轮”。日本二〇一〇年公安调查报告显示，阿列夫教共有一千五百名教徒，而光之轮仅有一百二十名。

这还不是分裂的结束。

松本知子为麻原彰晃生下了四女二男。长女松本美和早已淡出公众视线。次女松本宇未生于一九八一年，已脱离教团，以麻原彰晃之女的名义时常在媒体上露面，希望为麻原彰晃塑造一个好父亲的形象。三女松本丽华生于一九八三年，随二姐一起活动。四女松本聪香生于一九八九年，小学时被学校拒收，之后勉强找到一所学校，却遭遇校园暴力。之后，她离家出走，在网咖里知道了东京地铁沙林事件与父亲的关系，从此与家里断绝关系，尝试过自杀，著有《我为什么要作为麻原彰晃的女儿被生出来》这样融入悔过和自我厌恶情绪的书。麻原彰晃的长子生于一九九二年，现与二姐、三姐一起生活。次子生于一九九四年，现与母亲和长姐一起生活，在阿列夫教中，仍受到教祖级别的尊崇。

值得注意的是，二〇一五年左右，有不少年轻人选择加入阿列夫教。这批九五后年轻人从未了解过东京地铁沙林事件的恐怖，对奥姆真理教的邪恶知之甚少，更容易盲目听信阿列夫教的传教，但影响已经非常小。

可以说，奥姆已死。

七、审判

面对审讯，奥姆真理教高层们展现了一贯的狡猾作风。麻原彰晃将所有不利指控归为“教徒自作主张”或“村井秀夫独自策划”，其他人则谎称“被教主洗脑和精神控制，记不得当时发生的事”。

为了拖延时间，麻原彰晃在首次公审开庭前一天，也就是一九九五年十月二十五日，突然宣布解雇自己的律师，法庭不得不将开庭时间推迟半年。一九九六年四月二十四日，庭审终于开始，申请旁听的民众早已将法院围得水泄不通。

负责审理此案的阿部文洋法官首先说道：“因本案受全世界瞩目，故我们希望能够在五年之内尽快结案。”几乎所有人都预料到这将是一场旷日持久的攻坚战，一些有经验的媒体及法律界人士甚至猜测，这次审判可能会拉长到三十年之久。检察厅给出的有关奥姆真理教策划并实施沙林毒气袭击的证据，总共有一万五千六百八十七条，而奥姆真理教律师认为其中百分之九十九的证据不能成立。检方请出包括污点证人在内的总共一百七十一名证人出庭，询问时间长达二百零六个小时，辩方对证人的询问超过了一千个小时，如此高强度的法庭辩论全被媒体记录下来。

法庭之上，麻原彰晃时而装疯卖傻，尖声狂叫，时而口出狂言，歇斯底里，时而用半通不通的宗教语言回答问题，给庭审增加了许多毫无意义的麻烦。比如法庭询问“你的本名是否为松本智津夫”时，麻原彰晃做出冥想姿势，缓缓说道：“我不是松本智津夫，那是我已经舍弃的肉体的名字，我现在叫麻原彰晃。”面对不愿意回答的问题，麻原彰晃会用蹩脚的英语搪塞：“I can speak English a little。”

他的许多发言更是让人摸不着头脑：

我现在没有名字，我的身上承载着黑洞。

这不是法庭，是剧场。

我是要对全宇宙生命负责的生物。

法官刚刚说过我会被无罪释放。

我会在一九九七年四月被暗杀，你们的审判是徒劳。

日本应该终止一夫一妻制。

我是被远藤诚一杀死的。

电视节目里传播的毒电波已经把我杀死，我正在转世投胎中。

你们给我吃了致幻剂吧？

想枪毙我就在这里开枪吧！

我是你们所有人的爹！

你们用激光破坏了我的大脑！

当然，他这些奇异的“表演”只是搅乱审讯的手段，也好让辩方律师以被告不具有完全刑事责任能力为由，迫使法官不得不中止庭审，对麻原彰晃进行一次又一次的精神鉴定。

二〇〇四年二月二十七日，历时将近八年的庭审终于画上句号。审判长小川正持宣布：“被告麻原彰晃故作丑态，毫无慈悲心，冷酷无情，残忍至极，所犯罪行数不胜数，本庭依据《刑法》相关规定，判处被告死刑。”

麻原彰晃发出歇斯底里的狂笑，甚至唱起歌来。

收到判决书后，他的律师团决定上诉。有趣的是，宣布上诉之后，律师团的十二名律师又全部宣布辞职，顺利拿到了总共四亿五千万日元的律师费。奥姆真理教出面为麻原彰晃又找了两名律师，但麻原彰晃在与律师会面过程中始终不做任何反应，律师以无法与当事人沟通为由，申请延长上诉申请书的提交日期，法庭只好将最终提交日期延后至二〇〇五年八月三十一日。

二〇〇五年八月十九日，距上诉申请书最终提交日期不到半个月时，麻原彰晃又申请了新一轮精神鉴定，提出在拿到精神鉴定结果前不会放弃上诉请求。八月三十一日，麻原律师团向东京高等法院提交上诉申请书草稿，但拒绝出席上诉意见澄清会，申请书被法庭退回。九月，为加速完成上诉手续，东京高等法院为麻原指定了精神鉴定机构。尽管麻原彰晃的团队之前私自委派了精神鉴定专家，但法庭并未采用其鉴定结果。

二〇〇六年二月，法庭指定的精神鉴定结果出炉。

三月二十七日，东京高等法院宣布，由于日期已过，驳回麻原彰晃的上诉请求。

三月二十八日，麻原彰晃的团队坚持继续上诉。

三月三十日，东京高等法院白木勇法官向上诉方宣布最终审议结果，驳回麻原彰晃的上诉请求。

八月十五日，麻原律师团向最高裁判所提出特别申诉，要求东京高等法院采纳麻原彰晃的上诉请求。

九月十五日，特别申诉被驳回。

十天后，东京高等法院向麻原彰晃的两名律师做出“妨碍审判进度”警告，要求日本律师协会给予二人警告及停止业务一个月的惩戒处分。

至此，第一次审判完全结束，麻原彰晃被判处死刑。

对死刑犯来说，申请重审是拖延时间最有效的手段，所以在最高裁判所驳回麻原彰晃的上诉申请后，他的团队立刻着手申请重审事宜。

二〇〇八年十一月，麻原团队第一次提出重审，理由是远藤诚一的供述与实际不符。

二〇一〇年九月，最高裁判所驳回重审请求。

二〇一一年五月，麻原团队再次提出重审。

二〇一三年五月，最高裁判所再次驳回重审请求。

为何麻原彰晃的死刑迟迟没有执行呢？仔细想想的话，各位应该也能明白。

其一，麻原彰晃及其部下制作的沙林毒剂，进货渠道并不正规，还有很多资料被蓄意焚毁，很可能还有部分原料下落不明，一旦贸然执行死刑，很难说奥姆真理教余党不会再以沙林毒剂报复。

其二，麻原彰晃被捕后，教内对他的崇拜并未停止。假如在奥姆真理教教徒情绪高涨之时处死麻原彰晃，那么奥姆真理教便可以利用此事将这位教主奉为圣人。

其三，作为奥姆真理教全部罪行的策动者，麻原彰晃的存活对继续审理其他奥姆真理教相关案件具有重要意义。

因此，日本执法者其实是在一边观察奥姆真理教余孽的动向以及阿列夫教的分裂局势，一边考虑着死刑的最佳执行时机。

随着阿列夫教加速分裂，以及通过对奥姆真理教残存教徒的长期监视，警方判断类似的沙林毒剂事件可能不会再出现。日本几位资深时事记者推断，近年来执行死刑的时间几乎都会选择在日本国会休会前的那几天，这样即便处死了有争议的死刑犯，也不会引起太大争议。

果不其然，二〇一八年六月二十日，日本国会突然宣布通常国会延期至七月二十二日举行。七月三日下午，日本法务大臣上川阳子核准了七名案犯的死刑执行命令。七月六日，麻原彰晃及其他六名东京地铁沙林毒气案主犯(井上嘉浩、土谷正实、远藤诚一、中川智正、新智实光、早川纪代秀）被执行死刑。

在执行死刑的过程中，麻原彰晃始终非常木讷，对法警的问话反应极慢，而且回答含混不清。在问及由谁来接收他的骨灰时，他只说了“四女儿”三个字。至于为何要由跟他关系最恶劣的四女儿接收骨灰，谁也说不清。

就这样，在被关押了二十三年零五十一天后，麻原彰晃结束了罪恶滔天的一生。

因认罪态度较好且提供了大量线索，林郁夫被判处无期徒刑。而最早被逮捕的岐部哲也在一年刑满后出狱，从此隐居。

回顾整个案情，不难想象，如果奥姆真理教并未走上反社会之路，只是继续布道、敛财，恐怕时至今日我们也无法将它归入邪教的范畴。而如果我们尝试去了解现在仍信仰着奥姆真理教的教徒，就会发现事实上他们的人生完全是一团糟。在青年时误入新兴宗教的陷阱，与正常世界完全隔离，与其说这些人是盲从于信仰，倒不如说是这些宗教营造出的“隔离气氛”使他们再也无法返回外面的世界。

奥姆真理教一案，对我们了解日本现代社会乃至了解日本人的精神世界，都具有相当重要的意义。

为何接受过高等教育的青年还会对虚张声势的教义产生共鸣？为何标榜和平、博爱，连蚊子都不敢杀的宗教成员，却能心平气和地对普通市民投放毒气？为何一个屡次落榜、多次参与诈骗活动的教主能笼络上万教徒的心？

各位读到这里，想必已经有了自己的答案。

愿奥姆真理教这愚昧的悲剧不再重演，也愿那些至今仍被奴役的人早日觉醒。

追记之一：土谷正实争夺战

土谷正实，东京人，生于一九六五年一月六日，自幼性格开朗，擅长运动，家庭条件相当优越。中学时偏爱理科，拿过年级化学考试第一名；大学时加入橄榄球队，却在两个月后因在训练中被前辈惩罚，不得不休学住院治疗，结束运动生涯。

出院后的土谷正实时常感到空虚，逐渐自暴自弃，酗酒逃学，又或者足不出户。很快，父亲切断了对他的经济支援，女朋友也跟他分手。生活到了绝境的他想通过身体的痛苦忘记精神的痛苦，用一把水果刀在胸口切开两道总长四十厘米的伤口，可仍未从痛苦中解脱，反而对“精神力量”产生兴趣，积极接触瑜伽疗法，甚至想去喜马拉雅山修炼。

一九八六年，土谷正实尝试重归校园，父亲也重新给予经济支援。

一九八八年，他如愿考上筑波大学化学硕士，希望毕业后能找一个可以发挥化学特长的宗教组织，一边修炼，一边研究。

一九八九年，在朋友的介绍下，土谷正实来到奥姆真理教传教现场。他对那些教理没有什么共鸣，反而对主讲人村井秀夫产生了强烈兴趣。凭借大阪大学物理学首席毕业生的身份，村井秀夫的传教对很多具有现代科学教育背景的青年人更有说服力。在村井秀夫的带领下，土谷正实开始了“超能力”修行。一九八九年下半年，他频繁地参加奥姆真理教活动，将所学与教义互融。这种将自身经历、所学知识与教义中的只言片语相结合，从而重建世界观的自发型洗脑，往往令人无法自拔，甚至越思考越深信。

一九八九年十一月，土谷正实参加了一次“触及灵魂”的修炼，导师用戒杖在他头上敲出了一个大包，可他反而沾沾自喜，因为他在佛教经典中看到过“肉髻”一词，这说明他具备修炼潜力。此后，他又尝试了念珠穿鼻、双耳燃烛、头顶燃香……修炼一天比一天痛苦，信仰一天比一天深。

一九九〇年四月，土谷正实完成硕士学业，成功考上博士。他利用当家庭教师的机会，发展了许多高中生入教，招致学生家长反对。家长们通过家庭教师派遣公司找到土谷正实的父亲，父亲决定将他秘密送入强制脱教机构，希望他能醒悟。一九九一年七月，被父亲哄骗进入脱教机构的土谷正实怒不可遏，对工作人员恶语相向，“你们这些人根本不会明白奥姆的伟大”“跟你们这些白痴没什么可说的”。

发现土谷正实失踪的奥姆真理教教徒悄悄地在土谷家的电话线上做了手脚，监听消息。两周之后，他们从土谷母亲的一通电话中确定了土谷正实的下落。一九九一年八月七日，林郁夫带着青山吉伸来到脱教机构，要求与土谷正实会面。土谷父母得知消息后也赶来，要求脱教机构绝不能让儿子与奥姆真理教人员见面。就这样，双方展开了土谷正实争夺战。

奥姆真理教教徒在土谷家、土谷父亲的公司等地大量散播写有“土谷正实被亲生父母非法监禁”字样的传单，动员土谷正实发展的几名高中生教徒发起“土谷正实一天不自由，我们就一天不回家”运动，又派出五辆载有广播喇叭的面包车，每天在土谷家和脱教机构附近大喊“支持土谷正实获得自由”“反对无故限制他人人身自由”等口号。脱教机构迫于压力，只好请土谷父母将土谷正实接往别处。八月二十五日夜间，土谷父母开车将土谷正实接走。在前往东京的路上，土谷正实偷走母亲手提包中的现金，跳车逃跑，乘出租车来到奥姆真理教东京世田谷分部。随后正式宣布与家里断绝关系，不久后他申请退学出家，成为奥姆真理教的全职教徒。

土谷父母在他留下的笔记中发现了一本用 A4 纸订成的《预言之书》，书中有一些几近疯狂的文字：

要让一亿人信仰奥姆。

一九九五年，奥姆将凌驾于国家之上。

上祐史浩将成为尊师麻原彰晃的副手。

以土谷为中心建立千年王国。

土谷会活到九十二岁。

一九九七年，日本便会沉没。

这些究竟是土谷正实的妄想还是奥姆真理教的教义，我们无从得知。

从此例可以看出，邪教组织拉拢年轻人的手段往往并不强硬。他们会利用年轻人对父母、家庭和社会天生的逆反心理，以及对自身价值的追求，扮演“理解者”和“接纳者”的角色，使青年们产生错觉，认为自己不被社会理解，只有在邪教组织中才有生存空间。奥姆真理教借土谷正实争夺战，做出了“不轻易放弃教友”的姿态，大肆宣传本教形象，让许多自认为不被理解的青年更想入教寻求知音。

追记之二：松本怪文书

一九九四年十二月，松本沙林事件后约半年，松本市内各处相继出现一个封面上写着“松本沙林事件考察”的手抄本，连《周刊文春》、TBS和朝日电视台也陆续收到。这本薄薄的小册子详细介绍了松本沙林事件发生前后“某教团”的动向，包括购买土地遇阻、试制步枪、制造化学武器等，并说明沙林毒剂的制作过程，最后还有一句：“如果这样的毒剂被放置在东京满员的地铁里，或是扔在座无虚席的东京巨蛋球场中，恐怕会造成更严重的后果吧？”

现在回头看，这本来历不明的小册子确实准确预言了东京地铁沙林事件，可当时警方却基本将它忽略。

追记之三：圣堂的秘密

奥姆真理教第二圣堂原是麻原彰晃的居所，随着教主的“爱妃”越来越多，后被改为她们的住地。圣堂地下藏着一个被称为“胜利者”的设备，类似微波炉，尺寸足有三个冰柜大小，可以发射十倍于普通微波炉功率的微波。在它附近还放有大量硝酸铜及粉碎机，警方分析这可能是用来毁尸的设备。

第七圣堂原是被伪装成农药厂的沙林工厂，一直未投入使用，也就没有任何与沙林相关的物质，但警方却在这里发现了一个巨大的地下洞穴，里面停着一架苏制米-17 直升机。这种直升机最大载重四吨，巡航速度每小时二百三十公里，航程五百公里，在古巴、伊拉克和东南亚各国广泛应用。

奥姆真理教教主还欲向俄罗斯购买米-24 武装直升机，但直到东窗事发也未能如愿。

在位置稍偏的第九、第十一、第十二圣堂，警方发现了大量金属加工机床和一些尚在机床上的加工件，这些都是 AK-74 的部件。在圣堂仓库中还有三百多把仿制 AK-74 及大量子弹。

追记之四：村井秀夫之死

作为奥姆真理教首席科学负责人，村井秀夫参与了所有绑架、暗杀、投毒行动，也是东京地铁沙林事件的总负责人。他总是说得多做得少，名为总指挥，实际工作也不过是将教主的意思传达给教众。因此，奥姆真理教内部对这位二号人物的评价褒贬不一。

> 村井秀夫是麻原教主的木偶，只会重复教主说的话。
>
> 他的记忆力非常强，但完全没有思考能力，自己根本无法下决定。
>
> 村井只擅长纸上谈兵，理论经验很丰富，但真正有用的事一件也做不成。
>
> 智商一百八，情商为零，他总是异想天开，幻想很多听上去非常厉害的武器，整天跟教主一起做白日梦。
>
> 村井先生说话很懂礼貌，思维清晰。

教中最富有活力的人非他莫属。

在警方强制搜查期间，大部分奥姆真理教高层都纷纷躲避，只有村井秀夫在麻原彰晃授意下，以总发言人身份出现在奥姆真理教东京本部，频频通过媒体向大众宣称，警方的搜查是对宗教信仰自由的无情践踏。媒体询问，为何在上九一色村第七圣堂中会有疑似制造沙林毒剂的工厂，他却大谈有机化学，声称那只是生产农药的场所。他敢如此侃侃而谈，全因相信教内所有高层早已藏匿，只待警方搜查无果，便能伺机东山再起。不料林郁夫、新智实光、早川纪代秀相继被捕，事情逐渐起了变化。

一九九五年四月二十三日二十点三十五分，从上九一色村乘车返回东京的村井秀夫发现从地下停车场上楼的门被锁住了，只好改走地上。穿过守在奥姆真理教东京本部门前的层层媒体记者，村井秀夫正准备进门，一名身穿花毛衣的男子突然冲出重围，从怀中抽出一把短刀，对着村井秀夫先刺左胸，后刺右腹，再向左边猛地拉开，随即钻入人群，逃之夭夭。转瞬之间，处在风口浪尖的村井秀夫在众目睽睽下被斩杀于本部门前。尸检结果显示：右腹部这刀深达十四厘米，直接捅破横膈膜，几乎切断肝脏；左胸这刀因肋骨的阻隔未能刺入心脏，但造成了严重的气胸；两刀都是致命伤，可见凶手具有一定经验和判断力。

刺客名叫徐裕行，是山口组旗下右翼团体神州士卫馆成员，生于群马县，朝鲜移民。原以印刷、收购旧纸为生，一九九二年公司倒闭，背上巨额债务，两年后加入山口组，成立了一家讨债公司。一九九五年四月二十二日，徐裕行从东京筑地市场一家刀具店购得一把牛刀。次日十一点，他伪装成看热闹的居民，混入奥姆真理教本部门前的记者之中，还跟一些记者聊了起来。他等待了近十个小时之后，终于成功刺杀村井秀夫，随后将凶器丢入河中，在涩谷站前向警方投案自首。

刺杀村井秀夫的原因，徐裕行始终没有清晰供述。他先表示自己对奥姆真理教的所作所为不满，杀村井秀夫是替天行道，后又称得到了黑帮头目的命令，还说只要是奥姆真理教高层，无论是村井秀夫、上佑史浩还是青山吉伸，杀哪个都行。然而根据当晚摄像记录，上佑史浩和青山吉伸均进出过本部大楼，徐裕行始终没有行动。警方认定，他早就盯上了村井秀夫。

最终，在这些混乱的供述下，法庭以故意杀人罪判处徐裕行十二年有期徒刑。

关于此事的真实原因，警方提出了三种猜想：

其一，黑社会报复。奥姆真理教在对教徒强化洗脑的过程中，会用到大量的苯丙胺、麦角酸二乙胺等违法致幻剂，需要通过黑道购买。在被警方严控后，奥姆真理教以账户受监控为由，欠下山口组大笔货款。山口组讨债未果，便对教中二号人物村井秀夫下了杀手。

其二，奥姆真理教灭口。随着东京地铁沙林事件主犯相继被捕，以麻原彰晃为首的高层们认为，这样下去教团的干部将悉数落网。要洗清余人罪责，只有将投毒计划中的重要人物除掉，再把所有责任推到他身上，杀村井秀夫是丢卒保车之计。

其三，黑社会灭口。奥姆真理教需要购置大量土地，但在熊本、长野等处遇阻，便与山口组勾结，由山口组或其旗下组织出面购买，再以租赁或借用方式转交给奥姆真理教。后来为撇清与奥姆真理教的关系，山口组派人将直接参与此事的村井秀夫灭口。

当然，真相如何，已经死无对证。徐裕行仅仅是刚入山口组不满一年的新人，以警方对暴力团伙的了解，入会三年以下的新成员最常被用来借刀杀人、顶替入狱。

村井秀夫几乎伴随麻原彰晃见证了奥姆真理教从无到有、从小到大的全过程，也顺利爬上了第二把交椅，没想到却成了教中第一名死者。他的死因究竟如何已经不重要，重要的是我们永远也没办法了解他所掌握的众多内幕、计划和阴谋。他在弥留之际所说的那个“叛徒犹大”究竟是谁，就交由各位自己判断吧。

洗脑案

主犯：赤堀恵美子
事件の発生時間：2020年
事件現場：福岡県篠栗町
死亡者名：碇翔士郎
犯行の手段：詐欺、マインドコ

被周密支配
的悲剧
ロール殺人

主　　犯：赤堀惠美子

案发时间：2020 年

案发现场：福冈县筱栗町

死　　者：碇翔士郎

作案方法：诈骗、教唆杀人

动物会通过外表和行为判断对方是不是自己的同类，这是极其重要的本能，习惯群居的动物以此来寻找族群，独居的猎食者也以此判断哪些是可征服的猎物，哪些是不好对付的猎手。

我们想到某个人，首先想到的也是他的外形，所以早期人类天生对异族人有敌意。随着社会进步，种族融合，人类活动范围扩大，人们开始从各方面寻求相似点，就像是要办一道手续。两个陌生人见面，往往会先问家乡和工作，观察对方的穿着和言行，了解年龄、爱好、家庭构成……这不是好奇心过剩，而是想通过这些问题摸清对方的基本属性，希望找到彼此的共性，也就是发现相似性。一旦发现两人是同乡、喜欢同个品牌、运用同种语言、有同样岁数的孩子、养同样的宠物、玩同样的运动、住同一片小区、听同风格的音乐、看同一个导演的电影，就会增加一份信任。这些判断是在无意识中进行的，自己甚至根本察觉不到。

简单来说，寻找相似性是人际关系破冰的一种捷径。不幸的是，这种捷径也经常会被人利用。本案要讲的便是一个女人如何伪装成一位母亲的闺密，最终使她家破人亡的故事。

福冈县筱栗町位于福冈都市圈最东端，四面环山，仅有三万人口。这里曾是九州北部为数不多的煤矿产地，为附近大量钢铁产业提供燃料。二十世纪六十年代，随着能源产业革新，矿山停产，大量工人迁出，为小镇的再开发提供了空间。二十世纪七十年代开始，筱栗町成为福冈都市圈新开发的住宅地，优美的自然环境给小镇带来了一些观光资源。总的来说，这是一个在日本随处可见的小型城市住宅区，有超市、医院、学校，唯独没有高楼大厦和堵车。而就在这看似宁静的小镇上，却隐藏着普通人难以察觉的邪恶。

二〇二〇年四月十八日二十二点，救护车的笛声划破了小镇的宁静。急救员冲进国道边一栋公寓楼四层的一户人家，一名瘦弱的女性掩面而泣，地板上躺着一个一动不动的孩子。急救员不由得倒吸了一口凉气，这孩子实在太瘦了，皮肤下鼓起的血管都清晰可见，而且生命体征早已消失。

根据医院初步检查，这个孩子的体重仅有十点二公斤，属极度营养不良。尸检结果表明，尸体的全部器官都已严重衰竭，尤其是幼儿期原本较为发达的胸腺，已经干枯萎缩到几乎看不见的程度。消化器官内没有任何食物残留，肌肉高度退化，皮肤也严重脱水。胸腺是人体的重要腺体，位于胸骨后方，在婴幼儿至青春期阶段高度发达，能为人体提供免疫调节剂。正常情况下，人进入中年后胸腺才开始萎缩变小，在受外伤、持续伤害或极度营养不良的情况下，才会停止发育乃至萎缩。因此，法医认定这个孩子死于长时间的受虐和因断食而产生的营养不良。

福冈县警方立刻向孩子瘦弱的母亲询问情况。母亲名叫碇利惠，育有三子，刚刚去世的是五岁的小儿子碇翔士郎。起初，碇利惠十分慌乱，语无伦次，不断说着自己“没办法”“被大姐大逼到这个地步”“走投无路”等。警方追问大姐大是什么人，碇利惠并未回答，而是不断向警方提出，要给好闺密赤堀优菜打电话。警方表示同意，可电话始终没有接通。

据碇利惠介绍，赤堀优菜三十四岁，两人都是在二〇一六年从外地搬到筱栗来的。碇利惠的大儿子跟赤堀优菜的二女儿上同一所幼儿园，之后又升入同一所小学，所以两人在接送孩子时逐渐熟识，成了好闺密。尤其在二〇一九年五月离婚之后，碇利惠几乎事无巨细都会咨询赤堀优菜的意见。

警方继续请她复盘当天发生的事。

四月十八日十九点左右，翔士郎忽然蹲在地上，小便失禁，神情恍惚，倒地不起。碇利惠立刻拨通了赤堀优菜的电话，赤堀优菜来到碇家，挠了挠孩子的脚心，看孩子还有反应，说了句“没事，应该是假装的”就离开了。二十二点，碇利惠发现翔士郎已经停止呼吸，赶忙再度拨打赤堀优菜的电话，但赤堀优菜没有来，而是让丈夫帮忙拨打了急救电话。从常识判断，母亲看到孩子有危险，理应第一时间报警或开展急救，怎么会两次都打电话给闺密？碇利惠解释道，因为自己有极度社交恐惧症，又担心事后被大姐大找麻烦，只好先跟闺密商量。

大姐大是谁？赤堀优菜又是谁？碇利惠又为何好像受到了什么威胁？警方先派警员护送碇利惠回家，安排两名警力对她实施住居保护[1]，而后按照她提供的信息找到了赤堀优菜的家。

赤堀优菜是个壮实的女人，身高不足一米七，看上去体重却已经超过九十公斤，面色红润，声音洪亮，不修边

1. 根据日本《警察法》，在特定对象精神错乱或者喝得烂醉、意志不清，可能会对自己或他人的生命财产安全构成威胁时，警方可以将其带至医院、警署或其他安全场所隔离。

幅，根本不像三十四岁。警方说明来意，赤堀优菜的反应也很平淡。她自称跟碇利惠不太熟，只是在学校接孩子时聊过几次，也不太明白碇利惠那晚为何给自己打电话。说罢，她以孩子马上要放学回家为由，拒绝去警署配合问询，毫不客气地把警察赶出门。按照日本《宪法》，警方未取得正式搜查令和逮捕令之前，公民有权拒绝警方进入住处搜查，并有权拒绝回答一切问询，因此警方也确实拿她没有办法，只好先去调查她的背景。

户籍登记书显示，赤堀优菜并非本名，她也根本不是三十四岁。这个女人的真名叫作赤堀惠美子，四十八岁，二〇一六年从大分县迁到福冈县筱栗町。她出生在福冈县南部的大川市，算是福冈本地人，本姓宫崎，有一哥一姐。二〇〇一年前后，宫崎家曾卷入一个疑似诈骗事件。惠美子的父母都是创价学会教徒，他们以“祈福消灾，惠及子孙”的名义向邻居布道讲法，收取“做法费”上千万日元。等邻居们意识到事情不对，上门讨债时，这对夫妻早已丢下年迈的父母连夜开车逃走，至今下落不明。

就在警方拜访赤堀三天后，赤堀约碇利惠出来见面，不仅大发雷霆，还拿走她的手机，清空了两人的 LINE 聊天记录。警方得知消息，立即组织人力跟踪赤堀，通过碇利惠的讲述，锁定其他可能与此案有关的人——她们都是碇利惠与赤堀共同认识的其他同学的母亲。

日本社会一直有种“同类压力”。简单来说，日本人为了寻求安全感，往往会把自己和他人划分类型，归为某类人群，例如上班族、御宅族等。一旦把自己划作某一类型，就会尽量与这类人群的行为模式同步，生活中也几乎只与这类人群打交道，增加彼此的安全感。如果不遵从这个原则，很可能会被群体孤立，甚至被社会孤立。所以，对二〇一六年才搬到筱栗町的碇利惠来说，她能交往而且只能交往的就是孩子同学的妈妈，这个群体叫作“妈妈友”。她怎么也没想到，这竟会给自己带来一生的创伤。

由于LINE的聊天记录会进行云备份的，警方很快获得了碇利惠和赤堀几年来的全部聊天记录。二〇一六年四月，碇利惠搬到筱栗町，认识了先她几个月搬来的赤堀。两人最多时一天能互发一千多条消息，内容基本上是由赤堀介绍本地情况以及学校的一些信息，偶尔会穿插一些与其他孩子母亲相关的话题。碇利惠初来乍到，对当地的八卦了解不多，赤堀似乎正好看穿了这点，又开始给她梳理各位母亲之间的关系。过了不久，聊天记录里出现了一个熟悉的称呼——大姐大。

通过学校信息，警方很快找到了这个大姐大——三十五岁的齐藤。与一般日本家庭妇女不同，齐藤染着一头金发，画着烟熏妆，穿一套修身白西服，举止有些浮夸。警方本以为她可能与当地黑社会有往来，一番详细了解后才发现，她只是一名造型师兼朋克乐迷。她的大儿子与赤堀的女儿、碇利惠的大儿子是同班同学，但她不爱与人交往，完全不知碇利惠是谁，不过一说起赤堀，满脸不屑。“那家伙刚搬来时，我们这些妈妈给了她不少帮助，觉得她人还不错。可很快我们就发现她满嘴瞎话，说什么自己家里是大地主。她以为跟我们混熟了，想跟我们借钱，我们谁都没借给她，之后就疏远了。我总感觉这人不对劲，贼眉鼠眼的，很会察言观色。”

听到赤堀称自己为大姐大以及碇利惠家的事，齐藤气愤至极，提出要跟赤堀当面对质。警方连忙安抚劝说道，由于案件还在调查，最好不要跟赤堀接触，不要谈及内情。

两周之后，警方初步摸清了碇利惠的社会关系：她有一名前夫，二人于二〇一九年五月离婚，之后无任何来往；家中父母住在鹿儿岛；碇利惠平时除接孩子外，几乎不出门，与邻居毫无来往；从 LINE 上看，自二〇一九年开始，她聊天的对象只有赤堀一人。

警方也从儿童福利机构拿到了碇翔士郎生前的体检报告。记录显示，二〇一九年一月，碇翔士郎体重为十六点五公斤，发育良好（四岁男童的平均体重为十六点六公斤），但到了二〇二〇年一月，碇翔士郎的体重降到了十三点三公斤，属于重度营养不良。福利机构随后向幼儿园了解情况，给出了“加强营养”的指示，要求家访，被碇利惠以身体不适为由拒绝。福利机构在二月和三月曾多次登门拜访，均被拒之门外。

时间来到二〇二〇年七月，葬礼早已结束，碇利惠的情绪也逐渐平静。警方分析她二人的聊天记录，做出了一些合理推断：

第一，碇利惠和赤堀很快发展到无话不谈的闺密程度，赤堀确实给予了碇利惠很多帮助和建议，博得了她的信任。

第二，二〇一八年十月中旬开始，赤堀怂恿碇利惠尽快离婚，原因是碇利惠的老公有出轨嫌疑。而且赤堀提出，为了在起诉离婚中争取到更多赔偿，应该聘请私家侦探调查出轨问题。其间赤堀要求碇利惠不要打草惊蛇，不向老公透露任何信息。

第三，二〇一九年三月，由于老公不同意离婚，在赤堀的帮助之下，碇利惠决定分居，在外独自租房。赤堀积极为碇利惠寻找律师，准备起诉离婚。

第四，二〇一九年五月开始，赤堀对碇利惠说，大姐大是本地黑社会老大的情妇，要碇利惠尽量提防他们的暗中监视。

第五，二〇二〇年九月开始，碇利惠被幼儿园老师多次询问碇翔士郎营养不良的问题，赤堀告知碇利惠，幼儿园也被黑社会控制了，意在帮助她老公夺回孩子抚养权。

第六，此后碇利惠几乎每天都会向赤堀“报到”，事事都要在 LINE 上询问赤堀该怎么办。

种种迹象表明，这两人的关系极不正常，而且似乎赤堀在有意编造一些谎言，企图控制碇利惠。警方决定着手核实赤堀在聊天记录中谈到的一些事，之后从碇利惠这里找突破口，希望她能揭露碇翔士郎饿死案背后的真相。

首先要核实的就是碇利惠老公出轨一事。

碇利惠的前夫离婚后依然住在结婚时买下的房屋里，而且仍旧单身。警方调查了他的社会关系，发现他根本没有任何出轨迹象。碇利惠起诉离婚的理由是感情不和，但她自己并未出庭，而是由赤堀代理，起诉书中也没有与出轨相关的证据。经过当面核实，警方得知，前夫是在收到法院传票前不久，才得知妻子要离婚的，他自始至终都全然不知离婚的理由，在出庭时还表示两人的关系根本没有破裂，可最终还是得到了莫名其妙的离婚判决。之后，每逢碇利惠和孩子的生日，他都会买一些小礼品，送到碇利惠新租的公寓门外。关于碇翔士郎饿死一事，他坚持认为，碇利惠绝不是那种狠心、不负责任的母亲。

警方决定对碇利惠展开心理攻势。

此时碇利惠的面貌已与四月时大不相同，她似乎也意识到一些问题，所以当警方将赤堀的谎言一一揭穿，尤其谈到“齐藤并不是什么大姐大”“你老公也根本没出轨”这些话题时，她完全没有抵触情绪。

很快，碇利惠承认：“我被赤堀骗了。”

在她的供述下，赤堀的真面目浮出水面。

时间回到二〇一六年四月。刚刚搬到小镇的碇利惠，希望尽快融入“妈妈友”这个群体，接触了周围的许多妈妈，发现其中有一个妈妈格外活跃，这人就是赤堀。

日本的小学和幼儿园会时不时安排一些亲子活动，例如运动会和家庭聚餐，并要求学生家长提供一些义务劳动。在这些活动中，赤堀总是热心而踊跃地主动担当一些职务，也因此增加了和其他孩子妈妈交流的机会。也许是过于出风头的缘故，碇利惠听说了一些关于赤堀的闲话，但在赤堀不断主动的接近下，碇利惠还是和她建立了信任关系。

很快，碇利惠发现，周围的孩子妈妈似乎开始有意疏远自己。她向赤堀询问，赤堀说是因为大姐大和自己有过节，所以大姐大就带着别人疏远碇利惠。她还说，大姐大为人阴险，碇利惠要处处小心，尽量不跟大姐大等人打交道。

事实上，齐藤和其他妈妈疏远赤堀另有隐情：赤堀搬到镇上不久，赤堀家的孩子就和其他孩子发生冲突，打了起来。那晚赤堀带着孩子登门去找对方孩子家长，声称会给对方发律师函，要求对方给予高额赔偿，否则就会叫自己的“大哥”来收拾他们。之后，几乎所有孩子的妈妈都疏远了赤堀。

碇利惠的老公在福冈上班，每天下班通勤时间都不短，而且时常加班。碇利惠要照顾年幼的碇翔士郎，家务事忙不过来，赤堀便常常来家里帮忙，和孩子们也相熟起来。久而久之，赤堀便将碇利惠家中的情况摸得一清二楚。二〇一八年十月，赤堀向碇利惠透露“老公出轨”的消息，说自己几年前在福冈开过小酒廊，如今仍跟不少姑娘保持着联系。据其中一个姑娘说，碇利惠的老公在福冈花街很出名，此刻正和一个陪酒女搞外遇。这当然是编造出来的谎言，但为了说服碇利惠，赤堀巧妙地用修图技术做了一张碇利惠老公和不知名女孩拥吻的照片。

这突如其来的大事让碇利惠不知所措，而赤堀顺势拿出了早已想好的“对策”：要求碇利惠按兵不动，自己找私家侦探去拍摄出轨的画面，拿到法院起诉离婚。按照她的计划，碇利惠可以让老公净身出户，还要承担孩子的养育费，赔付一大笔钱。碇利惠最初也反对过，但赤堀说：“你不能对这种男人心软。你现在心软，之后他就会借机把你扫地出门，让你和孩子们彻底分开，身无分文。‘渣男’我见得多了，不这样收拾他们，吃亏的还是咱们女人。”

几天后，赤堀像煞有介事地拿出“私家侦探委托书”，上面写明契约金一千万日元，碇利惠表示自己付不起。赤堀说，只要拿到证据起诉，这些钱都将由出轨的男方支付，于是碇利惠在委托书上签了字。

二〇一九年三月，碇利惠实在忍不住，询问丈夫为何要出轨，并透露了准备离婚的消息。丈夫自然否认出轨，完全不理解她为何要离婚。第二天，碇利惠向赤堀说明这一情况，没想到赤堀破口大骂，称她是“傻瓜”“蠢货”，破坏了整个计划。当天，赤堀联系了相熟的房产中介，为碇利惠找了一间公寓，几乎是半强制地带着她搬了过去。

独自带着三个孩子，又没有任何收入，碇利惠比之前更加需要帮助。赤堀再次出面，帮她申请了最低生活保障和政府育儿津贴，积极推动她的离婚诉讼。

二〇一九年五月，法庭判决碇利惠与丈夫离婚，孩子抚养权全归碇利惠所有，丈夫负责支付部分生活费。刚刚过了一个月，赤堀便带着两份合同来到碇利惠家，一份是“私家侦探委托书”，一份是“律师委托合同”。两份合同都有碇利惠的签字，总金额为一千五百万日元。她说，这两份合同都是为了碇利惠的离婚案件而签订的，考虑到碇利惠没有收入，自己便先行垫付了，希望碇利惠之后能分期把钱还了。这两份合同当然都是赤堀编造的，可被蒙在鼓里的碇利惠却十分感激，承诺一定按时还款。

然而，此时的碇利惠除了有两笔来自政府的保障金外，并无其他收入。尽管赤堀曾信誓旦旦称，离婚诉讼结束后，碇利惠可以得到前夫的赔偿金，事实上在离婚判决书中根本没有涉及任何赔偿。赤堀再次撒谎，声称法庭怀疑碇利惠利用离婚敲诈，所以会在离婚判决生效后对碇利惠实施一段时间的监视，倘若确认她生活确实拮据，没有奢侈浪费，自会发放离婚赔偿，碇利惠当然也完全相信。

为了让碇利惠陷入更深的孤立无援的境地，赤堀开始了进一步的控制计划。她对碇利惠说，前夫对离婚赔偿一事耿耿于怀，联系了当地黑社会，要找机会让法庭撤回赔偿。为了搜集碇利惠的相关证据，黑社会已在公寓附近安装了二十多个摄像头，全天监视她和孩子们的外出；同时，黑社会还在碇利惠周围安插了许多眼线，由大姐大管理，所以碇利惠外出时绝对不要跟任何人交谈。为了让碇利惠相信，她还像煞有介事地买来一个摄像头，悄悄装在大门前，之后再在跟碇利惠外出时假装突然发现，这个伎俩的确把碇利惠吓住了。不久之后，赤堀还搞到一个针孔摄像头，趁人不注意，塞进碇利惠前夫买来的遥控玩具车中，再跟碇利惠说："你看，这就是他搞的鬼把戏，他说不定已在你家中装了一大堆这种东西，盯着你的一举一动。"

碇利惠自此再不外出，所有需要外出的事情都由赤堀代理。久而久之，关于外面的消息，碇利惠都只能从赤堀口中听到。"大姐大正在学校偷偷探听你家的消息""你前夫已经通过黑社会买通了幼儿园老师""昨天来送快递的人其实出了大楼就脱掉了制服，坐进了黑社会的面包车"等谎言，让碇利惠逐渐对外部世界充满了恐惧。

从碇利惠提供的转账记录来看，她先后将政府发的最低生活保障金、育儿津贴、单亲母亲搬家补助等总共近一千四百万日元打进了赤堀的账号，自己几乎身无分文了。她想向赤堀借一些生活费，却遭到拒绝："孩子吃太多会让政府怀疑的，你必须控制孩子的饮食，让法庭派来监视你的人看到你家很穷困，才会把赔偿金发给你。必须坚持到底，不能功亏一篑。"就这样，从二〇一九年七月开始，赤堀插手管理碇利惠家孩子们的食量：十二岁的大儿子每天一碗米饭；九岁的二儿子每天半碗米饭；四岁的小儿子每天不给饭吃，只给水喝。幸好孩子们都去上学，每天中午还能在外面吃一顿饱饭，不至于完全饿肚子。尽管孩子们每天都饿得垂头丧气，碇利惠还是坚信赤堀的说法，严格控制食量。

二〇一九年九月，小儿子碇翔士郎所在的幼儿园察觉到情况不对：每天午饭时，碇翔士郎总是狼吞虎咽，有时还会抢其他小朋友的餐食。幼儿园老师将此事告知来接孩子的赤堀，赤堀勃然大怒，回家要求碇利惠采取措施。碇利惠只得让翔士郎休学三天，在这期间完全断食断水。

在这样的折磨下，碇翔士郎的体重明显下降，原本胖乎乎的他很快成了班上最瘦小的一个。幼儿园老师联系碇利惠，要她关注孩子的营养状况。但碇利惠从不回应，甚至拒接电话——因为此前赤堀说过，幼儿园老师已被黑社会收买，打电话是为了刺探底细。无奈之下，幼儿园联系了政府儿童福利部门，正准备商讨是否要对碇翔士郎采取保护措施时，赤堀先行一步，将碇翔士郎接回来，通过电话告知幼儿园办理退园手续。

二〇二〇年年初，为维持生计，碇利惠向老家的父母、亲戚打过了一圈电话借钱，所得除少部分用来购买食物外，大部分都以“还钱”为由被赤堀榨取。二〇二〇年三月，因拖欠房租长达三月，房东下达了搬家通知。走投无路的碇利惠只得再次求助赤堀，并由赤堀主导找了间公寓落脚，而这间屋子就是碇翔士郎饿死的地方。

事情的经过到此已经梳理完毕，警方对于碇利惠的供词仍有一些疑惑。首先，碇利惠并非智力残疾人士，为何会对赤堀的说辞深信不疑？其次，碇利惠家中并不是非常有钱，赤堀为何会挑她下手？最后，碇利惠在事件中表现得毫无主见，对亲生孩子也缺乏关爱，其中是否有什么隐情？

同时，警方也开始考虑如何调查赤堀。尽管在事件中可以看到一些“精神控制”的特性，但由于精神控制并未入法，警方显然无法从这一角度介入。事件中尽管涉及了对未成年人施虐的情节，但其实施者是母亲，而赤堀在多大程度上参与了虐待，调查起来颇为困难。唯一可以迅速展开调查的，就是赤堀对碇利惠实施的资金榨取，换句话说，就是诈骗类型的经济犯罪。

作为经济犯罪，诈骗案的调查大概可分为几个阶段：第一，摸清嫌疑人的日常收入来源，例如工资、投资回报等，以及在嫌疑人涉案之前的资产情况。第二，调查嫌疑人一段时间以来的开销数目、资金流向和剩余资金，并对照嫌疑人的收入和资产，查看其中是否有无法说明来源的资金缺口。如果嫌疑人的开销远远大于收入，且无法提供合理资金来源，那么嫌疑人就存在着很大的经济犯罪嫌疑。第三，对已经事前摸清的和嫌疑人坦白出的资金流向进行调查，核实资金用途，确定嫌疑人是否存在同伙，或受他人指使作案的可能。第四，对于来源和下落不明的资金项目，需要从嫌疑人的社会关系中彻底筛查，寻找出可能已被嫌疑人销毁掉证据的资金流。

赤堀的表面身份是普通的家庭主妇，无任何正式收入。她丈夫之前也是个普通的上班族，年收入约四百五十万日元，目前已辞职居家。家中有两子一女，最大的十八岁，最小的七岁，除大儿子平时打零工外，也没有任何收入。但根据调查，赤堀家在二〇一八年刚刚搬入了新建的公寓，房屋面积约一百三十平方米，月租金十二万日元。同时，赤堀家的三个孩子都在参加各种补习课程：大儿子报了大学升学考试补习班，二女儿在学芭蕾和钢琴，小儿子报了高尔夫球课程和网球课程。不仅如此，赤堀家每年都会外出旅行，去冲绳、关岛等地。赤堀家的银行账户上，竟有高达七百万日元的存款。根据估算，赤堀家每年的开销接近一千万日元。显然，这个开销远远高于他们家的收入。

从碇利惠的银行转账记录看，自二〇一九年年中起，她账户上转出的钱款除缴纳房租、水电费之外，全部汇入了名为“赤堀惠美子”的银行账户，前后金额累计达到一千三百七十万日元。回溯到碇利惠的离婚诉讼案件，碇利惠一方没有拿出任何由私家侦探拍摄的出轨证据，她的出庭代理人也并非什么律师，而是赤堀惠美子本人。这基本上坐实了赤堀根本没有聘请私人侦探，也未聘请代理律师出庭。

二〇二〇年十二月，警方以涉嫌诈骗等罪名逮捕了赤堀。赤堀不仅没有认罪，而且言之凿凿地声称，自己才是诈骗的受害者：她是在碇利惠的指使下伪造了这些合同，目的在于帮助碇利惠转移名下财产。按照碇利惠的计划，她要营造出生活困苦的假象，以此继续向前夫索取赔偿。按照两人之前的商议，碇利惠会将这些钱款作为报酬付给自己。至于碇利惠饿死孩子一事，她表示与自己无关，而且碇利惠曾表示，想要用孩子的死来骗取保险金。

这些辩驳在两人聊天记录的对比下显得苍白无力。赤堀以为删除了碇利惠手机中的聊天记录，谎言就可以随自己编造，但通过云备份恢复的信息，明明白白显示了她是如何一步步处心积虑地让碇利惠陷入这个弥天大谎的。

那么问题又回来了：赤堀为何会选择碇利惠？碇利惠又为何如此容易上当？

这个问题的答案，也许只能从心理学上寻找。

我们先来剖析赤堀这个人。

前面提过，赤堀一家在多年前就实施过一起诈骗案。尽管赤堀的参与程度不明，但如果我们追溯到她的学生时代，便会看到更多细节。

根据中学同学回忆，赤堀是个“挺复杂”的人。

首先，青少年时期的赤堀，在学校很喜欢引人注目。她总是积极地参加各种活动，在老师和学长面前力图显示出讨人喜欢的样子，所以老师们对她的印象基本都是热情、开朗、活泼。而同学们对她的印象普遍不怎么好：她会利用老师的信任，带领其他同学霸凌那些不受老师喜欢的学生；为了显示自己的地位，她会要求一些同学“上供”，替自己跑腿；为了让班里的同学惧怕自己，她会有意谈到自己有混社会的朋友。简单来说，她是个谄媚强者而欺压弱者的女人。

高中毕业后，赤堀并未考大学或者就业，而是在大川市做了一家小酒廊的妈妈桑。按说以十八岁的年纪当妈妈桑，资历实在过浅，但据一位曾经与她共事的女性回忆，赤堀言谈举止非常成熟，与实际年龄不匹配，所以很多人都认为她有二十五六岁。赤堀似乎非常享受被人包围的感觉，也乐于让自己成为全场的焦点，所以几乎不打扮、不化妆，只靠搞笑和与客人嬉笑打闹，年纪轻轻就显得非常油滑。大川市诈骗案发生之后，很多同事纷纷认为，赤堀的确会干出这样的事。

一方面，赤堀对存在感的追求近乎异常，她需要被人承认，但由于外形不出众，又有着强烈的自卑心。为了战胜这种自卑，她就必须将一些人踩在脚下，由自己支配。另一方面，她又急切地想在他人面前展现成功的一面，所以为了营造成功表象，她会毫无同情心且不择手段地牺牲那些被自己支配的人。

我们不知道她是从何时何处学会精神控制的，但她对碇利惠的所作所为，正是典型的精神控制。实际上，精神控制并没有字面上那么玄妙难懂，一般分为三步：第一步，孤立对象；第二步，营造假象；第三步，激发自觉。

孤立对象，是指切断对象在一定环境里与社会的联系，断绝外部信息的输入。在此案中，碇利惠作为普通妈妈，社会关系本来就简单，赤堀先后只用了两个大谎言，便成功让碇利惠主动与其他孩子妈妈保持距离，甚至与丈夫离婚。

营造假象包括两方面，其一是营造外部世界要伤害对象的假象，其二是营造自己是对象唯一救星的假象。在切断了外部信息的输入之后，对象势必会处在信息真空的环境里，进而产生恐慌，急切地想知道外面发生了什么。此时精神控制者便可以编造谎言，让对象相信，外部情况对他非常不利，只有依靠精神控制者才能得到帮助。在此案中，赤堀正是利用离婚诉讼这一契机，将公寓外的世界描绘成有重重监视的险恶局面，让碇利惠对身边事物开始充满恐惧。这样一来，碇利惠只能向赤堀求助。

激发自觉，是指让对象主动做出反应，诱使对象主动对抗外部环境，使对象主动抵御来自外界的信息和接触。在这一过程中，对象会对外部的干预产生出极大的反感，并且会主动想要消除这种外界干预。在此案中，幼儿园和政府部门因为担心碇翔士郎的健康问题，曾多次主动联系碇利惠，并且上门家访，但碇利惠已然极度抵触外部世界，因而自觉地想要排除这种干预。她对碇翔士郎疏于照顾，甚至很可能是有意为之，因为碇翔士郎的存在给她带来了太多的外界干预。这样一来，她有意饿死翔士郎的举动在常人看起来的确匪夷所思，但从她的角度来看，又似乎是一种自我保护。

精神控制的恐怖在于它的影响力与受害者的智力关系不大。任何人都有可能在不知不觉中成为被精神控制的对象，唯有坚持开阔自己的信息渠道，抵御任何孤立自己的行为，才能免于被控制。

说回本案。

碇利惠已经对饿死碇翔士郎的实情供认不讳，但赤堀始终坚称并未插手碇利惠的家事，也没有强迫或教唆碇利惠将儿子活活饿死。在获得了两人的供词之后，检方也面临了同样的问题：究竟是否可以以精神控制为由来起诉赤堀？尽管精神控制类型的犯罪在世界上层出不穷，但迄今为止，尚没有任何国家针对精神控制制定相应的法律。

检方能做的，只有先以保护责任者遗弃致死为由，对母亲碇利惠进行起诉。而对于赤堀，目前尽管诈骗罪的要件已经构成，但如何将她精神控制碇利惠的行为绳之以法，目前还没有定论，只能另案起诉。

二〇二二年六月十七日，福冈县地方法院宣布了一审判决结果。检方提出，碇利惠轻信赤堀惠美子的谎言，主观上放弃采取必要行动来拯救碇翔士郎的生命，因此以保护责任者遗弃致死罪，向法庭建议量刑十年有期徒刑。法庭在收集了辩护方的意见后认为，被告碇利惠在同谋者赤堀惠美子的影响下，意志和行动都受到了相当程度的诱导，丧失了部分正常判断能力，因此判处其有期徒刑五年。

碇利惠表示接受判罚，放弃上诉。而对于赤堀惠美子的起诉，检方目前仍处在资料准备阶段，法院尚未开庭审理。截至二〇二二年六月底，赤堀惠美子仍然否认一切指控。

复仇案

主犯：森本律子
事件の発生時間：2005年
事件現場：三重県四日市
死亡者名：森本泰実
犯行の手段：餓死

慢慢饿死丈夫
的女人

主　　犯：森本律子

案发时间：2005 年

案发现场：三重县四日市

死　　者：森本泰实

作案方法：饿死

二〇〇五年七月二十三日，盛夏的下午，一名憔悴的中年女子来到四日市站附近，找到站前派出所。

“我丈夫死在了家里。”她的声音不大，透着几分犹豫，眼神里却流露出一种决绝。

四日市位于三重县北部，距中部的核心都市名古屋只有二十多公里，虽然不通新干线，却位于名古屋通往京都、大阪、伊势的高速公路要道上，面朝伊势湾，自近代以来便因海陆运输业发达而繁荣。二十世纪六十年代伊始，四日市建成了日本最早的石油化工产业基地，给当地提供了大量就业岗位和发展机会，不过也在短期内严重破坏了空气质量，使当地患上支气管哮喘、慢性支气管炎和肺气肿的人数暴增，这便是著名的“四日市哮喘”——与水俣病、新潟水俣病（第二水俣病）、富山痛痛病并称“日本四大公害病”。

一九七二年，市民团体控告四日市政府罔顾市民健康，石化企业污染造成大量市民患病甚至死亡的诉讼宣告胜利，四日市政府不得不赔偿市民，逐步关停大量石化工厂。此后，当地产业逐渐向运输物流业、纺织业、电子制造业倾斜，大幅减少了污染物排放，城市面貌得以恢复，房地产行业的开发引来大量名古屋都市圈的移居者，城市人口在二〇〇〇年突破了三十万人大关。

同时，与很多老城的发展相似，四日市也出现了“面包圈”现象：随着人口迁出和自然死亡，老城区的街道日趋衰退破败，商业发展和人口移居几乎全部集中在环绕老城区的新开发地区，逐渐形成中心空洞、四周发展的城市样貌。对大城市来说，这个问题可以通过市中心重新开发、建立中心商务区、吸引新企业投资的方式来解决，但中小城市一旦有这样的情况，因为本身缺乏新流入的大量人口和资金，就会面临城市发展的困局。而那位报案女子的家，距四日市中心的近畿日本铁道车站只有一公里左右。

这名女子名叫森本律子，四十六岁，三重县本地人。死去的丈夫名叫森本泰实，五十五岁。两人结婚二十多年，在大约一年半前搬进这间位于二楼的公寓。两人有一子一女，都已成年，各自成家搬走。泰实长期患有痛风，严重到无法站立，只能卧床。律子说，昨天丈夫的精神状况良好，但今早突然就去世了，她跟父母电话商议后，来到派出所报案。

森本家所在的公寓楼建于一九六〇年左右，正是四日市涌入大量产业工人的时期。公寓楼一共有四间房，楼下楼上各两间，楼梯在公寓靠街一侧的外立面上，用一道水泥墙与街面隔开。那个时期的建筑往往不注重外观和便利性，更多考虑的是满足功能上的基本要求，所以历经四十多年的风雨，外立面虽然粉刷如新，但狭窄而陡峭、刷着白色油漆的铁皮楼梯早已锈迹斑斑，向阳的窗户外侧还装有旧式遮雨木板，从顺着房檐边缘垂下的铁锈痕迹可知屋顶的铁皮早已腐朽。

在律子的带领下，警官爬上楼梯来到二〇二室。这是紧挨楼梯的第一间房，屋内相当昏暗——律子小声解释，因为没交电费，灯用不了。西边窗户被厚重的防雨板挡着，只留出大概半扇玻璃的空间，午后的光线透过这半扇玻璃照进里间的卧室，从玄关望去，可以看到一床铺在榻榻米上微微隆起的被褥，加上屋里散发着一股微微酸臭的老房子特有的霉味，这里显得相当破败。

早上刚刚过世的泰实正静静躺在被褥里，脸上盖着一张白布，被褥里的躯体看起来只有孩子大小。警官揭开白布，看见一张苍白而干枯的脸，满头蓬乱的半长白发，稀疏且毫未打理的胡须，两颊干瘪地凹进去，脸上几乎没有一丁点儿肉，显得额头高耸。警官慢慢掀开被子，一股恶臭扑鼻而来。即便是在睡衣的包裹之下也不难看出，泰实已是瘦骨嶙峋，除小腹似乎圆鼓鼓地胀着外，其余地方几乎看不到肉，脚趾因长期痛风早已变形，关节夸张地凸起，皮肤也干燥发皱。

无论如何，这个人看上去怎么都不像今早刚刚去世的。

警官立即叫同事来现场，同时稳住律子，向她解释这是正常流程。不多时，另一名警察和救护车同时到达楼下。医护人员将遗体装入尸袋，送往法医处进行司法解剖。警方要求律子配合，一同前往四日市警署问话。

尸检很快有了初步消息：森本泰实身高一米七二，但尸重不足三十公斤，有严重营养不良和脱水迹象。尸体皮肤出现棕褐色的腐坏迹象，遍布压疮，肌肉严重萎缩，肠胃全空，死亡时间推断为一周前。

现场勘查发现，森本家没有任何食物，也没有任何家用电器（连手机也没有），家中到处堆放着垃圾，被褥里还留有大量大小便失禁的痕迹。据房东确认，森本家的水、电、煤气都于几个月前因长期欠费而先后停用。尽管没有拖欠房租，这家人看起来也确实非常拮据。房东称，两人在二〇〇三年年底搬来，自称是做生意失败变卖了家产，暂且住在这里，但不久后森本泰实便开始卧床，律子平日的工作是配送报纸。

二〇〇五年七月二十四日，森本律子报案后的第二天，四日市警署以故意懈怠照料病人、过失杀人为由，逮捕了森本律子。

按照日本法律，家庭成员在患病等需要照顾、看护，否则会有生命危险的情况下，已成年的家庭成员有义务给予必要的支持和照顾，例如抚养婴幼儿、赡养老人、照顾病人。同时，如果家庭成员因缺乏照顾或有意被疏于照顾，发生受伤、致残或死亡的情况，应尽照顾义务的家庭成员会面临过失致伤、过失杀人甚至故意杀人的指控。

在警署中，律子一言不发，对于警方提出的过失杀人指控也不予回应。为摸清森本夫妇的生活，警方进行了更加细致的调查。

该地区户籍登记书显示，森本泰实和律子于二〇〇三年十二月中旬从邻近的桑名市搬来，两人均无职业。从森本夫妇在桑名市的户籍登记信息中，警方查到了更多有参考价值的信息。

森本夫妇于一九八三年结婚，一九八五年在桑名市购置了一间公寓，贷款按揭三十年。当时森本泰实是货运司机，律子是家庭主妇，两人的两个孩子先后于一九八三年和一九八五年诞生。二〇〇三年十二月，森本夫妇突然从桑名市搬走。警方找到他们之前购置的公寓的物业公司，得到了出乎意料的信息。

“森本夫妇在我们这里是名人了。”物业公司负责人介绍，森本夫妇在最初很长一段时间里都是不怎么引人注目的普通居民。然而从一九九五年开始，两人开始出名了，因为他们的行为非常古怪。

森本泰实做货运，收入很是不错，但此人嗜酒，每喝必醉。步入中年，泰实患上痛风，一旦发作就无法开车。但即便如此，他也并没有减少饮酒的次数，只要症状一消就会继续酗酒。一来二去，痛风越来越严重，直至恶化到他需要常常叫救护车抢救的程度。

起初，律子还会规劝他尽早戒酒，但招来的往往是泰实的殴打。据邻居反映，泰实的家暴行为十分夸张，甚至在隔壁都可以听到律子的脑袋被泰实抓住撞墙的声音。时间一长，尽管律子从未报警，邻居却因为吵闹声太大，以及担心律子的安全，选择报警。但是警方一上门，夫妇两人便矢口否认家暴。久而久之，居民也就对此视若无睹。不知从何时开始，森本家的两个孩子也不再出现了。

从一九九七年开始，律子开始在家中收留并饲养大量野猫野狗。邻居们害怕招来麻烦，几乎不再与森本家来往，自然也没人知道森本家究竟养了多少只猫狗。但只要天气一热，森本家就会传出非常浓重的动物排泄物的味道。楼上楼下和左右邻居苦不堪言，多次向物业举报、抗议，但也无济于事，森本夫妇要么干脆不开门，要么开门后大吵大闹，闹得住户无法安生。

也许是不想和邻居碰面，森本夫妇出门的次数明显减少，家中逐渐积攒起大量垃圾，有时甚至要把垃圾堆放在楼道，或者未经分类便一股脑儿堆在楼下的垃圾回收站，物业不得不出动人手重新分类。

前面说到，森本泰实患有痛风，再加上不停酗酒，病情日渐恶化，很快便无法驾车，在一九九八年辞去了货运司机的工作，而后酗酒和家暴越发严重。同时，因为要照顾丈夫，律子也没有外出工作，夫妻两人的经济来源彻底断绝。从二〇〇〇年开始，森本家开始拖欠购房月供和水电费。二〇〇二年三月，森本家彻底断供。

银行曾多次登门拜访，要求森本家尽快补缴月供。最初森本夫妇还会开门解释，到了后来干脆装作不在家。银行将森本家告上法庭，并在胜诉后收回了森本家的住房所有权，于二〇〇三年十月将这套房屋拍卖出售，同时通知森本家两个月内必须搬走。

二〇〇三年十二月，延期近一个月之后，森本夫妇宣告破产，离开了这套按揭购置的房屋，来到四日市这间老旧的公寓。

了解到这些详情，警方顺藤摸瓜，继续在四日市森本家现住的公寓周围寻求更多信息。根据邻居回忆，他曾在不久前遭遇了一起有些恐怖的事件。

二〇〇五年五月下旬的一个晚上，他听到有人敲门，从猫眼往外看，没有人影，心生疑惑，想开门查看，却发现大门似乎被什么东西顶着。他用了很大力气终于推开门，原来门前躺着一名头发花白的瘦弱老人，手里拿着个空瓶子，嘴里嘟囔着什么。他蹲下来才听清那老人说："我家停水了，求你给我点水喝。"他赶忙拿瓶子去厨房接了满满一瓶水，老人接过瓶子，立刻咕咚咕咚地喝起来。他觉得很是恐怖，便赶紧关上了门。过了一会儿，他听到楼道里有响声，又趴在猫眼往外看，只见那老人完全是在楼道里爬行。第二天，他赶紧向公寓房东询问，才得知这老人就是隔壁的男主人。

房东向警方提供了更多信息：森本泰实自从来到这里，便开始长期卧床，几乎不出门。律子除每天清晨去送报纸外，还在报纸分发点负责一些案头和搬运工作。她声称每天都是先做好饭菜放在泰实床边再外出工作，房东怀疑她在说谎，因为从煤气和自来水的使用量判断，森本家几乎就没做过饭。

房东也收到过一些投诉，说楼外的垃圾站有时会出现一名翻乱垃圾的老人，甚至将住户们已经打包分类好的垃圾袋扯开，将垃圾扔得满街都是。重点在于这老人是爬着走的。房东留意过几次，发现翻动垃圾的人就是森本泰实，而且他从来只翻动别家的厨余垃圾。房东怀疑，泰实是在翻找垃圾吃，因为他偷偷看到过泰实一边翻垃圾，一边往嘴里塞着什么。

警方开始询问律子，同预想的一样，律子很快坦白："他罪有应得。"她的回忆与警方掌握的情况相差不大：森本泰实经常酗酒，很快痛风发作，律子劝他不要喝酒，他却从不听劝。如果不发病，他会打律子；如果发病，他就会等病情缓解后，以为什么不劝自己戒酒为由继续殴打律子。两人婚后很快有了两个孩子，为了不让他们受到家暴的影响，也为了保全在孩子面前的颜面，律子将他们寄养在父母家。

精神上没了寄托，律子开始饲养野猫野狗。泰实每天只顾喝酒、养病，也懒得管她，家里没人操心家务事。夫妻两人完全放弃了正常生活，最终在积蓄花光、借不到钱的情况下，不得不放弃按揭住房，搬到这间公寓。

"没有想过离婚吗？"警方问道。

"我希望他死在我面前。"律子回答。

搬入新家，森本泰实的痛风恶化到脚趾变形、完全丧失行走能力的地步，无论他怎么哀求，律子都不肯带他去医院就诊。

复仇的时候到了。

律子在附近的报纸分发点找了一份月薪十万日元的工作，每月扣除房租、水电费、煤气费共四万多日元，剩下的钱显然不够两人生活。律子的午餐在公司通过便当解决，而晚饭往往只买回自己一人的分量。白天独自在家的森本泰实，除了靠喝水充饥，就只能等着律子吃饭时，祈求她剩一点饭菜给自己。更多的时候，泰实只能饿着肚子在床铺上躺好几天。

不用说，因为行动不便，泰实的大小便几乎都只能在床铺上解决，律子只有在恶臭难闻时才帮忙更换清理。至于泰实长期卧床形成的肌肉退化、压疮蔓延，律子根本不予理睬。因为吃到的食物越来越少，泰实逐渐没了说话的力气，甚至时常陷入昏迷。

就这样，二〇〇五年七月中旬的某一天，五十五岁的森本泰实饿死在沾满屎尿的床榻上。

在情理上，这是森本泰实咎由自取，但法不容情。二〇〇七年三月十八日，森本泰实饿死案在三重县津市地方法院开庭。检方提出，由于被害人失去自由行动能力，森本律子用懈怠和有意忽略等方式导致被害人死亡，构成过失杀人罪，应予以严惩。

与之相对，森本律子的律师提出，律子长期受丈夫的压迫和伤害，面临着巨大的生存压力，早已身心俱疲，丧失了一定程度的判断和处理事务的能力。而且，在森本泰实卧床期间，律子给予了充足的水分，提供了最基本的照料，证明她对死者不存在杀意，应当以保护责任者遗弃致死罪从轻判决。

二〇〇七年六月十六日，一审判决：森本律子有意疏于照顾，在行为上存在致使被害人死亡的主观意图。但考虑到森本律子长期处于身心俱疲的状态，且长期受到被害人的暴力对待，对被害人本已不抱有任何亲密感，法庭认定森本律子过失杀人罪名成立，判处有期徒刑四年零六个月。

律子放弃上诉，接受判决。

事后不久，那间公寓就被清空，迄今仍无人居住。房东曾向律子的两名子女提出连带赔偿，但两人均表示早已与父母断绝联系。

看到这里，相信很多人都会认为这是丈夫咎由自取。但我想追问一句：森本律子这样做值得吗？

在忍受了丈夫多年的家暴后，森本律子失去了与孩子的亲情纽带，失去了获得新生活的机会，在痛苦和折磨中逐渐麻木，对一切丧失希望，直到最终等来一个可以慢慢把丈夫饿死的机会，也把自己送进了监狱。

从复仇的角度看，这也许是个爽文般的结尾。但律子是一个活生生的人，她所付出的代价是自己的一生，这样做真的值得吗？

如果能更早地离开，如果能更早地自救，如果能更早地预见这惨淡的暮年，她是否有机会改写自己的人生呢？

而泰实是不是也可以呢？

番外一

聊聊日本的庭审、辩论与证人证言

一、日本法庭的庭审流程

刑事案件的庭审流程很复杂。在遵循庭审流程的情况下，辩方和检方在各个方向上互为攻守，用证据和法律解释进行博弈。

日本刑事审判的流程分为十二步，对于涉及严重暴力行为的案子，适用陪审团制度，从开庭到宣判，时间不得超过两周。

这十二个步骤分别是：

第一，检方和辩方准时出庭。

第二，法官入庭。

第三，公审开庭。

第四，被告身份确认。

第五，询问被告是否认罪。

第六，检方陈述。检察官会在法庭上陈述检方认定的犯罪事实；辩护方可以选择在之后进行陈述，然而大部分辩护方都会选择放弃，原因是没有必要。

第七，检察官提出证据，陈述事件内容以及相关证据情况。此时检方会对证人和被告进行询问，当证人人数较多时，这一阶段会花费较长时间。检方与辩方对证人和被告的询问是交叉进行的。

第八，辩方提出辩护意见。这时会出现两种情况：第一种，在被告开庭前已经与检方达成协议并同意认罪的情况下，辩方律师会强调被告的认罪表现和悔过态度，为被告争取较轻判罚；第二种，被告与检方未达成协议时，辩方律师会陈述反对检方指控的意见，并询问证人，最后再询问被告。

在立证阶段，检方的目的在于提出并确认更多对公诉有利的证据，而辩方的目的则在于推翻检方的证据，尝试提出有利于被告的证据。在这个阶段，检方和辩方对于证据的有效性是寸步不让的。

第九，法庭辩论。这一阶段在审理过程中非常重要。首先，检方会在立证基础上对法庭提出量刑建议（有期徒刑、无期徒刑、死刑等）。而辩护人会在此时进行最终辩护，对立证阶段存疑的证据提出意见，并另行提出辩方认为适宜的量刑建议（无罪、缓刑、从轻判决等）。检方和辩方所说的是不是实话，提出的证据是不是可靠，要在双方辩论之后交由法官和陪审团判断。

第十，被告意见陈述。在进行完前面所有的步骤之后，法官会宣布："庭审到此结束，被告还有什么想说的吗？"被告此时会对自己的指控做最后辩解。若被告准备充分，这一阶段可能会维持几十分钟甚至几个小时——北九州监禁案的主犯松永太使用了四个小时来辩解脱罪。

第十一，法官陪审团进行评议，拟定判决书。

第十二，宣布判决结果。

二、辩护律师和检方的角色

作为法庭上的对手，辩方和检方在庭审中必然针锋相对。双方的证据能否确立，直接关系到法律工具是否得到严肃使用。无论是辩方律师违背被告意愿而消极辩护、协助被告销毁证据、寻求伪证，还是检方有意隐瞒事实真相、捏造证据、强迫证人提供证词等，都是对法律的侮辱。

千万别忘了，在某些案件中，被告被执行死刑多年之后，警方才找到了真正的罪犯。

千万别忘了，在某些案件中，检方为了维护自己的面子，捏造虚假证词，施加手段阻止对被告有利的证人出庭，最终毁掉了无辜者的一生。

尽管有时我们对某些案件的真相有着几乎完全一致的判断，但法庭审讯的严肃性是一定要坚持的。无论我们多么唾弃犯罪嫌疑人的所作所为，也不应质疑律师的工作，因为他所做的事，实际是在帮助嫌疑人得到合法判决。

三、证人的作用与证词的失效

对日本的刑事案件来说，证人出庭做证是强制性的。

被告具有沉默权，但证人没有。法庭上检方和辩方所提出的一切问题，证人都必须如实回答。只有当被告是自己的直系亲属、保护人或被保护人时，证人才可以选择拒绝做证。

与我们在影视剧中看到的情形一样，出庭做证的证人必须在发言之前做出“真实性宣誓”。宣誓之后，证人的发言将被默认为是真实的。

上面提到过，在立证阶段，检方和辩方都会竭尽全力找出对己方有利的证据，而反驳对己方不利的证据。因此，证人的证词一旦说出口，就会马上成为立证阶段核心的辩论话题。辩方会对证人的证言进行事无巨细的盘问，寻找机会推翻证词。

那么，如何使证人的证词失效呢？

最简单的办法是证明证人犯了伪证罪。

伪证罪，是指经过宣誓的证人进行虚伪的陈述，或是提供虚假鉴定。按照日本法律，提供伪证的证人会被取消证人身份，证词宣布无效，并会被罚款以及追究相应的刑事责任。

此外，由于证明“证词系伪造”的客观证据很难搜集，所以大部分辩方律师会采取频繁发问的做法，使证人的发言出现前后矛盾，从而让陪审团或法官对证人产生怀疑，进而排除证词的有效性。

无论采取哪种方式，证词一旦失效，或者证人被证明犯有伪证罪，对于检方都是一个糟糕的结果。

专业的法律顾问根据经验会告诉证人，在庭上应该如何面对来自检方和辩方的压力，将自己确认的事情如实、细致地讲出来，而对于记忆模糊之事则要承认“我记不住了”。

番外二

关于杀人犯的判决与死刑问题

一、在日本杀人犯会怎么判?

这可能是大家最关注的问题。

很多读者在讨论杀人案判决时，往往试图举出一些过去的同类判决来推导新案件的可能走向。

这其实是错的。

之所以这么说，是因为日本与我国一样是大陆法系国家。与英美法系的判例制度不同，先前的判例并不会成为之后类似案件的审判依据。

日本对于判例的使用属于约束型，即类似案件的判决会变为对法律条文的解释，在之后的法庭审判中作为法律辩论的材料使用。在案件一审结束后，辩护方可以“与之前类似案件判决不符”为由要求上诉，那么在二审中，检方和辩方便会根据当年的类似案件的判决，对相关法律条文的解释方式进行辩论，从而判断此案件是否符合援引的法律条文，衡量一审判决结果是否恰当。

这是判例真正能够发挥作用的地方。

为了保证法律条文的稳定解释，日本司法界一直在努力完善各种案件的法律解释，同时避免让判例成为法律。

所以，试图从那些知名凶杀案来推导一宗新案的判决结果是不可行的，无论如何剖析历史案件，都没有实际意义。

这里举两个近年的杀人案的审判案例，供大家参考。

第一个例子是发生在二〇一五年年底的“小仓强盗杀人案”。作案者为一名二十九岁无业男性，他为了搞钱，潜入一名八十三岁的老人家中抢走了二百日元，并用随身携带的刀子杀死老人。

在审判中，该男性咬定自己带刀只是为了威慑，并未想要杀人。最终，法官认定该男子为冲动作案，对被害人没有杀害意图，并且没有杀人准备，因此判处十二年有期徒刑。

第二个例子发生在二〇一六年二月，茨城县筑波市一名四十三岁男子因与女友发生争吵，在女友家中用刀将其刺死。女尸身上有多处伤口，其中几处贯穿心肺。

检方认为该男子具有明显杀人意图，但法庭认为该男子行凶只是一时冲动，并非有预谋杀人。该男子在庭审中完全没有任何忏悔的表现，于是法庭判处他十三年有期徒刑。

看完这两个例子，大家会明白在类似的杀人案中，审判量刑的要点是什么：

第一，嫌疑人杀人所用工具是不是特意准备的？

第二，嫌疑人面见被害者时是否具有杀害意图？

第三，嫌疑人作案时是否处于情绪激动或思维不受控制的状态？

第四，嫌疑人在杀害被害者后是否有忏悔表现？

二、为什么日本死刑犯那么少？判了死刑也不执行？

关于刑罚的目的，日本法律中有四条内容：增强法律公信力，威慑犯罪行为，安慰被害者家属，阻止犯罪行为再次发生。

从法律公信力和威慑犯罪两方面来说，日本司法界和立法界始终有一些呼声，强调死刑无用。一方面，如果滥用死刑，犯罪者很可能会产生“把皇帝拉下马也是死，把皇帝杀了也是死”的“从重破坏心理”；另一方面，如果死刑执行得很快，既会提高发生无可挽回的冤案的概率，更会让亡命徒产生“大不了一死，死了比活着痛快”的想法。

更符合逻辑的做法是，让罪犯在监狱中接受长期的训导和教育，在时间的煎熬中为所犯罪行忏悔。而这也就是日本对上述许多冲动型杀人犯判处较长的有期徒刑而非死刑的理性解释。

那么，在日本判了死刑真的不会执行吗？

网上流传着一种说法，“在日本，执行死刑需要司法大臣签字，但司法大臣往往不愿意‘背锅’，所以日本实际不会执行死刑”。

其实，这个说法也不准确。

自从日本进入平成年代（一九八九年开始），死刑核准的速度明显提升，被判处死刑的罪犯数目与昭和末期相比，上升了几倍之多。我们熟知的很多杀人犯（木岛佳苗、松永太、宫崎勤等），都是在平成时期被执行死刑的。

未完待续

战争造就的奸杀狂
杀死妈妈的少年
绫濑女高中生水泥杀人事件
筑波母子三人杀人案
香川祖孙三人遇害案
山中湖连环杀人案
太宰府女帝案
舞鹤女高中生被害案
仇富恨女无差别杀人案
北海道情人旅馆割头案
长崎黑寡妇连续保险金杀人事件
文豪连环杀人案
北九州绑架分尸案
桶川跟踪狂

李淼罪案故事（已出版）

松永太

江藤幸子

胜田清孝

福田和子

大久保清

佐川一政

木岛佳苗

小岛茂夫

关光彦

神田司

川岸健治

堀庆末

白石隆浩

筧千佐子

渡边泰子

市桥达也

织原城二

大西克己

宫崎勤

麻原彰晃与奥姆真理教

赤堀惠美子

森本律子

特约监制　何　寅
作者经纪　董　鑫
营销支持　于　双　郭啸宇　温宏蕾
　　　　　马梦晗　丁思雨
出版统筹　高晗婷

产品经理　赵　龙
特约编辑　商思悦　张楚伦　张凤涵
封面装帧　别境Lab
内文排版　李春永